HEIKE WOLPERT

Katzenrausch und Katertausch

TÖDLICHE MAGIE Der Empfang des berühmten Magiers Hans Brandstetter in Hannover endet tödlich: Eine Frau ist vom Balkon gestürzt. War es ein Unfall? Immerhin waren Drogen im Spiel. Oder Mord? Und hat der Zauberer etwas mit dem Todesfall zu tun? Die Zeugenaussagen bezüglich seines Alibis widersprechen sich. Hauptkommissar Peter Flott und sein Team ermitteln, und auch Socke und seine pelzigen Freunde gehen auf Spurensuche. Sie interessieren sich vor allem für den schwarzen Kater des Magiers, der seit dem Todesfall vermisst wird – ebenso wie Brandstetters Assistent. Dann wird eine weitere Leiche entdeckt. Diesmal war es eindeutig Mord. Katzen und Menschen ermitteln auf Hochtouren und mit jeweils eigenen Methoden. Die Verdachtsmomente gegen Brandstetter erhärten sich. Doch selbst ein Magier kann nicht gleichzeitig an zwei Orten sein.

Heike Wolpert, Jahrgang 1966, lebt und arbeitet in Hannover. Abwechslung von ihrem Alltag als Businessanalystin bei einer großen Landesbank findet sie im Schreiben von Krimis und Kurzgeschichten. Nach einem literarischen Ausflug in ihre Geburtsregion, das Taubertal, ist der vorliegende Band bereits der fünfte in ihrer Reihe rund um den tierischen Schnüffler Kater Socke in Hannover, die sich sowohl bei Katzen- als auch Krimifreunden gleichermaßen großer Beliebtheit erfreut. Dass ihr die Ideen nicht ausgehen, dafür sorgt der echte Socke – der schwarz-weiße Kater lebt bereits seit über 13 Jahren bei der Autorin.

HEIKE WOLPERT

Katzenrausch und Katertausch

KRIMINALROMAN

GMEINER

Immer informiert

Spannung pur – mit unserem Newsletter informieren wir Sie
regelmäßig über Wissenswertes aus unserer Bücherwelt.

Gefällt mir!

Facebook: @Gmeiner.Verlag
Instagram: @gmeinerverlag
Twitter: @GmeinerVerlag

Besuchen Sie uns im Internet:
www.gmeiner-verlag.de

© 2023 – Gmeiner-Verlag GmbH
Im Ehnried 5, 88605 Meßkirch
Telefon 0 75 75 / 20 95 - 0
info@gmeiner-verlag.de
Alle Rechte vorbehalten
1. Auflage 2023

Herstellung: Mirjam Hecht
Umschlaggestaltung: U.O.R.G. Lutz Eberle, Stuttgart
unter Verwendung der Fotos von: © Vladimir Sitkovskiy /
shutterstock.com; Fer Gregory / shutterstock.com
Druck: GGP Media GmbH, Pößneck
Printed in Germany
ISBN 978-3-8392-0487-0

Für Peter

HANDELNDE PERSONEN:

Peter Flott, ermittelnder Hauptkommissar, Sockes Dosen-öffner

Christa Eisele, genannt Chris, Peters Ehefrau, vielbeschäftigte Tierärztin

Lisa Sander, Kommissarin und Peters langjährige Kollegin und Vertraute

Friedrich Eberhard, genannt Fritz, der Älteste im Ermittlerteam, eher phlegmatisch, erledigt deshalb am liebsten Schreibtischarbeit

Antonia Boccabella, genannt Toni, die jüngste Kommissarin im Team, manchmal etwas aufbrausend

Sebastian Meyer, Kollege von der Kripo Osnabrück, Tonis Ex-Freund

Ulrich Zeitler, Chef der Spurensicherung

Dr. Joachim Breithaupt, Staatsanwalt

Prof. Dr. Adalbert Kremski, Chef der Rechtsmedizin

Dr. Eilig, Mitarbeiter der Gerichtsmedizin

Frau Bilgur, ältere Dame, Clooneys und Gismos Menschin, Peters Nachbarin

Gero von Haberberg, nicht nur in seiner Funktion als freier Journalist an Toni interessiert

Hans Brandstetter, berühmter Magier, der immer mit einem schwarzen Kater auftritt

Saskia Werblow, seine Ehefrau

Jakob Becker, Katzenbetreuer in Brandstetters Team

Eliza Stark, Texterin in Brandstetters Team

Mike Kammerfeld, Manager des Hotels an der Messe

Kyra Petrovic, Zimmermädchen mit Ambitionen

Marvin Möglinger, glückloser Journalist

Florian Küppersbusch, Marvins ehemaliger Schulfreund

*

Handelnde Tiere:

Socke, schwarzer Kater mit weißen Pfoten, lebt bei Hauptkommissar Peter Flott, liebt Katze Mimi

Mimi, dreifarbige Tigerkatze, Sockes Freundin

Clooney, mollige graugetigerte Katze, Sockes Nachbarin, einem Imbiss nie abgeneigt

Mikey, Tigerkater mit blauem Halsband, Revierchef, kann lesen

Suleika, Perserkatze, weiß immer alles (besser)

Gismo, Jungkater mit Entdeckerdrang, Clooneys Sohn

Jasper, stets kränkelnder Riesenschnauzer, lebt im selben Haushalt wie Suleika

Fiete, vielseitig interessierter Cocker Spaniel mit Maltesereinschlag aus der Nachbarschaft

Kaspar, Melchior und Balthasar, dreimal schwarzer Kater

PROLOG – JANUAR 1987

Zeugen gesucht:

Am vergangenen Freitag, den 9.1.1987, ist eine junge Frau an der Kreuzung Goseriede/Ecke Kurt-Schumacher-Straße angefahren worden. Der bisher unbekannte Fahrer beging Fahrerflucht. Die 19-Jährige erlitt schwere Verletzungen, denen sie kurz darauf im Krankenhaus erlag.

Nach Erkenntnissen des Polizeikommissariats Hannover-Mitte überquerte das spätere Unfallopfer gegen 23:45 Uhr den Fußgängerüberweg der oben genannten Straßenkreuzung, als sie von einem silbergrauen Opel Kadett Kombi erfasst wurde. Der Fahrer hielt an, stieg aus und sah die Verletzte an, um gleich darauf wieder einzusteigen. Im Anschluss fuhr er um die am Boden Liegende herum in Richtung Hauptbahnhof davon. Eine Zeugin, die den Notruf wählte und Erste Hilfe leistete, konnte das Kennzeichen des Wagens leider nicht erkennen.

Der Fahrer wird wie folgt beschrieben:

Männlich, etwa 20 Jahre alt. Er trug eine vermutlich dunkelblaue Jeanshose, eine schwarze Jacke und dunkle Schuhe.

Die Polizei ermittelt wegen fahrlässiger Tötung infolge eines Unfalls mit Fahrerflucht und wegen unterlassener Hilfeleistung. Zeugen, die Hinweise zum Unfallhergang oder zum flüchtigen Fahrer geben können, werden gebeten, sich beim Polizeikommissariat Hannover-Mitte zu melden.

KAPITEL 1 - FREITAG, 25. NOVEMBER 2022

Dreimal schwarzer Kater.

Hannover. Die Winterzeit in der Stadt an der Leine wird zauberhaft. EinwohnerInnen und BesucherInnen Hannovers erwartet ein magisches Programm mit zahlreichen Aktionen, Kulturveranstaltungen und kulinarischen Leckerbissen rund um das Thema Zauberei. Höhepunkt ist dabei zweifellos das Musical »Dreimal schwarzer Kater«, welches das Leben des berühmten Magiers Hans Brandstetter zeigt. Brandstetter wurde 1966 in Garbsen bei Hannover geboren, wo er mit Auftritten als Zauberkünstler seine ersten Erfolge feierte. Seine großen Vorbilder: das weltbekannte Magierduo Siegfried und Roy. Mangels Großkatzen baute er den Hauskater Panteras bei seinen Auftritten ein, was ihm bald den Spitznamen »Mini-Roy« einbrachte. Auch wenn ihm dieser Name noch nie gefallen hat, wie seinen 2021 erschienenen Memoiren zu entnehmen ist, hält er sich ebenso hartnäckig, wie es die Beteiligung von gemeinen Hauskatzen in seiner Show tut. Doch nicht nur das einheimische Publikum fand Gefallen an dem Schmusetiger, und so startete Brandstetter bereits im Jahr 1989 eine Weltkarriere, die er nicht zuletzt seinem besonderen Händchen für Katzen verdankt, das erklärte er in einem Interview. Statt des graugetigerten Panteras ist inzwischen ein schwarzer Kater mit demselben Namen sein ständiger Begleiter. Das panthergleiche Tier taucht regelmäßig in seinen Shows auf und erfreut sich mindestens ebenso großer Popularität wie der Magier selbst. Viele Fans kommen eigens wegen der berühmten Katzennummer zu seinen Vorstellungen.

Die coronabedingte Ruhepause nutzte Brandstetter zum Verfassen seiner Memoiren und, wie kürzlich bekannt wurde, zum Schreiben eines Musicals über sein Leben. Zu Gerüchten, denen zufolge er seine Bühnenkarriere beenden wolle, wollte sich der Star nicht äußern.

Brandstetter wird am Freitagabend mit einem festlichen Empfang im Hotel an der Messe willkommen geheißen. In den nächsten Wochen unterstützt er das Ensemble der Staatsoper Hannover bei der Inszenierung seines Musicals.

Über viele weitere geplante zauberhafte Aktionen halten wir Sie auf dem Laufenden.

Mit zitternden Fingern schnitt er den Zeitungsartikel aus, so wie er das seit Jahren mit Texten über Brandstetter tat. Bei seiner Arbeit in einem Kiosk hatte er Zugriff auf die meisten Presseerzeugnisse, in denen Artikel über ihn abgedruckt waren. Um sicherzugehen, dass ihm nichts entging, durchforstete er abends zusätzlich das Internet. Er wusste alles über Brandstetter. Die Memoiren des Magiers, die im vergangenen Jahr erschienen waren, waren ihm so vertraut wie seine eigene Lebensgeschichte. Die Berichte über Brandstetter füllten bei ihm inzwischen mehrere Ordner, die er trotz ihres Umfangs in- und auswendig kannte. Natürlich wusste er seit Langem von Brandstetters geplanten Besuch in seiner Heimatregion. Es überraschte ihn daher, dass dessen Rückkehr nach Hannover in ihm eine derartige Wut hervorrief. Am liebsten wäre er direkt zum Hotel an der Messe gefahren, um ihm einen angemessenen

Empfang zu bereiten. Aber zum einen würde er vermutlich gar nicht so nah an ihn herankommen, zum anderen wäre ein schneller Schuss oder gezielter Messerstich viel zu gnädig für diesen Verräter. Nein, Brandstetter hatte etwas anderes verdient ...

**

Socke hatte sich schon gewundert, dass Clooney ihn hatte begleiten wollen. Zwar war der Park des Hotels um diese abendliche Uhrzeit meist menschenleer und bot damit die perfekten Voraussetzungen für die Jagd, doch es war eben auch Abendessenszeit, und die Grautigerin zog eine bequem servierte Mahlzeit stets einer aufwendig gefangenen Maus vor. Heute allerdings hatte sie darauf bestanden, bei Sockes obligatorischer Runde durch den Park des nahegelegenen Hotels dabei zu sein. Der Kater mochte seine mollige Nachbarin eigentlich gerne, doch bei der abendlichen Pirsch wäre er trotzdem lieber allein gewesen. Nicht nur, dass Clooney meist nicht darauf achtete sich leise fortzubewegen, es fiel ihr zudem generell schwer, ihr Mäulchen zu halten. Keine besonders guten Voraussetzungen für eine erfolgreiche Mäusejagd.

Sie hatten die begrenzende Hecke noch nicht erreicht, da begann sie bereits eine Unterhaltung: »Hast du von dem Zauberer gehört?«

Socke schwieg und näherte sich mit leisen Schritten dem Parkgelände. Im Gestrüpp raschelte etwas, und er hielt in seiner Bewegung inne. Nicht so Clooney, die sich hinter ihm gehalten hatte und nun gegen sein Hinterteil prallte.

»Hast du?«, wiederholte sie dabei ihre Frage.

Was immer sich in der Hainbuchenhecke befunden hatte,

entfernte sich raschelnd. Die Grautigerin bemerkte das Verschwinden der potenziellen Beute gar nicht. Sie plapperte unbeirrt weiter: »Der macht Kunststücke mit Katzen. Vielleicht kann er ja eine Assistentin gebrauchen.«

Socke warf einen Blick zwischen den Blättern hindurch in den Park hinein und gab es auf. Selbst ohne seine schwatzhafte Nachbarin wäre ihm heute kein Jagdglück beschieden gewesen, denn er entdeckte mehrere Menschen in der Anlage. Die meisten waren mit Kameras ausgestattet, die sie auf das nahegelegene Hotel ausgerichtet hatten.

»Ui! Paparazzi«, freute sich Clooney und drängelte sich an ihm vorbei auf einen der Fotografen zu.

»Halt!«, versuchte Socke, sie zurückzuhalten, was ihm natürlich nicht gelang. Wenn Clooney sich etwas in den pelzigen Kopf gesetzt hatte, dann konnte sie nichts und niemand davon abhalten. Schon lange hoffte die Tigerin, berühmt zu werden. In ihrer Vorstellung erhielt man als »Katze des öffentlichen Lebens«, wie sie das nannte, jede Menge Fanpost mit Leckerlis darin, und sie war überzeugt, dass ein entsprechender Zeitungs- oder gar Fernsehbericht ihr helfen würde, dieses Ziel zu erreichen. Zügig hielt sie daher auf einen jungen Mann zu, der den Zufahrtsbereich der einige Meter entfernten Hotelgarage fest im Visier seines Fotoapparats hatte. Im nächsten Augenblick strich Clooney dem Reporter um die Beine. Als der sie wegzuschieben versuchte, miaute sie laut.

»Was zum …?« Der junge Mann riss sich von seiner Kamera los. Katze und Mensch sahen sich an. »Was machst du denn hier?«, wollte Letzterer wissen.

»Miau!«

»Bist du ein Groupie von Panteras?« Er grinste, die Vorstellung schien ihm zu gefallen.

Socke gesellte sich zu ihnen. »Wer ist Panteras?«, fragte er an Clooney gewandt.

»Das ist der Kater von dem Zauberer. Die beiden sind heute zusammen in der Zeitung abgebildet«, antwortete sie, während sie weiter um die Beine des Mannes herumtänzelte, der nun sein Objektiv auf sie gerichtet hatte.

Die Grautigerin erhob sich auf die Hinterpfoten und sah direkt in die Linse.

Der Auslöser klickte.

»Vielleicht lerne ich ihn ja kennen und er verliebt sich in mich«, raunte Clooney Socke zu. »Wäre nicht der erste Prominente, der einer Schönheit aus dem Volk verfällt.«

In diesem Moment fuhr eine schwarze Limousine in die Hotelzufahrt ein. Ein Raunen ging durch die Menschenmenge im Park.

»Du bist ja ein süßer Moppel«, erklärte der Fotograf ernst und strich Clooney über den Kopf, »aber jetzt ruft die Arbeit. Und die echten Stars.« Damit folgte er seinen Kollegen in Richtung des Luxusautos. Dahinter kam ein weißer Kastenwagen in ihr Sichtfeld, auf dessen Seite der überlebensgroße Kopf eines Mannes mit Zylinderhut abgebildet war, der eine schwarze Katze vor sich hielt.

»*Moppel*?«, fragte Clooney erbost. »Und was meint er mit *echten* Stars?«

Socke trat ohne eine Erwiderung den Rückzug an. Er hatte gelernt, dass es bei gewissen Fragen besser war zu schweigen.

**

»Boah! Ist mir schlecht!« Balthasar, ein stattlicher Kater mit dichtem schwarzem Kurzhaarfell, gab Würgegeräusche von sich.

»Das war aber auch ein Geschaukel«, stimmte ihm Melchior zu, ebenfalls vollkommen schwarz und nur ein klein wenig schmaler als Balthasar.

»Oh mein Kater! Was seid ihr? Babykätzchen?« Der dritte im Katzenbunde hieß Kaspar. Rabenschwarz wie die beiden anderen, bis auf einen winzigen weißen Fleck an der Brust.

Außer ihren Namen Kaspar, Melchior und Balthasar hatten die drei Gesellen nichts Königliches an sich. Wenn man mal von der Tatsache absah, dass es sich um Angehörige einer Spezies handelte, die im alten Ägypten als Gottheit verehrt worden war.

»Auf der Straße hättest du keinen Tag überlebt, wenn dir schon wegen ein bisschen Autofahren schlecht wird.« Kaspar begann, den Raum zu inspizieren, der wohl in den nächsten Wochen die Bleibe der drei sein würde. »*Ich* habe einmal eine ganze Nacht auf einem Baum verbringen müssen, nachdem ich vor einem tollwütigen Hund geflohen bin. Und es war eine stürmische Nacht!«

Balthasar verdrehte genervt die Augen. »Wir kennen die Geschichte.«

»Das stimmt«, pflichtete Melchior bei. Wie immer, wenn er nervös war, putzte er sich mit hektischen Bewegungen. Er musste unbedingt den Geruch nach diesem Automobil in seinem Fell neutralisieren. »Du hast dich dort nicht mehr runtergetraut, und die Feuerwehr musste dich am nächsten Morgen retten.«

»Ich war damals eben noch jung und unerfahren«, verteidigte sich Kaspar.

»*Ich* hatte es auch nicht immer leicht.« Melchiors Stimme klang nun weinerlich.

»Du Ärmster bist im Tierheim geboren.« Entgegen seiner Worte zeigte Balthasar keinerlei Bedauern. »Kater! Wir haben das tausend Mal gehört. Aber mit Selbstmitleid werden wir uns nie aus der Herrschaft des Bösen befreien können.«

Melchior seufzte. »Es ist aussichtslos.«

Kaspar tigerte unruhig durch das Zimmer. »Wer hätte gedacht, dass ein Leben in Gefangenschaft auf mich wartet, als ich von diesem Baum gerettet wurde.«

»Der Futtersklave ist nett und auf unserer Seite«, versuchte Melchior, ihn aufzumuntern. »Er ist nur etwas schwer von Begriff.«

»Wenn es nur das wäre. Der Futtersklave ist nicht nur unser ergebener Diener.« Wie es schien, hatte Balthasar seine Reiseübelkeit überwunden. »Insbesondere ist er abhängig vom Bösen. Und am Ende wird er tun, was derjenige sagt, denn der bezahlt ihn.«

Kaspar kletterte auf den höchsten Punkt des gigantischen Kratzbaums und verkündete: »Wenn es so ist, sind wir verloren. Dann ist das Ende nah!«

»Oh großer Kater! Geht's vielleicht ein kleines bisschen weniger pathetisch?«, schimpfte Balthasar. »Du tust gerade so, als müssten wir alle sterben.«

»Das müssen wir auch. Ich habe gehört, wie der Böse vom Futtersklaven verlangt hat, uns zu töten. Wenn wir nichts unternehmen, sind wir bald tot!«

**

Kyra Petrovic hatte keineswegs vor, bis an ihr Lebensende den Dreck anderer Menschen wegzuputzen. Der einzige Grund, weshalb sie den Job als Zimmermädchen im Hotel an der Messe angenommen hatte, waren die Reichen und Schönen, die hier verkehrten.

Kyras größtes Kapital waren, wie sie selbst fand, ihr gutes Aussehen und ihre Skrupellosigkeit. Sie beabsichtigte, beides ohne Rücksicht auf Verluste einzusetzen. Es fehlte nur noch der passende Kandidat. Der konnte gerne alt sein, und es würde sie auch nicht stören, wenn er hässlich wäre. Ganz im Gegenteil, wenn er ihr finanziell etwas zu bieten gehabt hätte, wäre sie sogar mit dem Glöckner von Notre-Dame ins Bett gegangen. Leider waren prominente Gäste in den vergangenen Monaten rar gesät gewesen. Sie hatte deshalb überlegt, sich nach einer anderen Stelle umzusehen, doch im Moment war das schwierig. Vor allem wenn man wie sie keine besonderen Qualifikationen im Hotelwesen mitbrachte. Sie biss also die Zähne zusammen und entwickelte eine weitere Stärke: Geduld. Geduld, die sich hoffentlich bald auszahlen würde.

Für den Empfang Brandstetters am heutigen Abend hatte sie sich freiwillig als Hilfskellnerin gemeldet und Mike, dem Eventmanager des Hotels, mehr als bloß schöne Augen gemacht. Sie lachte leise vor sich hin, als sie an dessen Blick dachte, nachdem sie ihm die Handyaufnahmen gezeigt hatte. Manchmal musste man seinem Glück halt ein bisschen auf die Sprünge helfen.

Heute Abend also war sie für die Getränke am Tisch von Hans Brandstetter zuständig. Sie betrachtete das Outfit, das sie zu dem Anlass tragen wollte. Eigentlich wurde die Kleidung einheitlich vom Hotel gestellt, aber sie hatte bei der Größe absichtlich eine Nummer kleiner angegeben. Der Rock saß also ziemlich knapp, und ob sie sämtliche Knöpfe der Bluse zubekommen würde, war fraglich. Sie hatte aber sowieso nicht vor, das auszuprobieren.

Mike würde durchdrehen, wenn er sie heute Abend sehen würde. Er war leicht reizbar in letzter Zeit. Sie grinste, selbst schuld, wenn man so leichtsinnig war und seine Angestellten unterschätzte.

Sie freute sich auf den Empfang. Über Brandstetter hatte sie alles gelesen, was in den diversen Medien zugänglich war. Er hatte sich in den letzten Jahren und trotz Pandemie zu einem Weltstar entwickelt. Wie bei Promis üblich war nicht nur seine Karriere, sondern auch sein Privatleben immer wieder Thema in der Öffentlichkeit. Mit dem einstigen Supermodel Saskia Werblow war er seit gut zwölf Jahren zusammen. 2015 hatten sie eine glamouröse Hochzeit gefeiert, und wenn man der Biografie Glauben schenkte, führten sie nach wie vor eine Bilderbuchehe. Kyra kaufte ihnen das jedoch nicht ab. Dass Brandstetter gerne flirtete und bei seinen Shows stets die attraktivsten Zuschauerinnen mit einbezog, war schließlich kein Geheimnis. Und genauso wenig, dass er dabei einen bestimmten Typ Frau bevorzugte: blond, kurvig und mit üppiger Oberweite. Immer wieder wurde außerdem von Affären gemunkelt. Dass sich die betroffenen Frauen hierzu nicht in der Öffentlichkeit äußerten, kostete Brandstetter mit Sicherheit das ein oder andere Sümmchen.

In letzter Zeit häuften sich zudem die Trennungsgerüchte. Saskia Werblow dementierte. Brandstetters Antwort auf diesbezügliche Fragen der Journalisten war stets: »Kein Kommentar!« Aber es waren die kleinen Gesten im Miteinander der Eheleute, die die Gerüchteküche weiter am Brodeln hielten. Kyra frohlockte, beste Voraussetzungen für ihre eigenen Pläne. Wenn sie es geschickt anstellte, würde der heutige Abend ihr Leben verändern. Sie ahnte nicht, in welch fataler Weise sich ihr Wunsch erfüllen würde.

**

Er kauerte im Gebüsch unter einem der Balkone von Brandstetters Suite. Über sich vernahm er die Stimme des Magiers, der seiner Frau nach draußen gefolgt zu sein schien. Er hörte ein Feuerzeug klicken.

»Rauchen lässt Ihre Haut altern«, hörte er Brandstetter vorlesen, was vermutlich auf einer Zigarettenpackung stand.

»Dir kann das doch egal sein«, konterte Saskia Werblow.

In seinem Versteck konnte er jetzt den Rauch ihrer Zigarette riechen. Das letzte Mal, dass er dem Magier so nahe gekommen war, war viele Jahre her. Er hatte in der ersten Reihe von dessen Zaubershow im Rahmen einer Europatournee gesessen. Das Ticket hatte ihn damals ein Vermögen gekostet, und da Deutschland nicht auf dem Tourplan gestanden hatte, war er dafür sogar extra nach Salzburg gereist. Heute war seine Anreise deutlich kürzer ausgefallen. Entspannter gestaltete es sich diesmal trotzdem nicht. Sein Herz klopfte ihm bis zum Hals.

»Was hast du denn mit dem Polizeipräsidenten vorher am Telefon zu besprechen gehabt? Pffff! Polizeipräsident! Drunter geht's wohl nicht?« Brandstetters Ehefrau schien ebenso angespannt zu sein wie er selbst.

»Das lass mal meine Sache sein.«

»Hast du Angst, dass ich Amok laufe und dir was antue, wenn du mich abservierst?« Ihre Stimme hörte sich bitter an.

Brandstetters Lachen klang unecht. »Vor dir hab ich keine Angst!«

»Vor wem dann? Meinst du nicht, dass du dich ein bisschen zu wichtig nimmst mit deinem Verfolgungswahn? Oder hast du dich etwa mit den falschen Leuten angelegt?«

»Das geht dich gar nichts an.«

Er grinste in seinem Versteck vor sich hin. Auch wenn er ihn nicht sah, spürte er Brandstetters Unbehaglichkeit.

Aus dem nahen Hotelpark war ein Rascheln zu hören. Schritte näherten sich. Dann klickte eine Kamera.

»Diese verdammten Paparazzi!«, schimpfte der Magier.

Seine Frau lachte. »Die Geister, die ich rief.«

Der Fotograf kam dichter heran. »Herr Brandstetter, warten Sie doch einen Moment!«

Er presste sich eng an die Wand unter dem Balkon.

»Sie wissen doch, wie kamerascheu mein Mann ist.« Saskia Werblows Worte trieften vor Ironie.

Der Auslöser wurde einige weitere Male betätigt. Die jeansbehosten Beine des Reporters waren nun keine zwei Meter von ihm entfernt. »Geister?«

»Ja, witzig, nicht wahr? Der große Magier fürchtet sich vor Geistern.« Die Werblow klang deutlich lockerer, nachdem Brandstetter vor dem Neuankömmling geflüchtet war. Er hörte das Klicken eines Feuerzeugs.

»Geht's ein bisschen genauer?«

»Er hat gerade mit dem Polizeipräsidenten telefoniert«, plauderte Saskia Werblow aus und ergänzte: »Er fühlt sich bedroht.«

»Gab es anonyme Briefe oder Anrufe?«, hakte der Reporter nach.

»Nicht, dass mir das bekannt wäre.« Gehässiges Lachen. »Sie wissen ja, er ist Magier. Da spürt man so etwas auch ohne schriftlichen Beweis.«

»Hat dieses magische Gespür etwas mit seinem Aufenthalt in Hannover zu tun?«

»Wer weiß das schon?« Werblow blies hörbar den Rauch ihrer Zigarette aus. »Vielleicht hat er aus seiner Sturm- und Drangzeit hier noch ein paar Leichen im Keller, die er damals hat verschwinden lassen? Das ist ja seine Spezialität: Dinge verschwinden zu lassen.« Sie kicherte. »Nur

leider tauchen die in seiner Show ja immer wieder auf.«
Jetzt lachte sie laut.

Die Balkontür wurde geöffnet. Schritte waren zu hören, danach Brandstetters Stimme: »Hör auf, diesem Aasgeier Lügenmärchen über mich aufzutischen, und komm endlich rein.«

»Lass mich los!«

Die Kamera klickte erneut, die Journalistenbeine näherten sich noch weiter.

»Verschwinden Sie!«, brüllte Brandstetter. »Wenn ich eins von Ihren Fotos im Netz oder in der Zeitung sehe, verklage ich Sie! Und dann gnade Ihnen Gott!«

»Und viel schlimmer: dann gnade Ihnen mein Mann!«, ergänzte die Werblow. »Lass mich los!« Den Geräuschen nach zu urteilen, zerrte der Magier sie nach drinnen.

Der Reporter trat den Rückzug an.

Der Mann unterm Balkon hätte beinahe in die Hände geklatscht. Die Show hatte begonnen. Wieder saß er in der ersten Reihe.

**

Manchmal dachte er, er hätte damals, vor drei Jahren, diesen Kettenbrief nicht ignorieren sollen. Marvin Möglinger war eigentlich ein lebensbejahender Mensch, aber seit einigen Monaten fiel es ihm zunehmend schwerer, positiv zu denken. Und wenn er so darüber nachdachte, hatte seine Pechsträhne tatsächlich an jenem Tag vor drei Jahren begonnen.

Er hatte in dieser Zeit gerade seinen Bachelor im Bereich Medien- und Kommunikationswissenschaften in der Tasche gehabt und einen vielversprechenden Job bei einem angesehenen Radiosender in Aussicht, bei dem er im Sommer zuvor ein Praktikum absolviert hatte. Doch bevor er seine neue Anstellung antreten konnte, war seine Glückssträhne abrupt abgerissen.

An besagtem Morgen vor drei Jahren hatte er eine komische E-Mail in seinem Postfach vorgefunden.

Darin beklagte ein junger Mann den Verlust seines Jobs und den seines Augenlichts, und zwar weil er, wie er behauptete, leichtfertig eine Mail gelöscht hatte, anstatt diese weiterzuleiten. Insgesamt zehn Personen hätten das Schreiben von ihm bekommen sollen, aber der inzwischen erblindete Absender hatte sich über die Anweisung lustig gemacht und sie als Blödsinn abgetan, was er nun bitter bereute. Das Ganze, so schrieb er in seiner Mail an Marvin, sei sieben Jahre her, und endlich sei er in der Lage, diese Warnung zu verfassen, um damit, wie er hoffte, den Tod seiner schwer erkrankten Lebensgefährtin zu verhindern. Zehn Jahre sollte sein Pech nämlich andauern, wenn er die Nachricht nicht mindestens an zehn Personen senden würde.

Marvin hatte herzhaft gelacht. Diese Kettenbriefe wurden immer plumper! Er verschob die Mail direkt in den Papierkorb.

War das womöglich ein Fehler gewesen? In letzter Zeit hatte er öfter darüber nachgedacht.

Als er nämlich an diesem Tag, früher als sonst, von der Uni nach Hause kam, überraschte er seine Freundin mit dem Nachbarn im Bett.

Gut, er hatte in den letzten Monaten mehr Zeit in seine Karriere und weniger in seine Beziehung investiert, aber war das ein Grund, sich diesem ewigen Studenten an den Hals zu werfen? Auf seine diesbezügliche Frage hin zuckte sie mit den Schultern und packte dann ohne weiteren Kommentar ein paar Habseligkeiten zusammen. »Den Rest hole ich morgen Vormittag ab, sieh zu, dass du zwischen zehn und elf aus dem Haus bist.« Das waren die letzten Worte, die er aus ihrem Munde hörte, bevor sie in der nachbarlichen Wohnung verschwand und es in seiner still wurde.

Statt der Stimme seiner Freundin hörte er gleich darauf die seines potenziellen zukünftigen Arbeitgebers auf dem Anrufbeantworter, der zu seinem großen Bedauern die mündliche Jobzusage zurücknehmen musste. Marvin habe sicher Verständnis.

An den Rest dieses schicksalhaften Tags erinnerte er sich, dank einer beträchtlichen Menge billigen Rotweins, nur mehr verschwommen.

Was er allerdings genau wusste, war, dass seither nichts mehr klappte in seinem Leben.

Über hundert Bewerbungen hatte er geschrieben, doch ohne Berufserfahrung oder Beziehungen war es aussichtslos. Mangels Alternativen schlug er sich seither als freier Reporter durchs Leben.

Er kehrte in seine Geburtsstadt Hannover zurück, wo er übergangsweise bei einem ehemaligen Schulkameraden wohnte. Der »Übergang« währte nun schon 21 Monate, und die Geduld seines einstmals besten Kumpels darüber war nahezu erschöpft. Was Marvin dringend brauchte, war *die* Story, unter der sein Name stand und dank der die großen Zeitungen, Radio- und womöglich sogar Fernsehsender bei ihm Schlange stehen würden.

Aber er verfasste nur Artikel über das jährliche Treffen des Kaninchenzüchterverbands oder das Jubiläum der Landfrauen, und selbst darüber konnte er sogar noch froh sein. Seit Corona waren auch solche Veranstaltungen rar geworden.

Eine exklusive Geschichte über Brandstetter würde ihm daher gerade recht kommen, und wenn er es schlau anstellte, war die Begegnung, die er eben auf dessen Hotelbalkon beobachtet hatte, der Schlüssel dazu.

Dann wäre der Kettenbrieffluch endlich gebrochen! Marvin Möglinger witterte Morgenluft. Eigentlich war er schon immer ein unverbesserlicher Optimist gewesen.

**

Freitagabend. Gut gelaunt schloss Hauptkommissar Peter Flott die Haustür auf. Die Woche war ruhig gewesen. Es schien, als mache das Verbrechen gerade Pause in Hannover, und so hoffte er trotz Bereitschaftsdienst auf ein arbeitsfreies Wochenende. Er atmete tief durch und trat in den Flur. Kater Socke kam angewetzt und strich ihm um die Beine. »Miau!«

»Hallo, Socke«, begrüßte er den schwarzen Kater, der seinen Namen seinen weißen Pfoten verdankte. »Na, hast du Hunger? Heute haben wir ›Huhn in Gelee‹ oder ›Rind in feiner Soße‹ im Angebot. Oder darf es erst mal eine Portion Katzenleberwurst sein?« Unwillkürlich musste er grinsen. Das hätte er sich vor ein paar Jahren nicht träumen lassen, dass er mal mit einem Kater über dessen Speisevorlieben sprechen würde.

»Miau!« Und dass der ihm antworten würde.

Peter entledigte sich seiner Winterjacke und -schuhe, bevor er ins Badezimmer eilte, wo sich Sockes Napf befand. Einen hungrigen Kater durfte man nicht warten lassen, das hatte er in den inzwischen sieben Jahren, die der ihn mit seiner Anwesenheit beehrte, gelernt.

»Bin da-ha!«, rief er im Vorbeigehen seiner Ehefrau

Chris zu, die es sich mit einem Buch auf der Couch im Wohnzimmer gemütlich gemacht hatte.

Mit geübten Handgriffen richtete er eine Portion Hühnchen für Socke an und gesellte sich zu seiner Frau.

Die hatte ihren Krimi beiseitegelegt und deutete auf die Teekanne auf dem Beistelltisch. »Oder lieber ein Glas Wein?«

»Später.« Peter ließ sich in einen Sessel fallen und streckte die Beine von sich. »Wie war der Termin heute?«, fragte er.

»Interessant.« Chris hatte am Frühstückstisch von ihrer Verabredung im Hotel gegenüber erzählt, wo sie als Tierärztin einen Raum für die kätzische Begleitung des Ehrengasts Hans Brandstetter hatte fachgerecht ausstatten dürfen. Hans Brandstetter trat in seiner Show und auch sonst in der Öffentlichkeit immer mit seinem Kater Panteras auf. Genau wie in seiner Anfangszeit sein Idol Roy Horn, Teil des legendären Magierduos Siegfried und Roy, der stets in Begleitung des Geparden Chico unterwegs gewesen war. »Dieses Tier bekommt eine Luxussuite, die keine Katzenwünsche offenlässt. Darin könnten locker sämtliche Katzen aus dem Revier leben.«

Socke, der soeben in den Raum geschlendert kam, blickte sie interessiert an.

»Hast du den tierischen Star kennengelernt?«, fragte Peter, der nebenbei registrierte, dass Sockes Hunger erstaunlich schnell gestillt schien. Wahrscheinlich hatte der mal wieder nur das Gelee von seiner Mahlzeit geschleckt.

Chris verneinte. »Weder Panteras noch seinen menschlichen Meister.« Sie zwinkerte bei der Bezeichnung, die in letzter Zeit häufig in der Zeitung gebraucht worden war.

Socke betrachtete Chris aufmerksam, aber mehr kam zu dem Thema nicht. »Und bei dir?«, wechselte sie das

Thema. »Hängt der Haussegen im Präsidium immer noch schief?«

Peters Team bei der Mordkommission hatte Anfang der Woche endlich den sehnsüchtig erwarteten Zuwachs bekommen. Leider handelte es sich bei dem Neuen ausgerechnet um Sebastian Meyer, den Ex-Freund von Kommissarin Antonia Boccabella. Die temperamentvolle Halbitalienerin hatte sich vor Kurzem von dem Kollegen aus Osnabrück getrennt, doch da war dessen Bewerbung schon angenommen und seine Versetzung nach Hannover beschlossene Sache gewesen.

»Toni ignoriert ihn, und Basti leidet still vor sich hin. Und er hofft wohl immer noch, dass sie zu ihm zurückkehrt.« Peter seufzte. »Bisher konnte ich die zwei getrennt voneinander beschäftigen. Das ist natürlich nur eine Frage der Zeit, bis Teamwork gefragt ist.« Wenn es einen Mordfall gäbe, würde er die beiden nicht voneinander fernhalten können.

Wie aufs Stichwort klingelte sein Diensthandy.

**

»Und danach kam ein Kastenwagen angefahren. Auf der Seite war ein stattlicher Kater abgebildet. Hach!«, schwärmte Clooney.

»Panteras. Da war er bestimmt drin.« Ihr Sohn Gismo trippelte aufgeregt hin und her.

»Hast du ihn gesehen?«, wollte Mimi mit verträumter Miene von Clooney wissen.

Socke betrachtete die hübsche Glückskatze misstrauisch von der Seite. So entrückt hatte er seine geliebte Freundin noch nie erlebt.

»Pah!« Perserkatze Suleika blickte herablassend von der Mauer herunter. »Dieser Rummel um ein einfaches Tier ist so albern!«

»Nicht persönlich«, antwortete Clooney in Mimis Richtung. Dann erzählte sie von ihrer kurzen Begegnung mit dem Journalisten im Park. Dass er sie als Moppel bezeichnet hatte, ließ sie dabei aus.

Socke lauschte seiner tierischen Nachbarin nur mit halbem Ohr. Er kannte die Geschichte, schließlich war er selbst dabei gewesen.

Stattdessen musterte er Mimi nachdenklich. Sehr zu seinem Unmut schien es so, als teile sie Clooneys Begeisterung für den stattlichen Panteras. Mimi hing an ihren Lippen, als die Grautigerin wieder auf ihre Schwärmerei für den »eigentlichen Weltstar«, wie sie Panteras nannte, zurückkam.

»Hast du ihn gesehen?«, wollte nun auch Nachbarskater Mikey wissen, der eben erst hinzugekommen war.

»Leider nicht. Aus dem anderen Auto ist dieser Zauberer ausgestiegen und noch eine Frau. Der Kastenwagen ist weitergefahren in die Tiefgarage des Hotels.«

»Pah!«, wiederholte Suleika. »Einfach lächerlich, wie die einen schlichten Hauskater zum Star hochstilisieren.«

»Genau«, stimmte Socke ihr zu.

»Du bist ja bloß neidisch! Panteras ist ein Künstler. Bestimmt ein einsamer Künstler.« Clooney blickte schwärmerisch vor sich hin, bevor sie sich an Mikey wandte. »Hast du von dem Fotowettbewerb in der Zeitung gelesen?«

Der Revierchef verneinte. Tatsächlich konnte der Kater einige Buchstaben entziffern, denn er hatte vor Jahren der Tochter seiner Menschen über die Schulter geschaut, als die Lesen gelernt hatte. Das war allerdings schon eine Weile her, und Luisa las ihre geliebten Detektivgeschichten inzwischen allein in ihrem Zimmer. Um in Übung zu bleiben, sah Mikey daher seinen erwachsenen Menschen regelmäßig dabei zu, wie sie die Zeitung durchblätterten. Für Clooney war er deshalb *der* Informant, wenn es um Zeitungsberichte ging, auch wenn seine »Lektüre« sich zumeist auf die Überschriften und Fotos beschränkte. Von dem erwähnten Wettbewerb hatte er jedenfalls nichts mitbekommen.

Clooney nickte selbstzufrieden. »Die NHP sucht das schönste Katzenfoto. Es gibt tolle Preise zu gewinnen. Aber ich denke, die machen das hauptsächlich deshalb, damit Panteras eine Gefährtin findet.« Sie warf sich in Position.

Auf Mimis Gesicht zeigte sich ein Strahlen.

»Hast du etwa auch ein Auge auf diesen Panteras geworfen?«, fragte Socke seine Freundin mit Vorwurf in der Stimme.

Mimi begann, sich verlegen zu putzen.

»Ach was!«, wusste Gismo es besser. »Die veranstalten den Wettbewerb wegen des Zauberers. Man kann sogar eine Nebenrolle in seinem Musical gewinnen. ›Dreimal schwarzer Kater‹ heißt es.«

»Eine Rolle?« Clooneys Stimme überschlug sich beinahe vor Begeisterung.

Suleika steuerte mal wieder ein »Pah!« bei, gefolgt von: »Woher weißt du das?«

»Kam in den Regionalnachrichten.« Wenn es ums Fernsehprogramm ging, konnte man Gismo so leicht nichts vormachen. Dank der großen seniorengerechten Fernbedienungstasten, mit denen er den Sender selbst wechseln konnte, war der Jungkater immer umfassend informiert.

Seine Mutter war ganz aufgeregt. »Warum hast du mir das nicht erzählt? Was muss man tun, um teilzunehmen?«

»Also, man soll ein Foto seines Tiers mit einem zauberhaften Werbeslogan einreichen. Und man muss mindestens 18 Jahre alt sein …«

»Waaaas? So alt?«

»Das ist nur was für Menschen«, belehrte Suleika sie.

»Äh, ja«, stimmte Gismo ihr bedauernd zu.

»Aber warum nur für Menschen? Wenn das Stück doch ›Dreimal schwarzer Kater‹ heißt?«

»Bist du ein Kater?«, neckte Mikey sie.

»Fällst du mir jetzt auch noch in den Rücken?«, fauchte Clooney ihn an. »Die müssen ihre Teilnahmebedingungen eben ändern. Wenn ich erst den Fotowettbewerb gewonnen habe und Panteras' Freundin bin, werden sie mich anflehen, eine Rolle in dem Musical zu übernehmen.«

»Wohl dem, der über ein gesundes Selbstbewusstsein verfügt.« Damit hatte Suleika wie immer das letzte Wort.

**

Kaspar war erstaunt. »Was machst du denn schon wieder hier?«

»Ich habe dem Bösen die Krallen gezeigt«, verkündete Melchior stolz.

Sein Gegenüber nickte anerkennend.

»Du hast *was*?«, fragte Balthasar verdutzt.

»Er hat versucht, mir den Bauch zu kraulen.«

»No-Go!«, fauchte Kaspar.

»Na ja.« Balthasar begann, sich hektisch zu putzen.

»Du lässt ihn doch nicht etwa …?« Kaspar fixierte den schwarzen Kater streng.

»Na ja«, wiederholte der, »wenn man Verdauungsbeschwerden hat …«

»So genau will ich das gar nicht wissen!« Kaspar wandte sich wieder an Melchior: »Alle Achtung, das hätte ich dir gar nicht zugetraut.«

»Er war gemein zum Futtersklaven«, lieferte der eine Erklärung für sein ungewohnt renitentes Verhalten.

»Was?«, kam es nun zweistimmig.

Kaspar machte einen Buckel und stellte sämtliche Rückenhaare auf. »Was hat er getan? Kater, lass dir die Mäuseschwänze doch nicht einzeln aus der Schnauze ziehen.«

»Zuerst hat er rumgemeckert, wie immer. Dass er zu viel Geld ausgibt für uns, ihr wisst schon.« Die anderen beiden nickten. »Er meinte, wir werden zu sehr verwöhnt. Viel zu hohe Kosten für Futter und Spielzeug.«

Zweistimmiges »Pffff!«

»Und am Ende sagte er zu dem Futtersklaven, *er* wäre auch zu teuer. Und wenn er nicht täte, was er von ihm verlangt, dann würde er sich selbst darum kümmern und um ihn gleich mit. Da hab ich ihm meine Krallen gezeigt.«

»Richtig so! Das hätte ich genauso gemacht«, lobte Kaspar.

»Ich auch!«, stimmte sogar Balthasar zu.

»Der Futtersklave hat versucht, mich von ihm wegzuziehen. Hat leider nicht so gut geklappt. Er hat gebrüllt wie am Spieß.«

Kaspar lachte hämisch.

»Seine Frau stand daneben und hat nur dumm geschaut. Als der Futtersklave mich endlich von ihm getrennt hatte, hat er geschrien, dass er uns einschläfern lassen würde, weil wir gemeingefährlich sind.«

»Ihn sollte man einschläfern!«, schimpfte Kaspar.

Balthasar machte eine betroffene Miene. »Es wird immer schlimmer mit ihm«, murmelte er.

»Danach hat er gebrüllt, der Futtersklave sollte ihm aus den Augen gehen und erst wiederkommen, wenn das Problem gelöst sei!«, berichtete Melchior weiter.

»Das Problem? Damit hat er wahrscheinlich uns gemeint«, war sich Kaspar sicher. »Kater, wir müssen von hier verschwinden, bevor es zu spät ist, sonst sieht es ganz düster aus.«

**

»Hast du die Kratzer an seinem Unterarm gesehen?«, raunte die Fotografin von der NHP Marvin Möglinger zu.

»Hm.« Marvin war mit seinen Gedanken woanders und nickte zerstreut. Seine Beobachtungen hatten sich nicht auf den verletzten Arm Brandstetters beschränkt. Das war ein Detail, das ihm allenfalls am Rande aufgefallen war. Während seine Kollegin Mutmaßungen zum Verhältnis zwischen dem Magier und seinem angeblich so geliebten Kater anstellte, dachte er an die Blicke, die Brandstetter mit seiner Frau getauscht hatte. Und an die unbekannte Schöne, die sich in Brandstetters Nähe aufgehalten und ihn nicht aus den Augen gelassen hatte. Während dessen Frau auf den heftigen Flirt Brandstetters mit einer der Servicekräfte nur mit einem Achselzucken reagiert hatte, hatte das Gesicht der Unbekannten Bände gesprochen. Von anfänglicher Ungläubigkeit bis hin zu Mordlust war alles dabei. Schließlich hatte sie die Veranstaltung noch vor deren Ende wütend verlassen.

Marvin war der gehässige Ausdruck von Brandstetters Ehefrau beim Abgang der Schönen nicht entgangen. Leider war es ihm nicht gelungen, der Dame zu folgen oder gar sie anzusprechen. Bis er sich den Weg aus dem Festsaal nach draußen gebahnt hatte, war sie verschwunden gewesen, was die Vermutung nahelegte, dass sie einen der Aufzüge genommen hatte und folglich im Hotel wohnte. Zwei der Aufzugtüren standen offen, das Display über der dritten Tür zeigte eine Drei.

Lässig schlenderte er auf den Pagen zu, der die Eingangstür bewachte. »Kennen Sie die Dame, die eben hier vorbeigekommen ist?« Er wedelte mit seinem Smartphone. »Sie hat ihr Handy liegen lassen und ich würde es ihr gerne bringen ...« Man konnte es ja mal versuchen, und auf die Schnelle war ihm kein besserer Vorwand eingefallen.

Der Hotelangestellte runzelte die Stirn. »Frau Stark?«

Bingo! Den Namen hatte er schon mal gehört. Eliza Stark. Hieß so nicht die neue Texterin in Brandstetters Team? In einem Bericht zum Musical meinte er, etwas in der Art gelesen zu haben. Sie musste erst vor Kurzem Teil des Teams geworden sein, denn auf der Homepage des Magiers hatte er kein Foto von ihr gefunden.

Die Empfangsdame kam schnellen Schritts angelaufen. »Sie können mir das Mobiltelefon geben, ich leite es weiter.« Sie streckte ihm auffordernd ihre Hand entgegen und bedachte den Pagen mit einem strengen Blick.

Er hätte es sich denken können. Hastig ließ Marvin das Mobiltelefon in seiner Fototasche verschwinden. »Danke, das erledige ich selber.«

Die Frau ließ sich nicht so leicht abschütteln. »Sie können nicht einfach das Eigentum eines Hotelgasts an sich nehmen. Das ist Diebstahl!«

Marvin trat der Schweiß auf die Stirn. Wieder mal hatte er sich durch seine Unbedachtheit in eine mehr als unangenehme Situation manövriert. Die Miene der Frau zeigte Entschlossenheit. Die brachte es fertig, ihm sein eigenes

Handy abzunehmen. »Äh, ich, äh, ich … muss leider … dringend …« Was er so nötig vorhaben könnte, fiel ihm nicht ein. Er versuchte, den Rückzug anzutreten, dabei dachte er neidisch an seine Kollegen, die nie um Worte und Ausreden verlegen waren und immer an ihr Ziel kamen. Früher war es bei ihm genauso gewesen, aber seit diesem blöden Kettenbrief gelang gar nichts mehr.

Die Empfangsdame und der Page verstellten ihm den Weg nach draußen. »Ihren Presseausweis!«, verlangte die Frau nun, nachdem sie das Handy nicht bekommen hatte. Mit einem »Bitte« hielt sie sich bei ihrer Aufforderung nicht auf.

»Lassen Sie mich gehen, mir ist schlecht!« Oh mein Gott, dachte Marvin bei sich, eine peinlichere Ausrede gab es wohl kaum, außer vielleicht »Ich muss mal«. Hinter ihm entstand Bewegung, mehrere Leute betraten die Halle. Die zwei Hotelangestellten ihm gegenüber richteten ihre Aufmerksamkeit kurz auf einen Punkt in seinem Rücken. Schnell schlüpfte Marvin zwischen ihnen hindurch ins Freie und flüchtete in den Hotelgarten. »Das wird Konsequenzen haben!«, hörte er die Frau rufen.

Er atmete tief durch. Im Hotel konnte er sich wohl erst einmal nicht mehr blicken lassen. Wie sollte er jetzt an die Frau und vor allem an eine Story rankommen?

»Scheißkettenbrief!«, fluchte er.

**

Chris zeigte auf den Plan, der seit ein paar Tagen auf dem Couchtisch ausgebreitet lag: Die Tischordnung für ihre und Peters Hochzeitsfeier im Frühjahr. »Wie wär's, wenn wir Basti zu deinen Tanten Mina und Inge setzen?«

»Großtanten«, verbesserte Peter. »Keine gute Idee. Da bringt er sich noch vor der Nachspeise um, weil er mit seinen 37 Jahren immer noch nicht verheiratet ist.«

»Oooookay!«

Peter nahm den Klebezettel mit der Aufschrift »Sebastian M.« und positionierte ihn am Tisch »Segelgruppe«. »Wie wäre es damit?«

»Sehr schlecht. Weißt du nicht, dass Basti als kleiner Junge bei einem Segeltörn im Steinhuder Meer ins Wasser gefallen und beinahe ertrunken wäre? Er hat es mir beim Sommerfest erzählt. Seither macht er einen großen Bogen um Segelboote. Aber was hältst du hiervon?« Sie schob Bastis Post-it an den »Kripo-Tisch« zurück und nahm stattdessen den mit dem Namen »Antonia B.« weg. »Dann setzten wir Toni halt an den Seglertisch.«

»Bloß nicht!« Peter deutete auf einen der Zettel an besagtem Tisch. »Rosalie gibt Toni die Mitschuld an der Trennung von ihrem Ex. Der ist ein unverbesserlicher Frauenheld. Beim Großraumentdeckertag vor zwei Jahren hatten wir eine Führung durchs Polizeipräsidium angeboten. Rosalie und ihr damaliger Freund waren da, und er hat sich prompt an Toni rangemacht. Das hat zu einem Riesenkrach zwischen ihm und Rosalie geführt.« Peter seufzte und klebte den Zettel zu weiteren nicht zugeordneten am Rand des Plans. »So eine Tischordnung zu organisieren, ist ja komplizierter als eine Mordermittlung.«

Seine Angetraute gab ihm einen Kuss auf die Wange. »Wem sagst du das? Vor allem, wenn man so viele Gäste einladen möchte wie wir.«

»Deswegen haben wir schließlich so lange gewartet.«

Die beiden hatten bereits im Frühjahr geheiratet. Coronabedingt war es ein Ereignis in ganz kleinem Kreis gewesen, das nun endlich mit sämtlichen Freundinnen, Freunden, Bekannten und Verwandten sowie Kolleginnen und Kollegen nachgeholt werden sollte. Als Location bot sich das Hotel an der Messe gleich gegenüber ihres Hauses an. Ein Termin im kommenden Frühjahr war schon gefunden, und spätestens zu Weihnachten sollten die Einladungskarten verschickt werden. Seit Tagen knobelten sie an der optimalen Tischordnung.

»Na ja, ein bisschen Zeit bleibt uns ja noch. Wer weiß, wer sich bis dahin alles trennt oder wieder versöhnt.«

Peter griff nach der Rotweinflasche.

»Danke, ich hab genug.« Chris hielt ihre Hand über ihr Glas und sah auf die Uhr. »Für mich ist Schlafenszeit.«

Peter schenkte sich selbst etwas Wein ein und stellte die Flasche zurück auf den Couchtisch neben sein Diensthandy, das seit dem Anruf am frühen Abend glücklicherweise still geblieben war.

Socke, der auf dem Sessel ihm gegenüber gemütlich gedöst hatte, öffnete die Augen und gähnte herzhaft.

Das war für Chris das endgültige Signal, sich zu erheben. Sie gab ihrem Mann einen Kuss und streichelte im Hinausgehen Sockes Köpfchen.

Der Kater streckte sich, gähnte erneut und folgte dann seiner Menschin. Vielleicht konnte kater ja noch ein Betthupferl erbetteln.

Peter blickte den beiden gedankenverloren hinterher. Der dienstliche Anruf zur Feierabendzeit hatte zum Glück keinen größeren Einsatz zur Folge gehabt. Sein Chef hatte ihn lediglich gebeten, ein Gespräch mit Hans Brandstetter zu führen. Der Magier hatte nämlich bei keinem Geringerem als dem Polizeipräsidenten selbst angerufen, weil er sich bedroht fühlte. Einen stichhaltigen Grund für diese

Bedrohung hatte er bei dem Telefonat zwar nicht anführen können, doch weil es sich um einen prominenten Gast der Stadt handelte, wollte der Polizeipräsident das Ganze nicht sofort als Spinnerei abtun. Auch wenn er es genau dafür hielt, was er Peter unumwunden mitteilte. »Er wirkte ziemlich hysterisch und hat damit gedroht, an die Öffentlichkeit zu gehen, wenn wir nichts unternehmen. Ich kenne diese Art von Anrufen. Da steckt meistens nichts dahinter. Trotzdem können wir uns keinen verärgerten Brandstetter leisten. Sie wohnen doch gleich um die Ecke von seinem Hotel«, erklärte er schließlich, warum er sich ausgerechnet an Peter gewandt hatte. »Gehen Sie bei ihm vorbei und reden mit ihm. Geben Sie ihm das Gefühl, ernst genommen zu werden. Das reicht hoffentlich.«

Peter war also bei Brandstetter gewesen, der sich zunächst ausgiebig darüber aufgeregt hatte, dass der Polizeipräsident nicht persönlich aufgetaucht war.

»Ein äußerst unsympathischer Zeitgenosse«, urteilte der Hauptkommissar später Chris gegenüber. Es hätte ihn nicht gewundert, wenn es jemand tatsächlich auf den Magier abgesehen hatte, indes fanden sich dafür keinerlei Beweise, weder schriftlich noch mündlich, wie Brandstetter freimütig zugab. Der Grund seines Anrufes beim Polizeipräsidenten war einzig und allein in einem »Gefühl« begründet. »Sie müssen mir schon glauben, wenn ich sage, mir trachtet jemand nach dem Leben! Klar, dass *Sie* das nicht spüren.« Obwohl beinahe gleichaltrig kam sich Peter ihm gegenüber vor wie ein dummer Schuljunge. Auf seine Frage nach Brandstetters Vorstellung, was die Polizei nun tun solle, meinte der: »Muss ich Ihnen Ihre Arbeit erklären? Personenschutz ist das Mindeste.« Als Peter zögerte, fügte er hinzu: »Ich glaube, ich muss noch mal mit dem Polizeipräsidenten reden.«

Das nahm sich Peter ebenfalls vor. »Geben Sie ihm das Gefühl, ernst genommen zu werden.« Was hatte sein Vorgesetzter sich dabei nur gedacht, als er das zu ihm gesagt hatte? Schließlich verabschiedete sich Peter mit dem vagen Versprechen, dass man den Magier und seine derzeitige Bleibe »im Auge behalten werde«. Solange sich im Hotel ein derartiges Aufgebot an Prominenz aufhielt, wurde in der Gegend sowieso verstärkt Streife gefahren. Das würde hoffentlich reichen.

Der Hauptkommissar seufzte. Zum Glück gehörten solche eher diplomatischen Einsätze nicht zu seinen üblichen Aufgaben. Er trank einen Schluck Rotwein.

Socke schlenderte wieder ins Wohnzimmer und sprang mit elegantem Schwung neben ihn aufs Sofa, wo er sich gemächlich zu putzen begann.

Peter leerte sein Glas und wollte sich gerade erheben, als das Handy auf dem Tisch klingelte. Der Kater erschrak und fauchte das Gerät an.

»Tja, Socke, man soll den Tag nicht vor dem Abend loben.« Mit diesen Worten nahm er das Gespräch an.

**

Sockes Neugier war geweckt. Es war zwar öfter der Fall, dass Peter einen dienstlichen Anruf bekam, und da sein Mensch bei der Mordkommission arbeitete, bedeutete das meistens, dass irgendwo eine Leiche gefunden worden war. Doch dieses Mal bestellte Peter sich nicht etwa einen Streifenwagen, um an den Fundort zu gelangen, nein, er machte sich zu Fuß auf den Weg. Das konnte nur bedeuten, dass das Verbrechen ganz in der Nähe geschehen war. Im Gegensatz zu Peter war Socke so gut wie ausgeschla-

fen, und so beschloss er, den Hauptkommissar zu begleiten. Natürlich brauchte es dafür Schnurrhaarspitzenge-
fühl, denn sein Mensch sah es nicht so gerne, wenn er an
einem Tatort auftauchte. Das hatte Socke in der Vergangenheit feststellen müssen. Was natürlich ungerecht war,
denn der Kater hatte so manches Mal zur Aufklärung eines
Falles beigetragen. Beim letzten Mal hatte man ihm sogar
einen ausführlichen Zeitungsbericht gewidmet. Sehr zum
Unmut von Clooney, die darin keinerlei Erwähnung gefunden hatte.

Während Peter sich also gegen die winterliche Kälte aus-
stattete, schlüpfte sein pelziger Hausgenosse durch die Katzenklappe nach draußen und postierte sich im Schutz der
Dunkelheit vor der Eingangstür. Schon jetzt ahnte er, wo
Peter hinwollte, denn vor dem Hotel auf der gegenüberliegenden Straße standen zwei Streifenwagen mit blinkenden
Blaulichtern umringt von einer großen Menschentraube.

Und er hatte richtig geraten. Nachdem Peter endlich
aus der Haustür getreten war, steuerte er direkt darauf zu.

Kurz darauf bahnte sich der Kommissar mittels seines
Dienstausweises einen Weg durch die Menge, während
Socke sich zwischen Menschenbeinen hindurch auf das
große Gebäude zuschlängelte. Dort war ein Uniformier-
ter damit beschäftigt, die Schaulustigen in Schach zu halten. Seine Kollegin unterstützte ihn dabei, indem sie den
Bereich vor dem Hotel mit Absperrband sicherte. Peter
ging, seinen Ausweis vor sich her haltend, auf die Beamtin zu. Sie sprachen kurz, dann deutete die Frau hinter
sich, wo etwas oder jemand unter einer Plane verdeckt lag.

Socke hatte sich inzwischen bis in die erste Reihe vor-
gearbeitet, wo er versteckt hinter einem Paar massiger

Winterstiefel das Geschehen beobachtete. Er spitzte die Ohren. »Die restlichen Kollegen sind unterwegs«, erklärte die Polizistin Peter gerade. »Wir sind weisungsgemäß in der Gegend Streife gefahren und waren deshalb direkt vor Ort, als es passiert ist. Ein Journalist hat beobachtet, wie die Person vom Balkon gefallen ist, und hat uns gleich auf der Straße abgefangen.« Jetzt deutete die Frau auf einen Mann, der wenige Meter entfernt stand und den Socke kannte, wie er zu seiner Überraschung feststellte.

Der Hauptkommissar schien ebenfalls erstaunt zu sein. »Kann ich zunächst einen Blick auf die Tote werfen?«, fragte er. Unter der Plane lag also eine Frau und sie war tot. Gut, das war nicht so ungewöhnlich. Wenn Peter dazugerufen wurde, waren meistens Tote im Spiel. Der Kater linste an den Stiefeln vorbei, es juckte ihn in den Pfoten. Daneben standen Stöckelschuhe, deren Absätze gut als Mordwaffe herhalten könnten. Die dazugehörige Frau trat ein Stück zur Seite. Um ein Haar hätte sie Socke mit ihren spitzen Absätzen erwischt. Erschrocken machte er einen Satz zur Seite und verpasste deshalb die Enthüllung der Leiche.

»Panteras!«, rief eine männliche Stimme plötzlich. Um Socke herum entstand ein Tumult, und es dauerte einen Moment, bis er verstand, dass sich der Ausruf nicht auf die Tote, sondern auf ihn bezog. Augenblicklich grapschten mehrere Hände nach ihm. Unter Zuhilfenahme von Krallen und Zähnen konnte er verhindern, dass man ihn festsetzte, und huschte unter dem Absperrband hindurch auf Peter zu.

»Socke?«

Peter, du Blitzmerker, dachte der Kater.

Der Ausruf klang nicht wirklich nach Wiedersehensfreude. »Bring mir bloß nicht wieder meinen Tatort durcheinander.«

»Ob das ein Tatort ist oder nicht, muss sich erst noch rausstellen«, donnerte ein Mann in einem weißen Anzug, dem weitere Weißgekleidete folgten. Die Spurensicherung war also eingetroffen. Socke kannte den Mann. Da er im Haushalt eines Hauptkommissars der Mordkommission lebte, wusste er, dass die komischen Anzüge zur Ausstattung dieser Spurensicherer gehörten. Außerdem wusste er um das Prozedere, das nun kommen würde und das damit begann, dass sämtliche Anwesenden – ob Mensch oder Tier – von der Toten weggescheucht wurden. Er trollte sich also freiwillig in den Park des Hotels. Vielleicht konnte er dort noch einen kleinen Mitternachtssnack erwischen.

**

»Gero von Haberberg«, las Peter auf dem Presseausweis. »Sie haben uns verständigt?« Er kannte den Zeugen, der ihm nicht nur bei einem vorherigen Fall über den Weg gelaufen war, sondern eine Zeitlang auch heftig mit seiner Mitarbeiterin Toni geflirtet hatte. Es hätte ihn nicht gewundert, wenn der Kulturjournalist damals sogar mitverantwortlich für Tonis Trennung gewesen war.

Gero bestätigte sichtlich aufgewühlt, den gerade wegfahrenden Streifenwagen angehalten zu haben. Von seiner sonst üblichen Eloquenz war nichts zu spüren. »Ich ... ich habe beobachtet, wie sie vom ... Balkon gestoßen wurde«, stammelte er.

Der Hauptkommissar runzelte die Stirn. »Gestoßen? Sind Sie sicher?« Auf das Nicken seines Gegenübers fragte er: »Wo befanden Sie sich zu dem Zeitpunkt?«

Gero deutete auf eine offene Laube im Innenhof. Sie war von wildem Wein bewachsen und wirkte zu dieser

Jahreszeit ein wenig karg, war aber, wie Peter als Anwohner wusste, im Sommer ein echter Blickfang und beliebter Aufenthaltsort.

»Was hat Sie ausgerechnet um diese Zeit hierhergetrieben?«

»Eine Nachricht von Brandstetter.« Der Journalist zückte sein Handy und zeigte eine SMS: »Wollen Sie eine besondere Story? Dann kommen Sie um 22 Uhr in die Weinlaube des Hotels, Hans Brandstetter«, stand da.

»Hat er so etwas schon öfter gemacht?«, wollte der Hauptkommissar wissen. »Also Journalisten per SMS zu einem Treffpunkt bestellt?« Als sein Gegenüber den Kopf schüttelte, fragte er: »Wie konnten Sie sicher sein, dass die Nachricht kein Fake war?«

»Das konnte ich nicht. Aber ehrlich, was hatte ich zu verlieren?« Nervös fuhr sich Gero über den gepflegten Dreitagebart. »Der Empfang war zwar super organisiert, und ich hab auch einige Promis vor die Linse bekommen, aber keine Überraschungen. Außer vielleicht, dass Brandstetter ziemlich reserviert war. Irgendwas hatte er. Sonst drängt er sich Fotografen geradezu auf, heute Fehlanzeige. Er konnte nach der Veranstaltung gar nicht schnell genug verschwinden. Ich dachte halt, ich erfahre den Grund hier.« Er schluckte. »Und stattdessen sehe ich, wie er diese Frau umbringt ...«

KAPITEL 2 - SAMSTAG, 26. NOVEMBER 2022

Tödlicher Empfang

Hannover. Der Abend begann mit einer rundum gelungenen Veranstaltung und endete tödlich. Beim Empfang zu Ehren des berühmten Magiers Hans Brandstetter war die lokale Prominenz vollständig vertreten. Zaubererkollege Detlef Simon, nicht nur in der Stadt an der Leine bestens bekannt als DESiMO, hielt eine launige Begrüßungsansprache gespickt mit zauberhaften Überraschungen. Der Kabarettist Matthias Brodowy sang seine berühmte Liebeserklärung an Hannover »Stadt mit Keks« und das Ensemble der Staatsoper Hannover, in der demnächst die Proben zu Brandstetters Musical »Dreimal schwarzer Kater« stattfinden sollen, gab Kostproben seines Schaffens. Brandstetter, der ohne seinen geliebten Kater Panteras an der Veranstaltung teilnahm, zeigte sich geschmeichelt und zog sich gutgelaunt gegen 21:45 Uhr in seine Suite zurück. Seine Gäste hatten sich noch nicht alle auf den Heimweg gemacht, als kurz darauf das tödliche Unglück geschah. Eine junge Frau stürzte von einem der Balkone im obersten Stockwerk des Hotels an der Messe und war laut Angaben der Polizei sofort tot. Weitere Einzelheiten sind bislang nicht bekannt. Auch über die Identität der Toten schweigt die Polizei.

Laut eines Sprechers des Organisationsteams um Brandstetter sollen die Proben an seinem Musical trotz des Vor-

falls wie geplant beginnen. Der Magier selbst stand bislang nicht für ein Statement zur Verfügung.

Er griff nach der Schere. Der Artikel in der NHP war nicht der einzige, der von dem gestrigen Ereignis berichtete. Und nicht nur die schreibende Zunft widmete dem Vorfall Aufmerksamkeit, auch in den Radionachrichten wurde darüber informiert, und es würde ihn nicht wundern, wenn heute Abend auch im Regionalfernsehen ein Beitrag gesendet werden würde. Er grinste, während er den Zeitungsausschnitt in seinem Ordner abheftete und sich das nächste Blatt vornahm. In aller Frühe war er zum Bahnhof gefahren, um von sämtlichen verfügbaren Zeitungen je eine Ausgabe zu bekommen. In den meisten, auch den überregionalen, fand Brandstetters Name Erwähnung. Wieder lachte er hämisch vor sich hin. Das müsste diesem eitlen Gockel doch gefallen! Er wusste, dass der Magier es schwer ertragen konnte, wenn sich niemand für ihn interessierte und er womöglich auf der Straße nicht erkannt wurde. Corona war da eine harte Prüfung für ihn gewesen und zweifellos der Grund dafür, warum er seine Memoiren geschrieben hatte.

Er schnitt einen weiteren Bericht aus, der mit: »Vor den Augen des Magiers: Sturz in den Tod!« überschrieben war.

Tja, dachte er gehässig. Jetzt hast du deine Publicity, Hans Brandstetter!

**

Ihr erster Blick nach dem Aufwachen fiel auf das Handy auf dem Nachtisch. Keine Nachrichten und keine verpassten Anrufe. Eliza Stark war versucht, das Mobiltelefon an die Wand zu werfen. Seit gestern stellte Hans sich tot. Auf ihren verfrühten Abgang vom Empfang am Abend hatte er nicht reagiert, ihn wahrscheinlich nicht einmal bemerkt. Er war schließlich viel zu sehr mit dieser aufreizend gekleideten Serviererin beschäftigt gewesen. Am liebsten hätte sie ihm an Ort und Stelle eine Szene gemacht. Zu dem Zeitpunkt hatte sie allerdings zumindest noch einen Funken Hoffnung gehabt, dass sein Verhalten nur Berechnung sei, um seine Frau zu provozieren. Als sie es trotzdem nicht mehr hatte mitansehen können, war sie auf ihr Zimmer gegangen, hatte sich über die Knabbereien, eine Aufmerksamkeit des Hotelmanagers, hergemacht und den Inhalt der Minibar dezimiert. Obwohl sie sich mit den alkoholischen Getränken zurückgehalten hatte – immerhin hatte sie zu diesem Zeitpunkt noch mit Besuch gerechnet –, hatte sie der Alkohol ziemlich umgehauen. An die genaue Uhrzeit konnte sie sich nicht mehr erinnern, aber nachdem Brandstetter sich nicht bei ihr hatte blicken lassen, war sie auf die Suche nach ihm gegangen. Zumindest war das der Plan gewesen. Danach verschwamm ihre Erinnerung vollends. Sicher wusste sie nur, dass sie Hans nicht angetroffen hatte. Stattdessen meinte sie, Jakob Becker, dem Katzenmann, wie sie ihn bei sich nannte, begegnet zu sein. Eigentlich mochte sie ihn ganz gerne. Er liebte Tiere und vor allem Katzen, deshalb war die Katzenbetreuung auch seine Aufgabe in Brandstetters Team. Dafür steckte Jakob einiges ein. Hans behandelte ihn nicht besonders nett. Doch als Eliza ihm gegenüber etwas in der Art erwähnt hatte, hatte er ungehalten reagiert: »Das geht dich gar nichts an.« Eliza hatte den Eindruck, dass er Jakob seither noch unfreundlicher behandelte. Damals hatte sie gedacht, er sei eifersüchtig, weil sie Partei für den Katzenmann ergriffen hatte. Seit diesem Tag ging sie Jakob also aus dem Weg. Gestern waren sie jedoch aufeinandergetroffen, so viel wusste sie noch. Und waren sie nicht ins Gespräch gekommen? Sie versuchte, aus dem Nebel in ihrem Kopf einen klaren Gedanken herauszuschälen. Was war danach passiert?

»Oh mein Gott!«, stöhnte sie. Laut der Liste in ihrem Mobiltelefon war der viertelstündliche Takt, in dem sie bei Brandstetter angerufen hatte, zwischen halb elf und ein Uhr nachts unterbrochen worden. Was hatte sie getan? So sehr sie sich auch anstrengte, es fiel ihr nicht ein. Zwischen eins und fünf hatte sie dann wieder ebenso regelmäßig wie erfolglos versucht, Hans zu erreichen.

Inzwischen war es kurz nach acht. Sie hatte also gerade mal drei Stunden geschlafen. Kein Wunder, dass ihr Kopf dröhnte. Sie hatte einen ausgewachsenen Kater. Sie schnappte sich ihr Handy, um nach Hausrezepten dagegen zu suchen. Was ihr stattdessen ins Auge sprang, ließ sie nach Luft schnappen.

Sie musste unbedingt mit Hans reden. Ohne große Hoffnung wählte sie ein weiteres Mal seine Nummer.

»Ja?«

Sie erschrak, als sie plötzlich seine Stimme hörte. »Ich bin's, Eliza«, erklärte sie überflüssigerweise. Außer ihr kannten nicht viele die Nummer seines Privathandys und er hatte ihre Nummer ja eingespeichert. »Hans, was ist los? Erst bist du die ganze Nacht nicht erreichbar, und dann lese ich heute Morgen *das* in den Nachrichten.«

Was sie mit »das« meinte, war klar.

»Da will mich jemand fertigmachen«, erklärte er ihr. »Das ist eine bösartige Intrige. Würde mich nicht wundern, wenn Saskia sich das alles ausgedacht hätte.«

Sie schluchzte auf. »Ach, Hans.«

»Du musst ruhig bleiben. Ich kriege die Sache in den Griff! Die Polizei kommt vermutlich, um dich zu vernehmen. Sag ihnen erst mal nichts von uns.«

»Soll ich …?«, sie stockte. »Brauchst du ein Alibi für die letzte Nacht?«

Jetzt wurde er lauter. »Hörst du mir nicht zu? Du sollst nichts von uns erzählen!«

»Aber …«

»Nichts aber!«, fiel er ihr barsch ins Wort. »Du hältst dich da raus. Verstanden?«

»Ja.« Sie weinte bitterlich.

Seine Stimme wurde weicher. »Tu, was ich dir sage, und vertrau mir. Alles wird gut.«

**

»Hier, du bist doch bestimmt noch nicht zum Frühstücken gekommen.« Sebastian stellte einen Teller mit einem Mandelhörnchen vor Toni ab und setzte sich neben sie.

»Das geht dich gar nichts an.« Demonstrativ rückte sie weiter auf den Platz neben Lisa und verschränkte die Arme vor der Brust.

Peter gähnte. Die Nacht war kurz gewesen, schlaftechnisch, beziehungsweise lang, arbeitstechnisch, je nachdem, wie man es betrachtete. Und der Tag hatte mit einem Anruf des Kriminalrats nicht besonders angenehm begonnen. Hans Brandstetter hatte keine Zeit verloren und sich über den Hauptkommissar beschwert. Peters Chef hatte ihn um »etwas mehr Fingerspitzengefühl« dem Promi gegenüber gebeten. Das Letzte, was Peter jetzt brauchte, waren die Streitereien zwischen Ex-Partnern. Er hatte sowohl mit Antonia als auch Sebastian über dieses Thema bereits ausführlich gesprochen und beließ es deshalb für den Moment bei einem warnenden Blick.

Toni schob Peter Kaffeekanne und einen Becher hin. »Lisa hat Kaffee gekocht«, erklärte sie.

Basti schaute unschlüssig auf das verschmähte Gebäckstück vor sich.

Die Tür zum Besprechungszimmer wurde aufgerissen, und Friedrich Eberhard platzte in den Raum. »Entschuldigung, ich hätte nicht gedacht, dass Samstagvormittag so viel los ist am Pferdeturm.« In einem für ihn ungewohnt flotten Tempo entledigte sich der Teamälteste seiner Jacke und steuerte auf den freien Platz zwischen Toni und Basti zu.

»Äh, is was?« Irritiert ob des Schweigens hielt er inne und sah von einem zum anderen.

»Nö. Schön, dass du da bist.« Toni klopfte betont aufgeräumt auf die Sitzfläche des freien Stuhls. »Setz dich doch.«

»Möchtest du ein Mandelhörnchen?« Sebastian präsentierte ihm den Teller mit dem süßen Teilchen.

»Oh, danke!« Der stets hungrige Fritz schnappte sich das Gebäck und biss hinein. »Lecker!«, urteilte er mit vollem Mund.

»Da wir nun vollzählig sind, kann ich ja anfangen. Wie ihr wisst, gab es gestern einen Todesfall im Hotel an der Messe. Lisa und ich waren vor Ort und haben uns die Nacht um die Ohren geschlagen.« Er nickte der langjährigen Kollegin dankbar zu und trank einen Schluck Kaffee. »Die Tote heißt Kyra Petrovic und war Zimmermädchen. Gestern Abend hat sie allerdings beim Empfang als Servicekraft ausgeholfen und war für Brandstetters Tisch zuständig.«

»Wir haben einen Zeugen«, schaltete Lisa sich ein, »der behauptet, Brandstetter sei an ihrem Fenstersturz nicht ganz unbeteiligt.«

»Hui!« Toni stieß die Luft aus.

»Er hat aber ein Alibi.« Bedauernd zuckte Peter mit den Schultern.

»Na ja«, kam es wiederum von Lisa, »von seiner Frau. Was das wert ist, wissen wir alle. Ich würde ihn gerne mal ein bisschen in die Mangel nehmen.«

Peter legte ihr die Hand auf den Arm, die Ermahnungen seines Chefs im Hinterkopf. »Erst sprechen wir noch mal mit dem Augenzeugen. Er war gestern ziemlich aufgeregt. Und er hat behauptet, da sei noch jemand gewesen, der den Sturz beobachtet und angeblich sogar fotografiert habe.« Er machte eine kurze Pause und sah in die gespannten Gesichter der anderen. »Aber außer ihm haben wir bisher niemanden gefunden, der diese weitere Person gesehen hat«, fuhr er dann fort. »Das macht den Zeugen natürlich nicht glaubwürdiger. Vielleicht wollte er sich bloß wichtigmachen.« Diese Vermutung hatte der Kriminalrat am Morgen geäußert, unter anderem, um vor Peter die eingeforderte Zurückhaltung gegenüber Brandstetter zu rechtfertigen.

Lisa wollte etwas erwidern, doch da öffnete sich die Tür erneut und Ulrich Zeitler, der Chef der Spurensicherung, trat ein. Er grüßte in die Runde und zog sich einen Stuhl heran.

Peter fuhr fort: »Laut erster Einschätzung aus der Gerichtsmedizin von Dr. Eilig hätte der Sturz nicht zwingend tödlich sein müssen. Die Frau stürzte aus dem dritten Stock, Fallhöhe war also etwa neun Meter. Das kann man überleben. Sie muss unglücklich aufgekommen sein. Mehr hab ich noch nicht aus der Rechtsmedizin gehört.« Er wandte sich an Ulrich Zeitler. »Hast du denn schon was für uns?«

Der SpuSi-Mann zog seine Notizen zurate. »Einiges. Mit dem Vorgarten, in dem die Leiche lag, sind wir so gut wie durch. Da waren ein paar Fußspuren rund um die Laube.« Er zuckte mit den Schultern. »Es ist ja nicht verboten, da herumzulaufen. Der Mülleimer neben der Bank dort war bis auf gebrauchte Tempos und die Verpackung eines Schokoriegels leer. Also alles ordentlich aufgeräumt im Außenbereich und so weit nichts Außergewöhnliches.« Er nahm einige Fotos aus einer Mappe und reichte sie herum. »Ich habe einen Lageplan angefertigt.« Er legte ein DIN-A3-Blatt in die Mitte des Tischs, auf dem er einen Grundriss des Hotels und der umliegenden Gegend gezeichnet hatte. »Hier.« Er deutete auf eine Stelle des Plans. »Von diesem Balkon im dritten Stock ist sie gestürzt.«

»Laut der Hotelleitung wurde die gesamte dritte Etage mit insgesamt sechs Zimmern vom Brandstetter-Team gemietet«, ergänzte Lisa. »Das hintere Zimmer Richtung Süden und das vordere an der Ecke Nordost in Richtung Karl-Schurz-Weg sind aktuell nicht belegt. Sie sind angeblich als Besprechungsräume und für spontane Gäste gedacht.«

»In welchem logiert denn der Maestro himself?«, wollte Toni wissen.

»Der hat eine Appartementsuite im ersten Stock. Mit Blick nach hinten raus in den Park. Er behauptet, er brauche immer etwas Abstand von dem Rummel um seine Person. Seine Worte«, erklärte Lisa.

Der SpuSi-Mann tippte auf das Papier. »Wie gesagt, dieses Zimmer, von dessen Balkon die Frau gefallen ist, ist so eine Art Ausweichzimmer, das offiziell keiner bewohnt hat.«

»Weiß man schon, wer alles einen Schlüssel oder eine Zugangskarte dafür hatte?«, erkundigte sich Fritz.

»Alle aus dem Team um Brandstetter und natürlich das Hotelpersonal. Und bevor du weiterfragst: Es sind Schlüssel. Zu- und Abgänge sind also nicht registriert.« Er deutete wieder auf den Grundriss. »In dem besagten Raum hat, wie es aussieht, ein nettes inoffizielles Treffen stattgefunden. Auf dem Couchtisch standen eine geöffnete Flasche Champagner und zwei Gläser.«

»Das klingt ja so, als hätte Brandstetter ungestört eine Nacht mit einer Frau verbringen wollen«, schlussfolgerte Fritz und pickte mit dem Finger Krümel von seinem Teller.

»Oder jemand anderes. Eins der Gläser war so gut wie leer, das andere halbvoll. Auf beiden haben wir Fingerabdrücke gefunden, auf dem Halbvollen die von der Toten. Die Spuren auf dem anderen Glas konnten wir bislang nicht zuordnen.«

»Dann ist es doch ganz einfach. Wir nehmen von allen infrage kommenden Personen Fingerabdrücke und DNA. Zuallererst natürlich von Brandstetter«, ereiferte sich Toni. »Wenn er dort zur Tatzeit beobachtet wurde, stammen die Abdrücke wahrscheinlich von ihm.«

»Wenn es nur so einfach wäre«, bedauerte Peter. »Freiwillig hat er nicht zugestimmt. Und für eine Anordnung haben wir bisher kein grünes Licht bekommen.«

»Mist! Sobald ein Promi beteiligt ist, kriegen die da oben Schiss«, schimpfte Toni.

Der Hauptkommissar nickte. »Wir müssen auf jeden Fall diesem Zeugen weiter auf den Zahn fühlen. Optimal wäre es natürlich, wenn wir denjenigen finden, der angeblich Fotos gemacht hat. Wenn es ihn oder sie überhaupt gibt.«

»Leute, ich war noch nicht fertig«, schaltete Ulrich Zeitler sich wieder ein. »Wir haben noch mehr. Zum einen Fingerabdrücke einer weiteren Person auf dem Griff der

Balkontür. Und dann lagen auf dem Balkon, von dem sie gefallen ist, ihre Schuhe. Sie muss sie dort ausgezogen oder sie verloren haben. Und an einem von ihnen befanden sich Hanfsamen.«

»Hanf?«, beteiligte sich nun auch Sebastian am Gespräch. »Wer weiß, was die da für eine spezielle Party gefeiert haben.«

»Aber für einen Joint verwendet man nicht die Samen oder täusche ich mich?«, dämpfte Lisa seinen Eifer.

»Stimmt. Du kennst dich ja gut aus.« Ulrich Zeitler grinste. »Die Samen braucht man, wenn man das Zeug anbauen möchte. Wobei die, die wir an ihrem Schuh gefunden haben, noch zu frisch waren. Zum Aussäen müssen sie erst getrocknet werden.«

»Also keine Drogenparty, die aus dem Ruder gelaufen ist?« Sebastian war sichtlich enttäuscht.

»Das muss sich noch rausstellen. So ungebremst, wie sie vom Balkon gestürzt ist, könnten durchaus Rauschmittel im Spiel gewesen sein. Wir müssen die Ergebnisse der Obduktion abwarten.«

»O-kay! Die Tote war also möglicherweise berauscht, und sie war kurz vor ihrem Date im Hotelzimmer auf einer Hanfplantage?«, versuchte Lisa, es auf den Punkt zu bringen. »Hm, also meines Wissens gibt es in der Gegend keinen legalen Anbau von Nutzhanf. Also eine illegale Pflanzung?«

»Ja, es hat ganz den Anschein, dass jemand irgendwo in Hannover-Mittelfeld Cannabis anbaut.« Peter seufzte tief. »Wir müssen uns in der Gegend sowieso gleich noch gründlich umschauen und mit den Angestellten im Hotel reden.« Er sah erst Sebastian und danach Toni an, aber die schüttelte heftig den Kopf.

»Ich würde lieber hierbleiben und dem Augenzeugen auf den Zahn fühlen. Außerdem kennt Lisa die Leute im Hotel schon. Es wäre doch viel besser, wenn sie ...«

Peter winkte ab. »Von mir aus.« Tonis Argument war nicht von der Hand zu weisen. Obwohl er bezweifelte, dass die junge Frau sich so sehr für diese Möglichkeit ausgesprochen hätte, wenn sie den Namen des Zeugen gekannt hätte.

**

»Last christmas ...«

Marvin Möglinger zog sich die Bettdecke über den Kopf und hielt sich die Ohren zu. Sein Kumpel, bei dem er seit einigen Monaten lebte, hatte offenbar gute Laune. Er hatte das Radio laut aufgedreht und sang mit.

Entnervt warf Marvin die Decke von sich und schwang die Beine aus dem Bett.

Er erhob sich ächzend und stiefelte nach nebenan in die Küche.

»Oh, Marv, hab ich dich geweckt?« Sein momentaner Gastgeber zeigte keine Reue und machte ebenso wenig Anstalten, das Radio leiser zu drehen.

Das erledigte jetzt Marvin. Er funkelte den Kumpel wütend an und stellte eine Tasse unter den Kaffeevollautomaten. »Weißt du, wie spät es ist?«

»Guten Morgen, liebe Hörerinnen und Hörer, es ist 9:13 Uhr«, antwortete wie aufs Stichwort der Sprecher im Radio. »Für alle, die eben erst aufstehen: Sie haben einen der größten Weihnachtshits des Jahrhunderts verpasst. Aber keine Sorge, wir haben noch mehr. Wie wäre es mit ...?«

Marvin stellte das Rundfunkgerät aus.

»Hey!«, kam lautstarker Protest. »Das ist immer noch meine Küche und …« Der Rest ging im Dröhnen des Mahlwerks unter, das zu einem leisen Brummen wurde, während Kaffee in die Tasse lief. »Wann suchst du dir endlich was Eigenes?«

»Bald.« Marvin inspizierte den Kühlschrank. »Keine Milch?«

»Ist alle.« Sein Kumpel verschränkte die Arme vor der Brust. »Wenn du welche holst, bring gleich Chips mit. Und Toastbrot, aber nicht das Vollkornzeug.« Angewidert betrachtete er eine Blechdose auf dem Regal neben den Kochbüchern. Vollkorn-Weihnachtskekse, »zuckerfrei und kalorienarm«, hatte die Nachbarin gelobt, die das Gebäck gestern vorbeigebracht hatte. »Eher verhungere ich«, hatte er geknurrt, als die gesundheitsbewusste Mittdreißigerin wieder verschwunden war, und hatte die Dose, ohne einen Blick hineinzuwerfen, aufs Bücherbord verbannt.

Marvin verkniff sich einen Kommentar. Dem ehemaligen Klassenkameraden hätte eine gesündere Ernährung sicher nicht geschadet. Kaum zu glauben, dass er während der Schulzeit eine Sportskanone gewesen war. Das verwaschene Sweatshirt mit dem Logo seines Arbeitgebers spannte über seinem Bauch. »Musst du nicht zur Arbeit?«, versuchte Marvin es mit einer anderen Frage.

Der Angesprochene würdigte ihn keiner Antwort, sondern erhob sich und stellte das Radio wieder an. »Heute ist Samstag.«

Helene Fischer säuselte über das Winter Wonderland.

Marvin stöhnte. Wollte sein Kumpel ihn mit Dauer-Weihnachtsberieselung aus der Wohnung treiben? Morgen war der erste Advent. Fehlte bloß noch, dass er die passende Deko hervorholte. Wenn die genauso geschmackvoll war wie sein Outfit, konnte Marvin sich auf was gefasst machen.

»Wolltest du mir nicht endlich was zur Miete dazugeben?« Jetzt kam auch noch die Schiene. Marvin brummte etwas Unverständliches. Im Radio brachten sie gerade die Kurznachrichten um halb zehn: »Hannover. Ein tragischer Vorfall überschattete am gestrigen Abend den Empfang zu Ehren des berühmten Magiers Hans Brandstetter. Eine Angestellte des Hotels stürzte aus dem dritten Stock des Hauses zu Tode …«

»Hast du da eigentlich nichts mitbekommen? Du warst doch gestern bei diesem Empfang. Das wäre endlich mal eine exklusive Story, die was einbringt.«

»Exklusiv? Weißt du, wie viele Journalisten gestern da waren? Da braucht man schon was Besseres.« Marvin wandte sich ab, sodass Florian seinen triumphierenden Gesichtsausdruck nicht sehen konnte. Er *hatte* etwas Besseres. Da war mehr drin als eine gute Geschichte. Viel mehr! Unwillkürlich sah er zu seiner Fototasche, die er gestern an den Haken neben der Tür gehängt hatte.

Sein Gastgeber folgte seinem Blick und seine Hand fuhr Marvin an den Kragen. »Verarsch mich nicht! Natürlich hast du was.« Der Griff wurde fester. »Wenn du die große Kohle machen willst, dann nicht ohne mich! Ich füttere dich durch, also krieg ich auch was ab. Verstanden!«

»Ja, Mann!«, krächzte Marvin.

»Na los, zeig schon.« Er deutete auf die Fototasche.

»Meinst du, ich bewahre die Bilder hier auf? Früher oder später kommen die Bullen und ich bin das Zeug los.« Marvin sah seinen ehemaligen Schulkamerad an, dass der ihm nicht so recht glaubte, aber immerhin ließ er von ihm ab.

»Ich hab die Speicherkarte gestern in einen Umschlag

gepackt und an dich adressiert«, log Marvin. »So ist sie vorerst vor der Konkurrenz und den Bullen sicher.«

Sein Gegenüber nickte langsam und wandte sich zum Gehen. »Keine Tricks«, warnte er und verließ die Küche.

Gleich darauf hörte Marvin, wie sich die Tür zum Badezimmer öffnete. Schnell erhob er sich und entfernte mit zitternden Fingern die Karte aus dem Apparat. Er kannte seinen Kumpel gut genug. Der würde nicht so bald Ruhe geben. Hastig schaute er sich um, nebenan rauschte Wasser. Er hatte nicht viel Zeit. Aus einem spontanen Impuls heraus schnappte er sich die Plätzchendose und stopfte die Karte zwischen die Vollkornkekse. Was hatte sein Kumpel sinngemäß gesagt? »Das Zeug rühre ich garantiert nicht an.« Marvin lachte leise vor sich hin.

Gestern Nacht noch hatte er die Fotos zusammen mit dem »Exklusivbericht eines Augenzeugen« mehreren großen Blättern angeboten. Jetzt war er gespannt auf deren Angebote. Und bis die kämen, würden die Bilder unter Verschluss bleiben. Auf seinem Rechner war nichts davon zu finden, er hatte es nicht einmal gewagt, Kopien davon anzufertigen, denn es blieben immer irgendwelche Spuren zurück. Und wenn es um derart brisantes Material ging, traute er der Konkurrenz und nicht zuletzt Brandstetter und seinen Leuten alles zu. Aber nicht mit ihm! Diesmal würde er auf Nummer sicher gehen. Siegessicher klatschte er in die Hände. Wie lange war das mit dem Kettenbrief nun her? Vielleicht waren es ja doch nur Zufälle gewesen, die ihm in den vergangenen Jahren das Leben schwergemacht hatten?

»Morgen, Kinder, wird's was geben«, sang Roger Whittaker gerade im Radio. Wie recht er hatte!

**

57

Socke saß auf dem Gehweg und beobachtete die Zufahrt zum Hotel. Neben dem riesigen mit allerlei verlockendem Glitzerzeug geschmückten Weihnachtsbaum flatterte das rot-weiße Absperrband um den Bereich, in dem gestern die Tote gelegen hatte, und wirkte auf ihn anziehend, wie es sich so lustig im Wind bewegte. Er machte ein paar Schritte darauf zu.

»Warum hast du mich denn nicht mitgenommen?«, hörte er Clooney in vorwurfsvollem Ton neben sich fragen. Die Grautigerin hatte sich, entgegen ihrer sonstigen eher lauten Fortbewegungsart, unbemerkt angeschlichen.

Socke schwieg. Um ehrlich zu sein, war er immer noch ein bisschen sauer auf die Tigerin, die Mimi mit ihrer Schwärmerei für Panteras angesteckt hatte.

»Ich wäre nicht sofort in den Park gegangen, sondern hätte die Tote genau beschnuppert und damit sicher einige wichtige Hinweise erhalten«, maulte Clooney. »Die Menschen riechen etwas ja nur, wenn es schon zum Himmel stinkt. Auch wenn sie sich Spurensicherer nennen.« Sie legte die Ohren an und fauchte einem vorbeifahrenden Auto hinterher, das jetzt in die Hoteleinfahrt einbog. »Spu-ren-sich-er-er!« Sie begleitete jede Silbe mit einem weiteren Fauchen. »Das ich nicht lache! Was sichern die denn, wenn sie gar nichts zum Sichern haben? Ich hätte stattdessen …«, sie unterbrach sich. »Oh, schau mal, ist das nicht Peters Kollegin?«

Der Wagen war neben dem Tannenbaum in der Hoteleinfahrt zum Stehen gekommen, und ihm entstiegen tatsächlich Lisa und ein großer, schlanker Mann in einem dunkelblauen Anorak. »Stimmt!«, bestätigte Socke, während Clooney in geduckter Haltung auf die beiden zuschlich. »Vorsicht! Nicht so schnell!«, mahnte er. »Wenn sie uns sehen, verjagen sie uns.«

»Keine Sorge, ich passe auf. Halte du dich nur dicht hinter mir«, wisperte sie dem Kater über die Schulter hinweg zu. »Dann zeige ich dir, wie man an Informationen kommt, ohne dass jemand etwas bemerkt.«

Socke tat wie ihm geheißen und ließ dabei die Menschen nicht aus den Augen. Die bemerkten die Katzen tatsächlich nicht, sondern unterhielten sich über das Autodach hinweg.

Die gläserne Eingangstür des Hotels öffnete sich, und ein Angestellter trat heraus. »Hier können Sie nicht stehen bleiben.«

Lisa zückte ihren Dienstausweis und erklärte ihr Anliegen.

Clooney hatte inzwischen die üppig behängte Tanne erreicht und näherte sich dem Menschengrüppchen nun im Schutz der herunterhängenden Zweige. Socke folgte ihr.

Der Mann vom Hotel betätigte einen Knopf, und wie von Zauberhand schwang die Glastür auf. In ihrem Luftzug wippte eine der glänzenden roten Kugeln vor der Nase der Grautigerin hin und her. Zack! Verpasste sie ihr einen Schlag. Der Baumschmuck schaukelte heftiger. Clooney war in ihrem Element. Mit dem nächsten gezielten Hieb schaffte sie es, die Kugel aus der Verankerung zu schleudern. Erstaunlicherweise überstand die diese Behandlung, ohne beschädigt zu werden. Offenbar hatte man für den Außenbereich in weiser Voraussicht Kugeln aus besonders stabilem Material verwendet. Diese hier kullerte gerade in Richtung Baumstamm davon, Clooney sprang hinterher. Zweige raschelten.

Die Menschen bekamen davon gar nichts mit, und ebenso wenig bemerkten sie, wie Socke mit ihnen in den Empfangsbereich des Hotels schlüpfte, während seine Katzenfreundin weiter Jagd auf die Christbaumkugel machte.

»Einen Moment bitte, ich sage Herrn Kammerfeld Bescheid, dass Sie da sind.«

Hinter Socke schloss sich die Tür. Er sah, wie Clooney angewetzt kam und mit der rechten Pfote an der Scheibe kratzte. Ihre Ohren waren angelegt und sie fauchte. Der Kater hörte sie nicht, konnte sich aber denken, was sie von sich gab. Jetzt nahm sie die zweite Pfote zu Hilfe und fuhr die Krallen aus. Es quietschte, doch außer Socke nahm das keiner im Raum wahr. Die Menschen hatten, wie es schien, ein interessanteres Thema.

Ein Mann trat auf Lisa und ihren Kollegen zu. »Achim Körber von der Tag Aktuell«, stellte er sich vor. »Sie sind doch die Kriminalbeamtin von gestern Abend. Hat nach Meinung der Polizei das Verschwinden von Brandstetters Katzenassistenten etwas mit dem Mord zu tun? Gibt es schon eine Lösegeldforderung?«

»Verschwinden? Lösegeld?«, erkundigte sich Lisa irritiert.

»Na, er hat doch Panteras entführt. Das behauptet zumindest Brandstetter. Oder halten Sie das Ganze für ein Ablenkungsmanöver?«

Socke spitzte die Ohren und schlich im Schutz einer Zimmerpalme näher. Hinter sich hörte er, wie sich Clooney immer heftiger an der Scheibe zu schaffen machte.

»Da!«, wurde nun eine der anwesenden Journalistinnen auf die Grautigerin aufmerksam. »Ist das Panteras? Aber der ist doch schwarz.«

Jetzt näherten sich auch die anderen Anwesenden der Eingangstür und nahmen die zeternde Clooney durch die Scheibe in Augenschein.

Socke lugte vorsichtig hinter der Palme hervor.

»Nein, Panteras ist nicht so fett.«

Zum Glück konnte die mollige Tigerin das nicht hören. Trotzdem hielt sie in ihrer Bewegung inne und starrte mit offener Schnauze zurück.

»Das ist eine Streunerin.« Die Empfangsdame war hinter ihrem Tresen hervorgetreten. »Die kommt öfter vorbei und bettelt nach Futter.«

Alle redeten durcheinander.

»Für eine Streunerin ist sie ganz schön wohlgenährt.«

»Sie müssen das Tierheim benachrichtigen.«

»Ach was, die gehört bestimmt in eins der Häuser gegenüber.«

»Ein Groupie von Panteras«, meinte ein Witzbold.

»Die hat hier nichts zu suchen.«

Die Frau vom Empfang zog eine Packung Katzenleckerchen hervor. »Ich kümmere mich darum, dass sie verschwindet. Ich habe die passenden Argumente, um sie loszuwerden«, schmunzelte sie und trat auf die Tür zu, die sich automatisch öffnete. Doch sie hatte die Rechnung ohne Clooney gemacht, die ausnahmsweise etwas anderes im Sinn hatte als Knuspertaschen. Kaum hatte sich die Tür einen Spalt breit geöffnet, zwängte die Katze sich ins Innere.

»Huch!« Geschickt wich sie den Händen der Frau aus und raste blindlings auf einen Mann zu, der seinen Fotoapparat gezückt hatte. Mit voller Wucht prallte sie gegen sein Schienbein. Der Fotograf strauchelte und fiel hintenüber. Mehrere Menschen sprangen auf ihn und die Grautigerin zu, die sich benommen schüttelte und versuchte zu entkommen. Kameras klickten.

Socke verließ seine Deckung.

»Da ist ja noch eine!«

Die Empfangsdame hielt die Eingangstür geöffnet. »Hierher!«, rief sie. »Treiben Sie sie nach draußen!« Keiner hörte auf sie. Die Aufmerksamkeit teilte sich zwischen Socke und Clooney auf. Nur knapp entkam die mollige Katze dem Reporter der Tag Aktuell, dessen immer noch am Boden liegender Kollege die Szene fotografisch festhielt.

»Los, lass uns verschwinden!«, schnaufte Socke und machte dabei einen Satz über den Mann am Boden hinweg, der gerade dabei war, sich aufzurappeln.

Clooney drehte sich einmal um die eigene Achse, dann rasten sie und Socke ins Freie. Im Augenwinkel sah der Kater noch Lisa, die sich amüsiert die Hand vor den Mund hielt. Wahrscheinlich hatte sie Socke erkannt und würde Peter von seinem Auftritt berichten. So viel also zum Thema unauffällige Ermittlungen!

**

Seit Mike Kammerfeld denken konnte, organisierte er gerne. Ob Schulparty, Abiball oder Junggesellenabschied, Mike wusste, wie man diese Events zu etwas Unvergesslichem machte. Er half mit bei Rockfestivals und engagierte sich bei Charityveranstaltungen. Das Studium des Eventmanagements war da nur eine logische Folge gewesen. Mike absolvierte es in Berlin, gegen den Willen seiner Eltern, die es lieber gesehen hätten, dass ihr Sohn etwas »Anständiges« lernte. Für seinen Traum nahm er einiges in Kauf, schlug sich tagsüber als Aushilfe in einem Tattoostudio und nachts als Mann fürs Grobe in einem Nachtclub durch, in dem er nach kurzer Zeit zur rechten Hand des Managers aufstieg. Hier verdiente er nicht nur das Geld für sein Studium, sondern er knüpfte wichtige Kontakte. Unter anderem lernte er seinen zukünftigen Arbeitgeber kennen, den Chef einer großen Konzertagentur, deren Jobangebot er nach seinem erfolgreichen Abschluss annahm und für die er sieben Jahre arbeitete, bevor er sich, zusammen mit einem ehemaligen Kommilitonen, in Hannover selbstständig machte. Die darauffolgende Zeit erlebte er wie im Rausch, leider nicht nur im übertragenen Sinn. Die gemeinsame Agentur boomte, und neben riesigen öffentlichen Veranstaltungen richtete er nicht weniger beliebte private Events aus. Leider gerieten die immer öfter außer Kontrolle. Seine Nachbarn im gediegenen Zooviertel, wo er inzwischen eine schicke Villa bewohnte, waren »not amused«. Die Beschwerden wegen Ruhestörung oder Erregung öffentlichen Ärgernisses häuften sich. Als Mike bei einer nächtlichen Fahrt unter Alkohol- und Drogeneinfluss erwischt wurde, kündigte außerdem sein Kompagnon die Zusammenarbeit mit ihm auf. Quasi über Nacht zog er sein Geld aus der Firma, während Mike noch um die Wiedererlangung seines Führerscheins kämpfte. Dass er dennoch mit einem vielzitierten blauen Auge davonkam, verdankte Mike seinen Anwälten und seiner alten Freundin Cora, die seit Langem in den smarten Geschäftsmann verliebt war. Cora und Mike heirateten, sehr zum Leidwesen von Coras Vater, dem Inhaber einer Hotelkette, zu der auch das Haus an der Messe gehörte. Der Vater der Braut stimmte der Ehe nur seiner einzigen Tochter zuliebe und erst nach Unterzeichnung eines Ehevertrags zu.

Coras Fürsprache verdankte Mike schließlich auch die Anstellung als Manager in Papas Hotel an der Messe, wo er bis heute arbeitete.

Mike hatte nicht alles verlernt. Seine Hotelveranstaltungen wurden zu Erfolgsgaranten. Sein Schwiegervater ließ ihm dabei bald freie Hand. Darauf hatte Mike gewartet, denn er hatte schon seit einiger Zeit eine Idee für eine zusätzliche Einnahmequelle, für die die Tiefgarage des Hotels den optimalen Raum bot. Seine Kontakte von früher halfen ihm bei der Umsetzung. Und auch hier boomte das Geschäft – trotz Corona oder vielleicht gerade deswegen? Die Pandemie brachte bekanntermaßen die Veranstaltungsbranche nahezu vollständig zum Erliegen, da war das Hotel an der Messe keine Ausnahme, und sein Schwiegervater begann langsam, sich über die trotz fehlender Events hohen Energiekosten zu wundern.

Deshalb kam Mike die Anfrage aus Brandstetters Team gerade recht. Er sollte nicht nur für Unterbringung und Organisation eines Rahmenprogramms rund um den Aufenthalt des Magiers in Hannover sorgen, sondern es gab noch einen äußerst lukrativen Zusatzauftrag für ihn. Mike dachte nicht lange nach und sagte zu. Sein Schwiegervater, der gerade angekündigt hatte, das Hotelmanagement genauer unter die Lupe zu nehmen, klopfte ihm wohlwollend auf die Schulter und ließ ihn fürs Erste weiter gewähren. Mike war in seinem Element. Es lief alles wie am Schnürchen – und jetzt das.

Was am gestrigen Abend zu dem tödlichen Unfall geführt hatte, wusste er nicht genau, aber er ahnte, dass er nicht unschuldig an den Begleitumständen war. Etwas musste aus dem Ruder gelaufen sein, und zwar gehörig. Hoffentlich würden die ihm nicht die Schuld dafür geben. Ja, hoffentlich würden sie ihn ganz aus dem Spiel lassen, sonst wäre es bald vorbei mit seinem lukrativen Nebenerwerb und es würde heißen: game over!

Schon eine Weile starrte er nervös vor sich hin. Eigentlich hätte die Materialbestellung für die »zauberhafte Nikolausfeier« längst fertig sein müssen, damit alles zum 6. Dezember bereit wäre, aber er war mit seinen Gedanken woanders. Das seit gestern allgegenwärtige Polizeiaufgebot im Hotel machte nicht nur die Gäste nervös. Und zu allem Übel waren da die unzähligen neugierigen Journalisten, die überall rumschlichen. Man konnte keinen unbeobachteten Schritt mehr tun. Die Pressevertreter, die nicht persönlich anwesend waren, terrorisierten ihn telefonisch. Feindselig betrachtete er den Apparat vor sich auf dem Schreibtisch und trommelte fahrig mit den Fingern auf dessen Platte. Anschließend wanderte sein Blick zur obersten Schublade des Sideboards. Wieder schrillte das Telefon. Er ignorierte es. Am liebsten hätte er sich etwas zur Beruhigung gegönnt, doch bei den vielen Polizisten war ihm das zu gefährlich. Stattdessen trank er einen Schluck Wasser.

Unkonzentriert ging er danach endlich die Posten des Formulars auf seinem Bildschirm durch, korrigierte zwei Zahlen und drückte auf »Senden«.

Es klopfte.

Eine Hotelmitarbeiterin steckte den Kopf zur Tür Herr herein. »Die Kripo ist da und möchte noch mal mit dir reden.«

Jetzt bloß nicht die Nerven verlieren.

**

»Boah! Ist mir schlecht!« Balthasar leckte sich über die Schnauze und schluckte trocken.

»Dir ist immer schlecht.« Kaspar hatte kein Mitleid mit ihm. »Vielleicht gibst du uns das nächste Mal einfach Bescheid, wenn dir mal nicht übel ist. Dann musst du nicht so oft was sagen.«

»Du hast ja auch fast das ganze Futter alleine aufgefressen«, beschwerte sich Melchior. »Da ist man noch mit seiner Morgentoilette beschäftigt, und der Kerl leert einem den Napf.«

»Kann ich was dafür, dass du einen Putzzwang hast?«

»Und du hast einen Fresszwang. Das ist doch nicht normal! Kein Wunder, dass dir immer schlecht ist«, hektisch putzte sich Melchior die Vorderpfoten. »Und zu fett bist du auch. Das hat der Böse gesagt. Der Futtersklave sollte dich auf Diät setzen. Jawoll! Er meinte, dass du dir die Auftritte abschminken könntest.«

»Pah! Das mit den Auftritten hat sich ja wohl eh erledigt. Und abschminken? Was soll denn das sein?«

»Na, das Gegenteil von Schminken. Das machen die doch immer mit Kaspar, wegen dem weißen Fleck und seiner Nummer im Ohr.« Die zwei wandten ihre Köpfe dem Genannten zu, der auf dem Sims des einzigen Fensters im Raum gesprungen war und gerade eingehend dessen Griff untersuchte.

»Was machst du da?«, wollte Melchior wissen.

»Ich suche nach Anhaltspunkten.«

»Anhalts… Was soll denn das heißen?«

»Ich möchte wissen, wo wir sind und wie wir von hier verschwinden können«, antwortete Kaspar geistesabwesend und richtete sich am Fensterrahmen auf. Die Scheibe war ziemlich dreckig, und man konnte dahinter nur verschwommen einen verwilderten Garten erkennen.

»Warum möchtest du fliehen?« Nervös bearbeitete Melchior nun seinen Rücken mit der Zunge. »Der Futtersklave hat uns heute Nacht hergebracht. Er hat uns von dem Bösen befreit.«

»Pffff! Befreit! Dass ich nicht maunze!«

»Und er hat uns zu fressen gegeben«, fügte Balthasar hinzu. »Er sorgt für uns.«

»Kater!« Kaspar drehte sich den beiden zu. »Ich habe das Gespräch belauscht. Der Böse will, dass der Sklave uns tötet. Der will unseren Skalp, vorher gibt er keine Ruhe.«

Balthasar hielt in seiner Bewegung inne. »Spinnst du?«

»Das glaube, ich nicht!« Melchior schüttelte entgeistert den Kopf.

»Ich weiß doch, was ich gehört habe. Und er braucht es für die Öffentlichkeit, damit alle Welt erfährt, dass wir tot sind!« Kaspar wandte sich wieder um und kratzte mit ausgefahrenen Krallen über die blinde Scheibe, was ein unangenehmes Geräusch erzeugte.

»Hör auf. Mir wird schon wieder schlecht. Ich muss …« Sein Katerkumpel würgte einen Teil seiner letzten Mahlzeit hervor. »Boah!«

»Selber schuld, wenn du den Hals nicht vollkriegen kannst«, nuschelte Melchior, nun seine linke Flanke bearbeitend.

»Hoffentlich kommt der Futtersklave bald und putzt das weg.« Balthasar schüttelte angewidert die rechte Vorderpfote.

»Kater! Habt ihr keine anderen Probleme? Was, wenn der Sklave sich gar nicht mehr blicken lässt? Was, wenn er sich aus dem Staub gemacht hat und uns hier verrecken lässt?«

»Wie kommst du denn darauf?« Entgeistert starrten die anderen ihn an.

»Das ist vollkommen unlogisch.« Melchiors Stimme zitterte. »Er befreit uns doch nicht aus den Fängen des Bösen, um uns dann in diesem Loch sterben zu lassen.«

»Habt ihr denn gestern gar nicht hingehört, als er mit uns weggefahren ist? Überall waren Polizeisirenen.« Kaspar legte die Ohren an. »Da ist was passiert. Was, wenn er gar nicht mehr zurückkommen kann?«

**

Peters Gespräch mit dem Staatsanwalt brachte ihn leider nicht weiter. Wie schon der Kriminalrat setzte der Staatsanwalt ebenfalls auf Freiwilligkeit, was Fingerabdrücke und DNA des Magiers anging.

»Bringen Sie mir belastbare Beweise, dass Brandstetter zum Zeitpunkt des Unfalls tatsächlich im Hotelzimmer gewesen ist«, waren seine abschließenden Worte gewesen. Vor einigen Jahren hätte eine voreilige, nicht geprüfte Pressemeldung beinahe zur Amtsenthebung des Staatsanwalts geführt. Seither hatte Dr. Breithaupt kein besonders gutes Verhältnis zur schreibenden Zunft. Dass der bisher einzige Zeuge diesem Berufsstand angehörte, trug in seinen Augen nicht gerade zu dessen Glaubwürdigkeit bei.

Klar, dachte Peter, es war ihm nicht zu verdenken. Ein zweiter angeblicher Zeuge war spurlos verschwunden. Das machte die Sache nicht besser. Peter hoffte, dass die für heute Mittag angesetzte Befragung mehr Klarheit bringen würde. Auf dem Weg in sein Büro kontrollierte er sein Handy. Bisher nichts Neues aus der Gerichtsmedizin oder von der Spurensicherung.

Er öffnete die Tür zum Büro von Fritz und Toni. Vielleicht hatten die neue Informationen zu bieten.

Beide Kollegen schauten konzentriert auf Fritz' Bildschirm.

»Gibt's was Neues über Brandstetter, was bei der Argumentation für eine richterliche Anordnung helfen könnte?«, fragte er.

Fritz zuckte mit den Schultern. »Nicht wirklich.«

»Er ist wohl ein ziemlicher Frauenheld«, erklärte Toni. »Aber viel findet man darüber nicht.«

»Und so nett, wie er sich in der Öffentlichkeit gibt, scheint er auch nicht zu sein«, ergänzte der ältere Kollege. »Aber halt nichts Konkretes, nur so Randbemerkungen.«

Der Hauptkommissar seufzte bedauernd. »Das reicht dem Richter vermutlich nicht.« Vom Kriminalrat ganz zu schweigen, fügte er in Gedanken hinzu. »Hatte er irgendwann mal was mit Drogen zu tun?«

»Bisher nichts, das hätten wir dir gleich gesagt.« Fritz surfte weiter durchs World Wide Web. »Weder in unseren Archiven noch im Internet. Und laut seiner Biografie ist er ein Heiliger.«

»Hast du die bereits durch?«

»Meine Frau hat sie gelesen. Als es hieß ›Hans Brandstetter kommt nach Hannover‹ hat sie das Buch gleich gekauft«, gab Fritz zu. »Die NHP berichtet ja seit Wochen über fast nichts anderes. Es gibt auch Gewinnspiele. Unter anderem wird das schönste Katzenfoto gesucht. Da könntest du ein Bild von Socke einreichen.«

»Fotogen ist er ja«, bestätigte Toni. »Und wo wir gerade beim Fotografieren und bei der NHP sind: Warum hast du nicht gesagt, dass Gero der Augenzeuge ist?«, wandte sie sich an Peter.

»Ist das denn ein Problem für dich?«

Die junge Kommissarin raffte die Blätter auf ihrem Schreibtisch zusammen. »Natürlich nicht.« Sie sah auf die Uhr und stand auf. »Mal hören, was er uns gleich zu sagen hat. Kommt jemand vorher noch mit auf einen Imbiss beim Bäcker gegenüber?«

Die beiden Männer schüttelten die Köpfe. Fritz murmelte verlegen etwas von Diät, und Toni verließ achselzuckend den Raum.

»Sonst noch was Neues?«, wollte Peter wissen.

»Lisa hat sich gemeldet. Dein Kater und seine Katzenfreundin haben mal wieder für Aufregung am Tatort gesorgt.«

Das hatte ihm gerade noch gefehlt. Socke war ihm in der Vergangenheit schon öfter bei seinen Ermittlungen in die Quere gekommen. Inzwischen war der Weißpfotige im Präsidium so bekannt wie der vielzitierte bunte Hund.

Fritz winkte ab, als er die beunruhigte Miene seines Chefs sah. »Halb so wild. Deswegen hat sie nicht angerufen, sondern weil ein anderer Kater verschwunden ist. Dieser Panteras, du weißt bestimmt, dass das der Kater von Brandstetter ist. Er wurde wahrscheinlich entführt.«

»Nicht schon wieder eine Katzenentführung«, stöhnte der Hauptkommissar in Erinnerung an einen früheren Fall, bei dem Sockes Katzenfreundin Mimi gecatnappt worden war. »Ist es sicher, dass er nicht einfach weggelaufen ist?«

»Der Betreuer des Katers, ein gewisser Jakob Becker, fehlt ebenfalls. Er und Brandstetter hatten laut verschiedener Zeugen gestern am frühen Abend eine heftige Auseinandersetzung. Becker hat seinem Chef angeblich gedroht, ihn fertigzumachen. Und jetzt ist er unauffindbar und der Kastenwagen, der für den Transport des Tiers genutzt wird, ist auch weg.«

»Dieses auffällige Gefährt mit den Katzenfotos drauf? Das wird sich doch hoffentlich aufspüren lassen.«

Fritz runzelte die Stirn. »Für eine Fahndung ist eine verschwundene Katze allerdings ein bisschen wenig.«

»Klar, die Kolleginnen und Kollegen von der Streife sollen trotzdem die Augen aufhalten. Vielleicht hat Becker gestern Abend ja was beobachtet. Oder er hat mit dem Fenstersturz zu tun und ist deshalb abgehauen.« Der Hauptkommissar zückte sein Handy, immer noch keine Nachricht aus der Gerichtsmedizin. »Ich bin gespannt, was Toni aus dem Zeugen rauskriegt. Sie soll sich bitte gleich bei mir melden, wenn sie zurück ist.«

»Bist du bei der Befragung nicht dabei?«

»Der Staatsanwalt nimmt teil. Das reicht!«, war die doppeldeutige Entgegnung. »Ich gehe dann mal in die Oper.«

**

Ungläubig lauschte Chris in den Hörer. »Socke hat was …?« Peter hatte sie angerufen, um ihr von den neuesten Eskapaden ihres pelzigen Mitbewohners zu berichten. »Mit einer anderen Katze? Ein bisschen moppelig?« Sie lachte. »Das war bestimmt Clooney.«

Im Gegensatz zu ihrem Angetrauten reagierte sie auf den Auftritt der zwei Katzen eher amüsiert. Es war ja nichts Schlimmes passiert.

»Ja, ich versuche, ein Auge auf ihn zu werfen«, versprach sie. »Aber einsperren kann ich ihn nicht. Denk nur an die Sache mit dem Weinkarton.« Diese »Sache« war lange her, Socke hatte es damals geschafft, einen Karton mit Rotwein, der ihm den Zugang zur Katzenklappe und damit in die Freiheit versperrt hatte, wegzustemmen. Dabei war eine der Flaschen zu Bruch gegangen. Ein entsprechender Fleck auf dem Teppich hatte lange daran erinnert. Wieder lachte sie. »Außerdem muss einer ja schließlich aufpassen, dass Clooney keinen Unsinn macht.«

Peter fand das wohl nicht so lustig. »Ja, ist klar, das ist nicht witzig.«

Mit dem Hörer in der Hand lief Chris durch die Wohnung. »Er ist nicht da«, teilte sie Peter das Ergebnis ihres Rundgangs mit. Sie kehrte in die Küche zurück. »So, und jetzt muss ich Schluss machen. Morgen ist der erste Advent und ich möchte diesmal selber Plätzchen backen.« Sie beendete das Gespräch und suchte die Zutaten zusammen. In dem Rezept stand »für Anfänger geeignet«, »sehr leicht« und »mit Gelinggarantie«. Genau das Richtige für einen entspannten Backtag nach einer anstrengenden Arbeitswoche.

»In der Weihnachtsbäckerei ...«, sang sie vor sich hin, während sie eine Schüssel auf die Küchenwaage stellte und auf »Tara« drückte.

Krawumm! »MIAU!« Socke donnerte unüberhörbar durch die Katzenklappe herein. Krawumm! »Miau! Miau!« So wie sich das anhörte, hatte er jemanden im Schlepptau. Die beiden näherten sich schnurstracks der Küche. Socke und Clooney, wie Chris durch einen Blick über die Schulter feststellte. Diese Schlingel. Die Grautigerin miaute unaufhörlich. Chris grinste. Es hatte beinahe den Anschein, als rede Clooney auf Socke ein.

*

Clooney war immer noch ziemlich aufgebracht. »Reg dich ab«, versuchte Socke, sie zu beruhigen.

»Du hast gut reden. Warum musstest du Suleika von unserem Einsatz im Hotel erzählen? Hast du gesehen, wie die geguckt hat?«, schnaufend folgte die Grautigerin ihrem Katerkumpel in dessen Küche. »Als ob die eine Ahnung hätte, wie schwierig es ist, undercover zu ermitteln.«

»Na ja ...«

»Und dann immer diese tollen Sprüche. ›Das kommt davon, wenn man sich in Menschensachen einmischt.‹ Blödkatze! Die hat keinen Schimmer von nichts.«

*

»Hallo, Socke! Hallo, Clooney!«, begrüßte Chris die Katzen fröhlich, als sie in die Küche drängten. Allerdings konnte sie die zwei hier gerade nicht so gut gebrauchen. Sie stellte die Mehltüte auf die Anrichte und sah sich um. »Na? Möchtet ihr ein Leckerchen?« Wo hatte sie bloß die Knuspertaschen gelassen? Hätte sie gewusst, dass sie Gesellschaft beim Backen bekommen würde, wären sie natürlich griffbereit gewesen. Wahrscheinlich stand die Dose draußen auf dem Flurschrank, um den Kater beim Nachhausekommen direkt damit begrüßen zu können. »Draußen hab ich ein paar Knuspertaschen für euch. Kommt mit!«, forderte sie die Katzen auf und verließ die Küche. Clooney folgte ihr auf der Pfote.

*

»Was ist?«, wandte sich die Tigerin an Socke. »Na los, sie hat was von Knuspertaschen gesagt.«

»Das hier ist viel interessanter.« Socke nahm die Zutaten auf der Arbeitsplatte ins Visier und trippelte auf der Stelle.

»Socke!« Diese Tierärztin schien hinten Augen zu haben. Abrupt stoppte sie ab und wandte sich zu ihm um.

Clooney prallte gegen ihre Wade. »Was 'n?!«

Socke entschied sich gegen den Sprung. Vorläufig! Er blickte Chris mit seiner unschuldigsten Miene an. Die kehrte an den Küchentresen zurück.

»Ich warne dich!«, drohte sie mit erhobenem Zeigefinger bevor sie Mehl in die Waagschale füllte.

»Was ist denn jetzt mit den Knuspertaschen?«, maulte Clooney.

*

Mit dem Fuß schob Chris Socke etwas zur Seite. »Mist!« Die Waage hatte sich automatisch abgeschaltet. Also angelte sie sich eine weitere Schüssel aus dem Hängeschrank, wobei sie Socke mit dem linken Bein auf Abstand hielt. Clooney befand sich irgendwo hinter ihr und maunzte vor sich hin. Hastig platzierte sie die neue Schale auf der Waage und schüttete das Mehl um. Ein bisschen was ging daneben. »Gelinggarantie!«, murmelte sie beschwörend, während sie nun die Butter in Würfel schnitt. Da sie kalt verarbeitet werden sollte, war Eile geboten.

»Miau!« Socke richtete sich neben ihr auf, seine Vorderpfoten lagen auf dem Griff der Besteckschublade.

*

»Ist das Butter?«, wollte Clooney von Socke wissen, der mit seiner Nase beinahe an die Arbeitsplatte heranreichte.

»Hm-hm!«

»Oh, lecker! Butter ist fast so köstlich wie Sahne.« Clooney schluckte. »Warum gibt sie uns nichts davon ab?« Sie drängte auf die andere Seite neben Chris. »Miau! Miau! MIAU!«

»Wer Knuspertaschen verschmäht, hat keine Butter verdient.« Manchmal war es schon unheimlich, wie gut Chris sie verstand. Socke weigerte sich, das mit ihrem Beruf als Tierärztin zu erklären, musste jedoch zugeben, dass sie ein wesentlich besseres Gespür für seine Bedürfnisse hatte als beispielsweise Peter. Das machte sie allerdings auch zu einem viel schwierigeren Gegner, wenn man sie austricksen wollte. Nun schob sie seinen Kopf sanft, aber bestimmt von sich weg.

Clooney nutzte die Gunst der Stunde und setzte zum Sprung an.

*

»Clooney! Runter!« Chris wirbelte herum und hinderte die mollige Tigerin an der Landung neben den Backzutaten. Mit einem frustrierten »Miau!« plumpste Clooney zurück auf den Küchenboden.

Chris atmete tief durch. Sie hatte die Butter gerade noch vor dem gierigen Katzenmäulchen retten können. Ein Blick aufs Rezept sagte ihr, dass der nächste Arbeitsschritt im Trennen der Eier bestand. Welcher Trottel hatte denn diese Backanleitung als »sehr leicht« eingestuft? Socke und Clooney strichen ihr weiterhin um die Beine. Sie versuchte, sich möglichst nicht von der Stelle zu bewegen. Jeder Schritt bedeutete Verletzungsgefahr für sie oder die zwei Stubentiger.

»Drei Eigelb«, las sie.

»Miau!«, tönte es von unten.

Sie beschloss, einfach zwei ganze Eier zu nehmen. Ein Rezept, das mit »Gelinggarantie« prahlte, musste so eine kleine Abweichung vertragen.

*

»Mhh! Eigelb!« Clooney schmatzte. »Noch besser als Butter.« Sie bedachte Socke mit einem auffordernden Blick. »Los, tu was!«

Der Kater machte Anstalten, auf die Arbeitsplatte zu hopsen. Chris riss ihren Arm zur Seite, um ihn daran zu hindern. Es knackte. Zwischen ihren Fingern quoll Ei hervor und rann am Küchenschränkchen hinab. Schnurrend begann Socke, die Soße aufzulecken.

*

Chris griff nach der Küchenrolle, die immer in Griffweite stand, wenn sie in der Küche hantierte. Neben sich hörte sie Clooney miauen. Hektisch riss sie einige Blätter des Zellstoffs ab, während Socke großzügig Ei auf der Schranktür verteilte. Sie stöhnte und versuchte, das glibberige Zeug aufzuwischen.

In dem Moment landete die Grautigerin rechts von ihr auf der Arbeitsfläche. Dabei hatte sie offenbar ihren Schwung unterschätzt. Mit der linken Pfote in der Schüssel schlitterte sie auf die Packung »Weizenmehl extra« zu, die dadurch kippte und die Küche mit einer weißen Wolke überzog. Clooney nieste.

Nächstes Jahr kauf ich die Plätzchen wieder beim Bäcker, dachte Chris resigniert.

**

»Sie sind also Texterin in Herrn Brandstetters Team, Frau Stark. Was genau ist Ihre Aufgabe?«, erkundigte sich Lisa bei der jungen Frau.

»Ich schreibe Pressemitteilungen.« Nervös schürzte sie

die vollen Lippen. »Hans hat mich vor allem eingestellt, damit ich die Texte für sein Musical verfasse.«

Lisa war nicht ganz überzeugt. »Seit wann arbeiten Sie denn für ihn?« Ihrem Wissen nach war Eliza Stark erst seit relativ kurzer Zeit Teil der Truppe rund um den Magier.

»Seit 13 Monaten. Ich habe ihn im Rahmen meiner Bachelorarbeit kennengelernt«, bestätigte Frau Stark die Annahme der Ermittlerin. Nachdenklich betrachtete Lisa die junge Frau, wie die sich eine Strähne ihres langen blonden Haars um den Finger wickelte.

»Worum ging es denn in Ihrer Bachelorarbeit?«, schaltete sich Sebastian ins Gespräch ein.

»Ihr Titel war ›Der Zauber der Magie‹.« Eliza Stark wurde rot und bestätigte damit Lisas Vermutung. »Wie würden Sie Ihr Verhältnis zu Herrn Brandstetter beschreiben?«, hakte sie deshalb nach.

Die Gesichtsfarbe der jungen Frau wurde noch eine Nuance dunkler. »Er ist mein Arbeitgeber«, presste sie schließlich hervor. »Aber warum wollen Sie das wissen? Was hat das mit dem … Unfall von gestern Abend zu tun?«

Keiner der beiden ging auf die Frage ein, stattdessen warf Lisa Sebastian einen auffordernden Blick zu. Der zückte Notizblock und Stift, während seine Kollegin ihr Gegenüber nach dem Verlauf des gestrigen Abends fragte. »Fangen wir bei dem Empfang an. Können Sie sich an Frau Petrovic erinnern.«

»Äh, Frau Petro…? Ist das …? War das …?«

Die Kommissarin nickte.

»Sie hat am Tisch von Hans bedient. Ich glaube, sie war für die Getränke zuständig.«

Lisa sah Sebastian bedeutungsvoll an. Ganz offensichtlich wusste Eliza Stark genau, wer Frau Petrovic war. »Haben die beiden miteinander gesprochen?«

Kopfschütteln. »Dafür war keine Zeit. Ich glaube nicht, dass Hans sie überhaupt wahrgenommen hat. Im Übrigen habe ich mich mit meinem Tischherrn unterhalten. Sagt Ihnen der Name Detlef Simon was? Besser bekannt ist er unter dem Namen DESiMO. Der saß neben mir.«

»Den kenne ich«, meldete sich Sebastian wieder zu Wort. »Toni und ich waren in seinem Spezial-Club im Apollo. Das war super! Und der war gestern auch da? Darf ich ihn befragen, wenn …?«

Lisa unterbrach ihn schmunzelnd. »Also, Herr Brandstetter hatte keinen engeren Kontakt zu dem späteren Unfallopfer? Vielleicht zu jemand anderem?«

Die Befragte verneinte. »Ich habe nichts gesehen.«

»Frau Stark, laut Aussagen mehrerer Zeugen haben Sie den Empfang vorzeitig verlassen«, wechselte Lisa das Thema.

»Ich hatte Kopfschmerzen und bin auf mein Zimmer gegangen«, lieferte die junge Frau gleich eine Erklärung für ihren Abgang, um die sie bisher niemand gebeten hatte, während sie weiter Haarsträhnen um den Zeigefinger wickelte.

»Ihr Zimmer liegt, soweit uns bekannt ist, auf derselben Etage wie das, in dem sich das Unglück ereignet hat. Haben Sie etwas gehört oder gesehen?«

Elizas Haarwickelbewegungen wurden hektischer. Schließlich ließ sie die Strähne los und schüttelte heftig den Kopf. »Nichts. Tut mir leid.«

**

»Kennen Sie den Zeugen privat?«, wollte der Staatsanwalt nach der Befragung von Toni wissen.

Die räusperte sich. »Flüchtig«, beschied sie, nicht ohne sich der Zweideutigkeit dieser Antwort bewusst zu sein. Dann straffte sie die Schultern. »Ist das ein Problem?«

»Aber nein!« So vehement wie Dr. Breithaupt das betonte, war das Gegenteil der Fall. »Es ist nur … Eine ermittelnde Beamtin in einer Beziehung mit einem Vertreter der Presse, das wird nicht gerne gesehen.«

»Wir haben und hatten keine Beziehung.« Und werden auch nie eine haben, dachte Toni trotzig. Im Gegensatz zu dem, was Lisa über seine gestrige Unsicherheit gesagt hatte, hatte sich Gero von Haberberg heute souverän und redegewandt gegeben.

»Also verunsichert kam er mir nicht gerade vor«, bestätigte Dr. Breithaupt diesen Eindruck. »Wir müssen schleunigst den anderen angeblichen Augenzeugen finden. Wenn es tatsächlich Fotos von der Tat gibt, sieht die Sache für Brandstetter ganz anders aus. Kümmern Sie sich drum.« Mit einem knappen Gruß verabschiedete sich der Staatsanwalt.

Toni ging zurück in ihr Büro. Die Begegnung mit Gero hatte sie mehr aufgewühlt, als sie vor sich und anderen zugab. Sie hatte den smarten Kulturredakteur vor einiger Zeit zufällig kennengelernt, als ihre Beziehung zu Basti mal wieder in einer Krise steckte. In einer von ihr herbeigeführten Krise, wie sie zugeben musste. Sie wusste einfach nicht so recht, was sie wollte. Eher, was sie nicht wollte, nämlich eine Ehe mit treusorgendem Mann, Kind und klassischer Rollenverteilung. Das war das, was ihrem Vater vorschwebte und was letztendlich dazu geführt hatte, dass sie inzwischen nicht mehr miteinander sprachen. Ihrem

Erzeuger hatte es schon damals nicht gefallen, dass sie bei der Polizei angefangen hatte. Zu der Zeit hatte er noch versucht, sie an den Mann zu bringen. An den wohlhabenden Mann, denn schließlich sah Toni ja ziemlich passabel aus. Das waren seine Worte gewesen. An dessen Seite hätte sie sich dann um Haushalt, Kinder und Geschäftsfreunde kümmern sollen. Als er gemerkt hatte, dass seine Tochter da nicht mitspielte, war es zum Streit gekommen und schließlich zum Zerwürfnis. Sebastian hatte für eine kurzzeitige Entspannung des Vater-Tochter-Verhältnisses gesorgt. Ihr Vater hatte zwar die Beziehung zu ihm nicht gutgeheißen, hätte sie aber immerhin gebilligt, wenn sie in eine Ehe gemündet wäre. Sebastian hatte zumindest den Teil mit der Ehe gut gefunden, was irgendwann zum stetigen Streitthema zwischen ihm und Toni geworden war. Ein unverbindlicher Flirt mit dem weltgewandten Gero war da eine schöne Abwechslung gewesen, aber natürlich ebenso Grund für erneuten Krach. Schließlich hatte sie sich entscheiden müssen. Sie hatte den Kontakt zu Gero abgebrochen und es noch mal mit Basti versucht. Ein bis dato letztes Mal, das gescheitert war. Ihr Ex-Freund nahm es schwerer als sie, und dass sie nun in einem Team arbeiteten, machte die Sache nicht leichter. Toni seufzte. Und ausgerechnet jetzt lief ihr Gero wieder über den Weg. Sie öffnete die Tür zu ihrem Büro und versuchte, sich wieder auf die Arbeit zu konzentrieren.

»Na, alles klar?«, begrüßte Fritz sie kauend. Neben seinem Schreibtisch stand ein Karton vom Pizzabringdienst. »Auch ein Stück?«

»Danke, mir ist der Appetit vergangen.« Toni ließ sich auf ihren Bürostuhl fallen und atmete tief durch.

»So schlimm?«

»Geht so. Meine Vergangenheit holt mich gerade ein.«

»Und das aus dem Mund einer Frau Mitte 30. Was soll ich sagen? Ich bin beinahe so lange verheiratet, wie du alt bist.«

Nun musste Toni lachen. »Du hast recht. Schlimmer geht immer.«

»Ach was, soooo schlimm ist es gar nicht. Man muss einfach eine zweite Meinung zulassen können.« Fritz schnappte sich das letzte Stück Pizza.

Toni grinste. »Was machst du eigentlich, wenn du im Ruhestand bist? Da kannst du dir nicht so leicht heimlich Kalorien reinschaufeln. Deine Frau wird sich wundern, wie schnell ihre Diät plötzlich Wirkung zeigt.«

Der Senior hielt im Kauen inne. »Stimmt, da muss ich mir noch was einfallen lassen. Apropos einfallen, du sollst dich gleich bei Peter melden.«

»Wo treibt der sich eigentlich rum?«

»Er wollte Brandstetter bei den Musicalproben in der Oper abfangen, um ihn dazu zu bringen, freiwillig seine Fingerabdrücke abzugeben.« Das Wort »freiwillig« betonte er besonders.

»Und da fährt er alleine los. Na, ob das so eine gute Idee war.«

**

Mit dem Parken war das so eine Sache in Hannovers Innenstadt, weshalb Peter oft auf öffentliche Verkehrsmittel auswich. Im Sommer nutzte er auch gerne seinen Roller, doch dafür war es ihm momentan zu kalt. Die Zeiten, in denen er zu jeder Jahreszeit mit dem Zweirad unterwegs gewesen war, waren längst vorbei. Inzwischen ging seiner Meinung nach nichts über ein angenehm temperiertes Auto. Der Dienstwagen, den er heute ergattert hatte, verfügte sogar über eine Sitzheizung. Da hatte er Glück gehabt. Und das blieb ihm weiterhin hold, denn tatsächlich war direkt gegenüber der hannoverschen Staatsoper ein Parkplatz frei. Und das an einem Samstag in der Vorweihnachtszeit. Peters Laune besserte sich langsam. Er hoffte, dass sein Kontingent an Glücksfällen damit nicht erschöpft war, und überquerte beschwingten Schritts den Opernplatz.

Wenn er schon mal in der City war, konnte er anschließend ja gleich nach einem Weihnachtsgeschenk für Chris schauen. Sie hatten zwar eigentlich abgemacht sich gegenseitig nichts zu schenken, aber so recht traute er dieser Vereinbarung nicht. Wahrscheinlich würde seine Angetraute unter dem Weihnachtsbaum doch »eine Kleinigkeit« hervorzaubern, und er stünde mit leeren Händen da. Er hielt kurz inne und ließ seinen Blick über den nahen Kröpcke schweifen. Dort herrschte bereits munteres Treiben rund um die riesige Weihnachtspyramide. In einem der anliegenden Läden würde er sicher etwas Passendes finden. Er schritt auf die beeindruckende Fassade der Staatsoper zu und betrat dann das Gebäude.

Die Dame am Empfang pries gerade einem älteren Herrn die Vorteile eines Opernabonnements an. »Am beliebtesten ist unser Wahl-Abo. Damit bleiben Sie flexibel«, erklärte sie und schob ein Programmheft über den Tresen. »Hier sehen Sie, was in der kommenden Spielzeit geboten wird.«

Das wäre auch keine schlechte Geschenkidee, überlegte Peter. Die Frau wandte sich ihm zu: »Kann ich für Sie bereits etwas tun?«, erkundigte Sie sich lächelnd, während der Interessent in dem Prospekt blätterte. Ihr Lächeln erstarb, als sie Peters Ausweis sah. Sie griff zum Telefon, um auf der Probenbühne anzurufen. Der potenzielle Abonnent musterte Peter verstohlen von der Seite. Schließlich entschied er sich für den Wahl-Abo-Mix, bei dem neben Oper, Konzert und Ballettvorstellungen im nahen Schauspielhaus inbegriffen waren. »Gute Wahl«, lobte die Empfangsdame. »Viel Spaß damit.«

Endlich erschien ein junger, dunkel gekleideter Mann, seine schwarzen Haare hatte er zu einem Pferdeschwanz zusammengebunden. Seine runde Nickelbrille schien eher ein modisches Accessoire als eine Sehhilfe zu sein. »Ich bin Theo, sozusagen das Mädchen für alles«, stellte er sich vor, während er Peter dorthin brachte, wo die Proben zu »Dreimal schwarzer Kater« stattfanden. »Wir sind heute das erste Mal auf der Hauptbühne«, erklärte er über die Schulter hinweg. »Das Bühnenbild steht noch nicht ganz und der Regisseur ist nervös. Es wäre also gut, wenn Sie sich ein bisschen im Hintergrund halten könnten. Sagen Sie mir einfach, mit wem Sie reden möchten. Dann versuche ich das zu arrangieren, ohne dass der Ablauf gestört wird.«

»Ich möchte bloß ein paar Worte mit Herrn Brandstetter wechseln.«

»Ach so.« Theo blieb stehen und drehte sich um. »Na, das dürfte kein Problem sein. Der steht eh bloß im Weg rum und will zu allem seinen Senf dazugeben. Wenn er nicht so prominent wäre, hätte ihn bestimmt schon jemand rausgeschmissen.«

»Ist das nicht üblich? Ich meine, dass der Autor des Stücks an den Proben teilnimmt?«

»Der Autor vielleicht, Brandstetter hat allerdings neben der Titelmelodie nur die Idee zum Musical geliefert.«

Warum überraschte Peter das so? Um ein Musical zu komponieren, brauchte man zweifellos andere Fähigkeiten als die eines Zauberkünstlers mit besonderem Händchen für eine schwarze Katze. »In der Zeitung stand das anders.«

»Klar. Klingt ja so viel besser. Wenn der Komponist nicht gerade Andrew Lloyd Webber heißt. Und wirklich gelogen ist es auch nicht, das Eröffnungslied hat Brandstetter tatsächlich geliefert. ›Dreimal schwarzer Kater‹ heißt es. Das wird bestimmt ein Hit und bringt ihm ordentlich Kohle.« Theo grinste. »Ansonsten hat er vor gut einem Jahr das Drehbuch abgesegnet, und das wars für ihn. So ein Stück wird nicht innerhalb von zwei Wochen auf die Bühne gebracht. Wegen Corona hat die Vorbereitung diesmal sogar länger gedauert als üblich. Die musikalischen Proben haben bereits Anfang dieses Jahres begonnen.«

»Musikalische Proben?«

»Die Sänger erarbeiten sich ihre Passagen mit Klavierbegleitung. Das kann dauern. Dann geht es weiter mit den szenischen Proben, aber bis die auf die Hauptbühne kommen, vergehen Wochen.« Theo machte eine Kopfbewegung in Richtung des Bühneneingangs und wandte sich diesem zu. »Wie gesagt, heute sind wir das erste Mal hier, das Originalbühnenbild steht noch nicht, und bei der Beleuchtung hapert es ebenfalls. Da hat so ein Typ wie Brandstetter mit seinen Starallüren gerade gefehlt.« Er öffnete die Tür zum Probenraum. »Wollen Sie mit rein oder soll ich ihn rausschicken?«

Neugierig warf der Hauptkommissar einen Blick auf die Bühne. Dort herrschte geschäftiges Treiben. Gerade schob jemand einen überdimensionalen Zylinder an ihm vorbei. Ein Mann in einem schwarzen Katzenkostüm miaute die Tonleiter. Um ihn herum liefen zahlreiche Personen scheinbar ziellos hin und her. Mehrere Scheinwerferspots huschten über die Szenerie, begleitet von für Peter unverständlichen Kommandos. »Schicken Sie ihn bitte raus«, bat er Theo schließlich.

Während er wartete, kontrollierte er sein Handy. Leider lag bisher keine richterliche Anordnung für eine Sicherstellung einer DNA-Probe Brandstetters vor, er musste also auf dessen freiwillige Zustimmung setzen.

»Was wollen Sie von mir?« Wie aus dem Nichts war der Magier plötzlich vor ihm aufgetaucht. Fehlte bloß die Rauchwolke. Hinter ihm wurde der Bühneneingang geräuschvoll geschlossen. »Ich habe gestern bereits alles gesagt, was ich zu dem unangenehmen Vorfall weiß.«

Unangenehmer Vorfall, so konnte man es natürlich auch nennen, wenn jemand zu Tode gekommen war. So diplomatisch, wie es ihm nur möglich war, kam Peter auf Brandstetters Alibi zu sprechen. »Selbstverständlich haben wir keine Zweifel an der Aussage Ihrer Frau, aber Sie wissen sicher, bei Familienangehörigen müssen wir uns absichern. Wenn Sie uns Ihre Fingerabdrücke und DNA geben könnten, würde uns das sehr weiterhelfen. Selbstverständlich ist dies freiwillig.«

»Wenn Sie meiner Bitte nach Polizeischutz gestern entsprochen hätten, wüssten Sie jetzt auch ohne Probe, wo ich gewesen bin.« Der Magier verschränkte die Arme vor der Brust. Peter fielen ein paar Kratzer an seinem rechten Unterarm auf. Brandstetter folgte seinem Blick. »Hab mich an einem widerspenstigen Rosenstrauß verletzt«, behauptete er, verriet sich jedoch, indem er gleich auf das Verschwinden seines Katzenbetreuers Jakob Becker zu sprechen kam. »Er hat Panteras mitgenommen. Der Kater ist krank. Schon lange. Daran ist Becker schuld, seine Pflege tut dem Tier nicht gut. Deswegen wollte ich ihn entlassen, und nun rächt er sich. Auf den sollten Sie sich konzentrieren, statt mich zu belästigen. Es liegt doch auf der Hand, dass Jakob für den Unfall gestern verantwortlich ist. Er trachtet mir außerdem nach dem Leben, und als Warnung hat er diese Frau vom Balkon geschubst.«

Peter runzelte die Stirn, das klang ziemlich übertrieben. »Warum sollte er das tun?«

»Die Frau umbringen? Weil ich ihr am Abend des Empfangs Jakobs Stelle angeboten hatte. Es gibt bestimmt Menschen, die bezeugen können, dass ich mit ihr gesprochen habe.« Er schob sein Kinn herausfordernd vor. »Nachdem die Polizei es nicht für nötig befunden hat, mich vor ihm zu schützen, musste ich halt selbst tätig werden.«

»Warum haben Sie mir bei unserem Gespräch nicht gesagt, dass er Ihnen gedroht hat?«

»Hätten Sie mir geglaubt? Ohne Beweise? Nein, das sollten Sie selbst herausfinden. Doch da haben Sie jämmerlich versagt!«

Peter atmete tief durch und verkniff sich eine Erwiderung.

»Vielleicht machen Sie ja jetzt Ihre Arbeit und legen ihm endlich das Handwerk, anstatt mich zu beschuldigen.«

»Niemand ...«, setzte Peter an, aber Brandstetter brachte ihn mit einer Handbewegung zum Schweigen.

»Seien Sie froh, dass ich Sie nicht wegen verschleppter Ermittlungen anzeige. Auf jeden Fall wird Ihr Verhalten ein Nachspiel haben. So, und jetzt brauche ich frische Luft!« Damit drängte er sich an Peter vorbei und eilte Richtung Ausgang.

Der Hauptkommissar folgte ihm. Was für ein Ekel! Nach dem, was er gerade erlebt hatte, wunderte es ihn nicht mehr, dass Brandstetter sich bedroht gefühlt hatte. Wer seine Mitmenschen so behandelte, der hatte Feinde.

Viele Feinde! Schon eher war es ein Wunder, dass bisher nichts von seiner egoistischen und menschenverachtenden Art an die Öffentlichkeit gedrungen war.

»Herr Brandstetter!«, rief die Frau am Empfang ihm hinterher, als er auf die Tür zustrebte. »Da ist etwas von einem Fan für sie abgegeben worden.« Sie streckte dem Magier einen roten mit zahlreichen Herzen verzierten Briefumschlag entgegen.

Wirklich verwunderlich, dachte Peter, als er wenig später über den Opernplatz auf seinen Dienstwagen zuging.

**

»Yesss!« Drei Angebote für die Exklusivrechte an seinen Fotos waren bereits in Marvin Möglingers Mailpostfach eingetroffen. Besonders attraktiv war die Offerte einer großen Boulevardzeitung: per sofort eine Ankündigung auf ihrer Homepage und morgen die Titelseite der Sonntagsausgabe mit einer Story von ihm als Urheber. Weitere Berichte von ihm würden in den nächsten Tagen erscheinen. Ein Vertrag für eine prominent platzierte monatliche Geschichte für die Dauer eines Jahres gab es als Sahnehäubchen obendrein. Bei der gebotenen Summe blieb ihm die Luft weg. Dafür musste er sich allerdings schnell entscheiden. Man wusste, dass er das Material der Konkurrenz ebenfalls angeboten hatte und dass die anderen – je nachdem, wem er letztendlich den Zuschlag gab – mit dem, was sie hatten, so oder so einen Aufmacher bringen würden. Wahrscheinlich war man gerade damit beschäftigt, seinen Rechner zu knacken, um im Falle des Falles trotzdem an Fotos zu kommen. Marvin grinste. Da konnten sie lange suchen.

Sein Handy signalisierte eine eingehende Nachricht.

»Das Angebot steht nicht ewig …« Sein Grinsen wurde breiter. Die ersten wurden nervös. Sie dachten, die Wahl wäre auf einen anderen Interessenten gefallen. Er atmete tief durch. Die Vorstellung, dass eine Menge Branchengrößen auf ein Zeichen von ihm warteten – das war so ein geiles Gefühl! Auf jeden Fall hatte er nun erreicht, was ihm in den Monaten mühevoller Arbeit nicht gelungen war: Sie kannten seinen Namen. Vielleicht überlegten sie sogar, ob und wie sie nachlegen konnten, um ihn für sich zu gewinnen. Am liebsten hätte er dieses Gefühl länger ausgekostet, aber er durfte den Bogen nicht überspannen.

»Deal!«, textete er eine Nachricht an seinen Favoriten. Die anderen würde er noch ein bisschen zappeln lassen.

»Anzahlung ist raus. Bitte Zahlungseingang bestätigen. Rest nach Erhalt der Fotos«, kam keine 90 Sekunden später die Antwort. Er kontrollierte sein Konto. Ein Adrenalinstoß durchfuhr ihn, als er den Kontostand sah. So hoch war er in den letzten drei Jahren nicht gewesen. Und das war erst die Anzahlung! Sein Herz klopfte bis zum Hals, als er »Geld ist da« eintippte. Wieder dauerte es nicht mehr als eine Minute, dann ging bei ihm ein Sicherheitscode für den Versand der Bilder ein.

Auf seinem Bildschirm öffnete sich ein Fenster und eine elektronische Stimme drang aus dem Lautsprecher: »Sicherheitscode noch fünf Minuten gültig.«

Marvin riss sich von dem Anblick los und rannte in die Küche. Zum Glück war sein Kumpel nicht zu Hause. Er hatte die Wohnung am Morgen verlassen, während Marvin auf seine Aufforderung hin einkaufen gewesen war. Danach hatte er sich nicht mehr blicken lassen.

Hastig riss Marvin die Keksdose aus dem Regal und öffnete sie.

»Sicherheitscode noch vier Minuten gültig«, hörte er aus dem Schlafzimmer.

Keine Speicherkarte, ein Adrenalinstoß durchfuhr seinen Körper. Das Blut stieg ihm in den Kopf. Er schüttete den Inhalt der Dose auf den Küchentisch. Scannte mit seinen Blicken den Haufen vor sich ab. Plätzchen, Brösel, ein paar Haferflocken – aber keine Speicherkarte!

»Sicherheitscode noch drei Minuten gültig.«

Ihm wurde immer wärmer, er verteilte das graubraune Zeug auf der gesamten Tischplatte. Tastete alles mit zitternden Fingern ab.

»Sicherheitscode noch zwei Minuten gültig.«

Nichts! Nichts außer Vollkornkekskrümeln. Das konnte doch nicht wahr sein! Ungläubig sank er auf einen Küchenstuhl und starrte vor sich hin. Die Uhr lief unerbittlich rückwärts. »Sicherheitscode noch eine Minute gültig.«

Er hatte das Gefühl, sein Schädel würde gleich explodieren. Wie aus weiter Ferne hörte er die Stimme aus seinem Laptop nebenan: »Sicherheitscode abgelaufen. Keine Übertragung mehr möglich.«

»Du Arsch!«, brüllte er. »Ich bring dich um!«

**

Socke und Clooney trabten um die Häuserecke. Beide waren sie immer noch weiß gepudert. Von Weitem machte es beinahe den Eindruck, als seien sie von einer feinen Schicht Schneeflocken bedeckt. Die Grautigerin miaute unablässig vor sich hin. »Ich wusste ja schon immer, dass mit dieser Tierärztin nicht gut Hühnchen essen ist, aber wie die sich aufgeregt hat! Nur, weil wir sie bei ihrer Arbeit unterstützen wollten. Was kann ich denn dafür, wenn sie sich so ungeschickt anstellt und …?«

»Wie seht ihr denn aus?« Suleika blickte missbilligend von ihrer Mauer auf die zwei herab.

Socke ließ sich im Eingangsbereich des Karl-Schurz-Wegs 14 nieder und kratzte sich verlegen hinterm Ohr. Augenblicklich umhüllte ihn eine weiße Wolke.

Clooney nieste.

Der Kater begann, sich hektisch das Mehl vom Pelz zu lecken.

»Was ist denn das für Pulver?«, wollte die Perserin wissen. »Doch hoffentlich keine illegale Substanz?«

»Illegal?« Die Grautigerin erzeugte nun ebenfalls eine Wolke, als sie heftig den Kopf schüttelte. »Das ist Mehl. Wir haben dieser Tierärztin beim Backen geholfen.« Wieder musste sie niesen.

»Hast du eine Mehlallergie?«, erkundigte sich Suleika bei ihr.

»Ich habe höchstens eine Allergie gegen blöde Fragen.«

»Pffff! Nur weil ich eine völlig berechtigte Frage gestellt habe, brauchst du nicht gleich frech werden und …«

»Ta-daaa!« Mit einem eleganten Schwung tauchte Gismo neben der Perserin auf der Mauer auf. Die zuckte zusammen. Socke hielt im Putzen inne und starrte auf den Jungkater. »Wie war ich? Hat es euch gefallen?«, erkundigte sich der Jungkater.

»Wie, wie warst du? Was soll uns daran gefallen, wenn du uns so erschreckst?«, erboste sich Suleika.

Gismo setzte sich in Position. »Na, ich studiere Zauberkunststücke ein«, erklärte er. »Was dieser Panteras kann, kann ich schon lange. Abrakadabra, simsalabim!« Er hob die rechte Pfote und zeigte seine Krallen, dann verschwand er begleitet von den Worten »Dreimal schwarzer Kater!« auf der anderen Seite der Mauer.

»Mein Sohn! Ein Naturtalent«, schwärmte Clooney.

»Pffff! Es ist keine Zauberei, einfach von der Mauer zu springen«, nörgelte Suleika. »Wahrscheinlich hockt er jetzt in unserem Garten.« Sie drehte sich um und ließ den Blick schweifen. »Äh, tja.« Ihr Kopf bewegte sich hin und her, als beobachte sie ein Tennisspiel. »Na ja.« Sie wandte sich wieder Socke und Clooney zu. »Äh, wo waren wir stehen geblieben? Ach ja, es ging um Allergien. Wusstet ihr, dass es Bäcker mit Mehlallergien gibt?«

Clooney zeigte sich wenig beeindruckt von diesen Fakten. »Nö. Ich kenne keine Bäcker. Meine Menschin backt selber. Heute Morgen hat sie etwas von Katzenkeksen gesagt.« Sie schluckte, bevor sie es Socke gleichtat, und begann, die Staubschicht von ihrem Fell zu putzen.

Die Perserin sah unauffällig über ihre Schulter zurück. »Wohin ist Gismo nur verschwunden?«, murmelte sie.

»Apropos verschwunden.« Sockes Gehör war ausgezeichnet. »Habt ihr mitbekommen, dass Panteras verschwunden ist?« Er musste gestehen, dass er darüber eine gewisse Genugtuung empfand. Clooneys und vor allem Mimis Schwärmerei für den schwarzen Kater gingen ihm auf die Nerven.

Die mollige Grautigerin blickte ihn entgeistert an. »Nein, woher weißt du das?«

»Die Menschen in der Hotellobby haben davon gesprochen, bevor du reingekommen bist.«

»Meinst du, er hat sich selber verschwinden lassen und es ist etwas schiefgegangen?«, überlegte Clooney.

»Nein. Sie haben von einer Entführung gesprochen.«

»Entführt?« Die Tigerin sprang auf, ihre Haare standen senkrecht von ihrem Körper ab, ihr Schwanz peitschte aufgeregt hin und her. »Ach du großer Kater, das ist ja furchtbar! Erst der Mord und dann noch Catnapping! Gibt es bereits eine Lösegeldforderung? Wir müssen sofort etwas unternehmen!«

»Nicht schon wieder«, beschwerte sich Suleika. »Ihr wisst doch, wie gefährlich es ist, sich in menschliche Ermittlungen einzumischen. Das nimmt kein gutes Ende!«

**

»Will jemand Kaffee? Frisch gekocht.« Sebastian zeigte auffordernd auf die Kanne und sah dabei Toni treuherzig an, die zusammen mit Lisa und Ulrich Zeitler auf den Beginn der nachmittäglichen Besprechung wartete.

Sie verdrehte die Augen. »Danke, ich hab genug«, stieß sie hervor.

Prompt wurde ihr Ex rot.

»Ich! Bitte!«, beeilte Lisa sich zu sagen und schob ihm ihren leeren Kaffeebecher hin.

Fritz und Peter betraten den Raum, der Ältere legte eine Packung Zimtsterne auf den Tisch. »Die sind fast genauso lecker wie die selbst gemachten«, schwärmte er. »Greift zu. Wir waren neulich beim Fabrikverkauf von Bahlsen und haben uns eingedeckt.« Er bediente sich selbst am Gebäck und nickte Sebastian zu, der auf die Kaffeekanne zeigte.

Peter setzte sich. »Also, erste Ergebnisse der Obduktion liegen vor. Die Blutergebnisse fehlen zwar noch, doch nachdem wir auf einen möglichen Cannabiskonsum hingewiesen haben, hat Dr. Eilig einen Schnelltest durchgeführt und der ist positiv ausgefallen.«

»Sie hat also gekifft?«, fragte Toni. »Uli hat nichts von entsprechenden Utensilien gesagt.«

»Sie hat das Hasch vermutlich in Form von Keksen zu sich genommen. Zumindest wurden Reste von Keksen in ihrem Magen gefunden. Wie gesagt, die entsprechenden Blut- und Urinwerte haben wir noch nicht. Da müssen wir uns bis Montag gedulden.« Peter blätterte durch den vorläufigen Bericht aus der Gerichtsmedizin. »Konzentrieren wir uns also auf das, was wir haben. Hämatome an der Toten deuten auf ein Handgemenge. Und die Aussage des Zeugen spricht auch dafür, dass eine weitere Person an dem Sturz beteiligt war.« Er blickte Toni an.

»Brandstetter!«

»Konnte sich denn der Staatsanwalt endlich dazu durchringen, einen richterlichen Beschluss zu erwirken?«, wollte Lisa wissen.

Toni schüttelte den Kopf. »Gero war sich zwar ziemlich sicher, dass die Person, die er gesehen hat, Brandstetter war. Aber es war dunkel und im Gegenlicht ...«

»Gero?«, fragte Basti dazwischen.

»Gero von Haberberg schreibt viel für den Kulturteil der NHP«, erklärte Peter.

Bastis Gesichtszüge versteinerten, er betrachtete seine Ex-Freundin mit finsterer Miene.

Die tat, als bemerke sie es nicht. »Also, er hat beobachtet, wie jemand, der große Ähnlichkeit mit Brandstetter hat, die Frau auf den Balkon schleppte«, fasste sie zusammen.

Lisa runzelte die Stirn. »Schleppte?«

»Ja, das waren seine Worte. Die Frau schien schwer betrunken zu sein. Jedenfalls wirkte das auf ihn so, und es machte den Eindruck, als ob Brandstetter, oder wer auch immer, sie gegen ihren Willen rausgezerrt hatte. Als wollte er sie ihm, also Gero, als seine Trophäe präsentieren – Geros Worte. Er hat sie geschlagen, sie hat sich gewehrt, allerdings eher unkoordiniert. Als sei sie nicht mehr Herrin ihrer Sinne.«

»Was ja wohl auch der Fall war, wenn sie wirklich Haschkekse intus hatte«, warf Fritz ein.

Toni nickte. »Dann hat sie, vermutlich durch einen stärkeren Schlag, das Bewusstsein verloren. Und Brandstetter, oder wer auch immer, hat sie zum Geländer geschleift.«

»Dabei sind ihr die Schuhe von den Füßen gerutscht«, ergänzte Uli Zeitler.

»Auf dem Balkon hat er sie hochgewuchtet und kopfüber runtergeschmissen«, vervollständigte die junge Kommissarin den Bericht der Zeugenaussage.

»Also Vorsatz«, konstatierte Basti.

»Sieht ganz danach aus«, erklärte der SpuSi-Mann.

»Aber der Zeuge scheint ja für den Staatsanwalt nicht ausreichend glaubwürdig.« Basti verschränkte trotzig die Arme vor der Brust.

»Der hat bloß Schiss, weil es sich beim mutmaßlichen Täter um einen Promi handelt.«

»Na ja, der Promi hat immerhin ein Alibi, zwar von der Ehefrau, dennoch hat er eins. Außerdem war es zur Tatzeit dunkel, und im Zwielicht kann sich Haberberg durchaus getäuscht haben. Es ging ja alles so schnell«, zählte Peter die Argumente von Dr. Breithaupt auf, die jener ihm vorher am Telefon genannt hatte. »Und es ist schon etwas komisch, dass ein angeblicher zweiter Zeuge spurlos verschwunden ist. Den müssen wir dringend finden.«

»Gero kennt ihn nur vom Sehen. Er meint, er heißt Marvin, den Nachnamen wusste er leider nicht, doch da sind wir dran«, antwortete Toni. Bei dem »Wir« verfinsterte sich der Blick ihres Ex erneut.

»Was ist mit der SMS, die den Zeugen angeblich auf seinen Platz in der ersten Reihe gelockt hat? Gibt es die überhaupt?« Basti schob kämpferisch das Kinn vor.

»Ja, das haben wir natürlich gleich überprüft, aber sie wurde von einem geklauten Prepaidhandy gesendet, also eine Sackgasse.« Zeitler zuckte bedauernd die Schultern.

»Also könnte er sie sich theoretisch selbst geschickt haben?«

»Warum sollte er das?«, zischte Toni ihren Ex wütend an.

»Was gibt's sonst noch Neues von der Gerichtsmedizin, Peter?«, wechselte Lisa das Thema, bevor Basti etwas erwidern konnte.

»Wie bereits gesagt: jede Menge Hämatome, die im Übrigen den Ablauf bestätigen, den der Zeuge beschrieben hat. Schwerste Verletzungen am Kopf. Sie konnte den Sturz nicht abfangen und ist ungebremst auf den Schädel gefallen.«

Alle sahen betreten vor sich hin.

Peter schlug mit der flachen Hand auf den Tisch. »Ich bin bei euch. Hans Brandstetter ist unser Hauptverdächtiger. Toni, du versuchst also, diesen Marvin aufzutreiben. Trotzdem müssen wir vorerst in sämtliche Richtungen ermitteln. Was haben eure Recherchen im Hotel ergeben?«, wandte er sich an Lisa und Basti.

Die Kommissarin nickte dem Jüngeren auffordernd zu.

»Die Hotelangestellten sind ziemlich betroffen, immerhin ist eine Kollegin gestorben. Allerdings war niemand von denen so richtig gut mit der Toten bekannt. Und ehrlich gesagt, richtig gemocht hat sie, glaub ich, auch keiner.«

Er sah Lisa an, die ihm zustimmte. »Gesehen haben sie angeblich nichts. Die, die während des Empfangs Dienst hatten, waren zu dem Zeitpunkt entweder schon auf dem Heimweg oder anderweitig beschäftigt. Dafür gibt es Zeugen. Wir haben zwar noch nicht alle Alibis überprüft, aber so weit scheint das zu stimmen.« Wieder wanderte sein Blick unsicher zu der älteren Kollegin, bevor er fortfuhr. »Nur der Manager des Hotels, ein gewisser Mike Kammerfeld, hat kein Alibi. Er war zum Zeitpunkt des Unglücks allein in seinem Büro.«

»Und er war reichlich fahrig«, ergänzte Lisa. »Irgendwas hat er zu verbergen.«

»Bei den Gästen des Empfangs ist es ähnlich wie beim Hotelpersonal«, fuhr Basti fort. »Und Brandstetters Team vor Ort ist recht klein. Tatsächlich besteht es lediglich aus seiner Frau, einem Chauffeur, einer Texterin namens Eliza Stark und dem Katzenbetreuer Jakob Becker.«

»Seine Frau und Brandstetter geben sich gegenseitig ein Alibi. Der Chauffeur hatte frei und hat das Nachtleben von Hannover genossen. Das haben jede Menge Zeuginnen und Zeugen bestätigt. Frau Stark war ziemlich nervös und sie hat kein bestätigtes Alibi. Angeblich war sie mit Jakob Becker zusammen, aber der ist verschwunden mit diesem Kater, Panteras, ihr wisst schon«, fasste Lisa zusammen.

Peter berichtete von Brandstetter, der den Katzenbetreuer belastet hatte. »Die Kolleginnen und Kollegen von der Streife halten die Augen nach Becker auf. Vielleicht sollten wir ihn doch zur Fahndung ausschreiben lassen. Wenn wir schon keine Genehmigung für die Fingerabdrücke und DNA von Brandstetter kriegen.«

**

Irgendwo klingelte es. Er musste auf dem Sofa eingeschlafen sein. Schlaftrunken tastete Marvin nach seinem Telefon, erwischte jedoch bloß die Fernbedienung des TV-Geräts. Ring, ring, riiiiing! Er warf die Fernbedienung wütend auf den Tisch und suchte weiter neben sich auf dem Sofa. Riiiiiing! Endlich fand er das Gerät und registrierte gleichzeitig, dass es sich bei dem Geräusch nicht um seinen Klingelton handelte. Riiiiing! Das war die Haustürklingel. Trotzdem kontrollierte er, ob er Anrufe verpasst hatte. Nur einen von einer unbekannten Nummer.

Florian, den er den ganzen Tag versucht hatte zu erreichen, hatte sich nicht gemeldet. Riiiiiing! Vielleicht stand der Kumpel ja draußen und hatte seinen Schlüssel vergessen?

Mühsam erhob er sich. Sämtliche Knochen taten ihm weh, er wurde alt. Ein paar Stunden Schlaf auf einem durchgesessenen Sofa war nichts mehr für jemanden, der auf die 40 zuging.

»Scheißkettenbrief!«, fluchte er und erhob sich. Sein Kreislauf war auch schon mal stabiler gewesen. Er wankte Richtung Eingang. »Florian, bist du das?«

Keine Antwort, stattdessen ein Klopfen.

»Aua!« Beim Versuch, durch den Spion zu schauen, stieß er sich den Kopf.

Er beließ es bei dem Versuch und öffnete die Tür.

»Hallo!«

Der Typ, der sich jetzt lässig durch die modische Kurzhaarfrisur fuhr, kam ihm bekannt vor. War das einer von der Tag Aktuell, der ihm wegen der Nummer heute Mittag die Leviten lesen wollte? Er war ziemlich groß und wirkte sportlich, aber für einen Schlägertypen war er zu gut gekleidet, und eigentlich war ja alles gesagt. Es passte außerdem nicht zu diesen Zeitungsleuten, sich länger als nötig mit solchen Versagern wie ihm zu beschäftigen. Dass er nie wieder eine Story bei ihnen unterkriegen würde und vermutlich ebenso wenig bei einem anderen Blatt, das hatten sie ihm klargemacht. Aus! Finito! »Das traurige Ende von einem, der denkt, er könnte dem Schicksal ein Schnippchen schlagen.« So könnte der Titel seiner Memoiren lauten oder die Inschrift auf seinem Grabstein.

»Kann ich reinkommen?«, wollte sein Gegenüber wissen und schob die Spitze seines schwarzen Schürschuhs unauffällig in den Türspalt.

»Kennen wir uns?«

»Klar, weißt du nicht mehr? Freitagabend!«

»Was war da?«

»Du warst Zeuge des Unfalls, und wenn ich mich nicht täusche, hast du draufgehalten.«

Doch einer von der Tag Aktuell? Oder ein Konkurrent, der ihn beobachtet hatte.

»Da hast du dich getäuscht. Es gibt keine Fotos.«

»Jetzt sag bloß nicht, da war keine Karte in deiner schicken Nikon Z7?«

Der Typ war also ein Kollege. Allerdings sah er mit seiner teuren Jacke im Gegensatz zu ihm so aus, als könne er gut von dem Job leben. »Wie hast du mich gefunden?«

»Ich bin vom Fach. Wollen wir nicht drinnen weitersprechen?« Der andere drängte ihn in den Wohnungsflur.

Marvin ließ sich das gefallen. Gefährlich wirkte der Typ nicht, eher wie einer von den feinen Feuilletonleuten. Einer mit Kontakten, der es geschafft hatte. Vielleicht konnte er ihm sogar helfen. Er wandte sich um, ging voraus in die Küche. »Die Fotos sind weg. Geklaut!«, sagte er über die Schulter und steuerte die Kaffeemaschine an. »Auch einen?«

»Danke, nein.« Der Kollege setzte sich ungefragt an den Küchentisch. »Geklaut? Von wem? Von Brandstetter oder einem von uns?«

Das »Uns« schmeichelte Marvin. Er bereitete sich einen Espresso zu und gesellte sich zu seinem Gast. »Weder noch.«

»Du weißt also, wer es war.« Das war keine Frage, sondern eine Feststellung.

Der auffordernde Blick sagte Marvin, dass er einen Namen hören wollte. Schweigend trank er und ließ sein Gegenüber nicht aus den Augen. »Warum sollte ich dir das sagen?«

»Weil du es offensichtlich bisher allein nicht geschafft hast, die Person zu finden, und weil ich dir dabei helfen könnte.«

**

Als Socke durch seine Katzenklappe das Haus betrat, saß Chris im Wohnzimmer, vor sich auf dem Couchtisch eine Tasse Tee, auf den Knien ihren Laptop. »Hm, signalrot oder maisgelb?«, murmelte sie.

Socke riskierte einen Blick auf den Bildschirm, auf dem Herrenpullover in sämtlichen Farben des Regenbogens zu sehen waren.

Chris bemerkte ihn und fragte: »Was meinst du, Socke? Soll ich Peter lieber einen gelben oder einen roten Pulli zu Weihnachten schenken?«

Socke sah sie entgeistert an. Peter bevorzugte bei seiner Kleidung eher gedeckte Töne.

»So ein bisschen Farbe stünde ihm gut zu Gesicht, nicht wahr?«, entschied seine Menschin und konzentrierte sich wieder auf den Monitor ihres Laptops. »Ach, ich nehme einfach beide«, entschied sie dann. »Ein Schnäppchen! Beim zweiten gibt es sogar Rabatt.« Sie tippte ihre Bestellung ein.

Der Kater schlenderte derweil Richtung Küche. Im Flur zeugte die Anwesenheit seines Erzfeinds, dem Staubsauger, von dessen kürzlichen Einsatz. Außer ihm gab es keine Spuren mehr vom mittäglichen Chaos in der Küche. Offenbar hatte Chris ihren Plan aufgegeben, Plätzchen zu backen, sonst hätte es nach frischem Gebäck gerochen. Der Kater kontrollierte, ob sie vielleicht irgendwo etwas Essbares übersehen hatte, doch Staubsauger, Wischlappen und Chris hatten ganze Arbeit geleistet. Gerade wollte er sich auf den Weg zu seinem Napf im Badezimmer machen, als es klingelte.

»Ich komme«, rief Chris und schlitterte auf ihren dicken Wollsocken in den Flur.

Socke brachte sich schnell auf dem Schuhschränkchen in Sicherheit, als sie auch schon die Tür öffnete.

»Hallo, Frau Nachbarin.« Frau Bilgur von nebenan stand auf der Schwelle, neben ihr saß Clooney und linste neugierig in den Hausflur. »Wir wollten uns entschuldigen.«

*

»Deine Tierärztin hat ihr alles erzählt«, raunte Clooney Socke zu.

»Sie ist nicht *meine* Tierärztin«, verteidigte sich der Kater. »Also, sie behandelt mich ab und zu, aber das geschieht gegen meinen Willen.« Socke dachte an die Spritzen, die seine Mitbewohnerin ihm gelegentlich verabreichte. Unwillkürlich stellten sich seine Nackenhaare auf. Warum hatte sich Peter ausgerechnet in eine Tierärztin verlieben müssen? Gut, insgesamt war sie schon in Ordnung, doch wenn er nur die kleinste Schwäche zeigte, wurde er mit Medizin traktiert. Da war sie ein unerbittliches Biest.

*

»Ach, das ist ja nett!«, jubilierte das Biest gerade. In Händen hielt es zwei Blechdosen. »Und sogar welche für Socke, das hat der sich eigentlich gar nicht verdient.« Trotz ihrer strengen Worte lächelte sie.

*

»Was ist in den Dosen?«, wandte Socke sich an seine tierische Nachbarin. Argwöhnisch schnüffelte er. »Hoffentlich nichts Gesundes.«

Clooney schluckte. »Katzenkekse. Mit Thunfisch. Und die runden sind mit Käse, die sind besonders gut.« Sie leckte sich über die Schnauze.

*

Chris wollte Frau Bilgur hereinbitten, die allerdings ablehnte. »Ich muss noch Stollen backen. Die sollen mindestens zwei Wochen durchziehen, und da ist es jetzt höchste Zeit. Ein anderes Mal gerne.«

*

»Schade«, bedauerte Clooney und lugte begehrlich auf die Blechdosen in Chris' Händen. »Wir hätten sonst zusammen ein paar Kekse verkosten können.« Sie sah erst ihre Menschin und danach Socke mit Verschwörermiene an. »Sie ist nämlich echt geizig damit. Wir bekommen höchstens drei davon pro Tag.«

*

»Ist das nicht furchtbar mit der jungen Frau?« Die Nachbarin blickte in Richtung des Hotels. Ganz so eilig hatte sie es wohl doch nicht mit ihrem Backvorhaben. »Hat Ihr Mann schon etwas über den Unfall herausgefunden? Oder war es womöglich Mord? Man munkelt ja, es waren Drogen im Spiel.«

Chris zuckte mit den Schultern.

*

»Drogen?«, wurde Clooney hellhörig. »So was wie Katzenminze? Oder Baldrian? Weißt du etwas darüber?«, wollte sie von Socke wissen.

Der verneinte.

»Vielleicht sollten wir uns bei dem Hotel noch mal umschauen. Unsere Nasen sind ja viel besser als die der Menschen. Wenn es um Katzenminze geht, rieche ich das sofort!«

*

Frau Bilgur kam inzwischen auf mögliche Unfallbeteiligte zu sprechen. »Dieser Magier ist ja so ein stattlicher Mann. Und dann auch noch so tierlieb. Ich kann mir wirklich nicht vorstellen, dass er etwas damit zu tun hat. Wer

Tiere liebt, kann nicht böse zu Menschen sein.« Sie seufzte. »Obwohl ich ihn tatsächlich gestern kurz nach dem Unfall hier habe rumschleichen sehen. Stellen Sie sich das mal vor!«

Chris runzelte die Stirn. »Wirklich?«

»Ja, ich war im Garten, um zu schauen, ob genug Vogelfutter im Häuschen drin ist, und da lief er vorne über den Parkplatz. Wahrscheinlich brauchte er einen Moment seine Ruhe. Diese Promis werden ja dauernd belagert.«

*

»Hast du ihn auch gesehen, Socke? Du warst doch gestern am Tatort«, verlangte Clooney zu wissen.

Erneut verneinte der Kater.

*

»Sind Sie sicher, dass sie sich nicht getäuscht haben?« Chris schien ihre Zweifel zu haben.

»Na ja, ich hatte zwar meine Brille auf, aber es war natürlich dunkel und er war ein Stück weit von mir entfernt«, musste Frau Bilgur zugeben. »Hätte ich ihn bloß angesprochen. Ich wollte ihn nämlich eigentlich nach einem Autogramm fragen, doch dann sagte ich mir: Lass den armen Kerl mal in Ruhe. Ich wusste ja nicht, was passiert war. Ich hab gedacht, die Polizei ist wegen irgendwelcher aufdringlichen Fans gekommen.« Offensichtlich bedauerte die ältere Dame, gestern nicht genauer hingesehen zu haben.

**

Fritz sah auf die Uhr. »Feierabend! Morgen ist auch noch ein Tag.«

»Morgen ist Sonntag und frei. Zumindest wenn es sich der Staatsanwalt nicht anders überlegt wegen Brandstetters Fingerabdrücken und DNA.« Toni massierte sich den verspannten Nacken. »Aber du hast recht, machen wir Schluss für heute. Es scheint ja eh keinen zu interessieren, was wirklich passiert ist.«

Es klopfte. Ohne auf eine Antwort zu warten, trat Sebastian in das Büro der beiden. »Hat vielleicht jemand Lust auf einen Glühwein auf dem Weihnachtsmarkt?«

Fritz erhob sich und schüttelte bedauernd den Kopf. »Tut mir leid. Meine Familie wartet bestimmt schon.«

Bastis Blick fiel auf Toni.

Die Kommissarin verdrehte die Augen. Bevor sie ebenfalls absagen konnte, schob ihr Ex-Freund nach: »Lisa und Peter kommen auch mit.«

»Meinetwegen.« Sie stand ebenfalls auf und griff nach ihrer Winterjacke. »Nur auf ein Getränk.«

Die beiden anderen warteten bereits auf dem Flur. »Hast du noch was über diesen Marvin rausfinden können?«, wollte Peter von Toni wissen.

Toni wollte gerade antworten, da bestimmte Lisa: »Keine dienstlichen Themen. Verstöße kosten eine Runde.«

Der Hauptkommissar schmunzelte. »Die erste Runde geht auf mich.«

Toni sah Peter an, grinste und zuckte mit den Schultern. »Bisher nichts. Sonst hätte ich es dir gesagt«, beantwortete sie dann seine Frage.

Das kleine Trüppchen machte sich auf den Weg in die

Innenstadt. Da es von der Polizeidirektion in der Water-loostraße nicht weit in die Altstadt war, gingen sie zu Fuß.

Sebastian ließ sich zu Toni zurückfallen, die den Schluss bildete. »Na, hast du bereits alle Weihnachtsgeschenke zusammen?«, versuchte er sich an einem vermeintlich unverfänglichen Thema.

»Neee. Ich mache diesen Konsumzwang nicht mehr mit. Bei mir gibt's keine Geschenke.« Absichtlich reagierte die Kommissarin brüsk. Sie merkte ja, dass ihr Ex-Freund immer noch an ihr hing, und das tat ihr leid. Trotzdem war Mitleid keine Basis für eine Beziehung. Sebastian hatte etwas Besseres verdient als sie, die mit Mitte 30 immer noch nicht wusste, was sie wollte. Die sich von einem zehn Jahre älteren, redegewandten Kulturjournalisten den Kopf ver-drehen ließ, sich darüber ärgerte und das an allem und jedem ausließ. Das war unreif und kindisch. Sie würde erst einmal mit sich selbst ins Reine kommen müssen, bevor sie eine neue Beziehung einging. Doch nicht einmal *das* hatte sie bisher geschafft, ihrem Ex zu vermitteln.

Der versuchte krampfhaft, ein Gespräch mit ihr in Gang zu bringen. »Da hast du recht. Ich hatte mir auch über-legt, es dieses Jahr mit den Geschenken zu lassen und lie-ber was zu spenden.«

»Hm.«

»Ich meine, gespendet habe ich in den letzten Jahren natürlich auch.« Basti lachte auf. »Aber dieses Jahr ...«

Tonis Handy klingelte. »'tschuldigung, da muss ich ran.« Erleichtert blieb sie stehen und nahm das Gespräch an. »Gero, was gibt's?«, sagte sie so laut, dass es ihr Ex-Freund hören konnte, der neben ihr wartete. »Nein, du störst nicht.« Sie gab Basti ein Zeichen, den anderen zu folgen.

»Ich glaube, ich weiß den Namen des Kollegen«, hörte Toni Geros Stimme aus dem Lautsprecher tönen. »Bist du noch im Büro?«

Die Kommissarin zögerte. »Ich bin eigentlich gerade auf dem Weg in den Feierabend.«

*

»Ist uns Toni abhandengekommen?«, wollte Lisa wissen, als sie in die Fußgängerzone gegenüber der Markthalle einbogen.

»Die hat was Besseres vor. Wenn dieser Gero sich meldet, sind wir natürlich abgemeldet.« Sebastian presste die Lippen zusammen.

Peter, der gerade die Auslage des Juweliers an der Ecke hatte studieren wollen – ein Schmuckstück würde Chris zu Weihnachten sicher gefallen –, wurde hellhörig. Er drehte sich dem jungen Mann zu. »Was ist mit Herrn von Haberberg?«

»Na, der hat bei Toni angerufen.«

»Bist du sicher?«, erkundigte sich Lisa.

»Na klar, sie hat ihn ja deutlich hörbar beim Vornamen genannt und sich direkt mit ihm verabredet«, antwortete Basti trotzig. »Wenn ihr mich fragt, ist das in höchstem Maße unprofessionell.«

»Da hat er recht«, flüsterte Lisa, sodass nur Peter es hören konnte, der nachdenklich nickte.

**

»Frisst du das noch?« Balthasar sah erst den vollen Napf und anschließend Kaspar an, der seinen Kopf eng an die Tür zum Nebenraum presste.

»Pssst!«

»Hat er gesagt, was er vorhat? Kannst du ihn verstehen?«, wollte Melchior wissen und fuhr sich mehrmals hektisch mit der Pfote über seine Ohren.

»Wenn du nicht gleich die Schnauze hältst, kriege ich gar nichts mit.«

»Na, dann fress' ich das halt auch auf.« Balthasar machte sich über Kaspars Portion her.

Nachdem die Kater schon nicht mehr damit gerechnet hatten, war der Futtersklave vorhin aufgetaucht und hatte eine Dose Katzenfutter gleichmäßig auf ihre leeren Näpfe verteilt.

»Billigfraß«, murmelte Balthasar vor sich hin, während er trotz seiner Worte stetig Futter in sich hineinschaufelte. »Kein Wunder, wenn einem davon schlecht wird.«

»Achtung!« Im letzten Moment, bevor die Tür aufgerissen wurde, konnte sich Kaspar durch einen Sprung in Sicherheit bringen.

Jakob Becker stürmte herein. »Was bildet der sich eigentlich ein?«, rief er und warf sein Handy wütend auf den Tisch. Ohne auf die Katzen zu achten, durchmaß er den Raum und schimpfte vor sich hin: »Wenn ich nicht wäre, wäre der schon lange weg vom Fenster. Und das ist der Dank!« Zur Bekräftigung haute er mit der Faust auf den Fenstersims. Melchior machte einen erschrockenen Satz unter die Eckbank an der Wand hinter dem Tisch. »Versucht, mir dauernd was anzuhängen. Jetzt will er mir die Schuld an diesem Unfall zuschieben«, schrie Jakob seinem Spiegelbild in der trüben Scheibe entgegen. »Anstatt mir das zu geben, was mir zusteht.« Er drehte sich um und schnappte sich sein Mobiltelefon vom Tisch. »Von wegen Magier!«, maulte er, während er auf dem Display herumwischte. »Ein Lügner und Betrüger ist das. Es wird Zeit, dass alle das erfahren. Und danach sehen wir ja, wer hier wen vor Gericht bringt.«

Melchior sah ängstlich unter der Bank hervor.

Balthasar hockte mit offener Schnauze vor dem halbvollen Napf und verfolgte jede Bewegung des Futtersklaven. Der verschwand beinahe genauso schnell wieder, wie er gekommen war, nach nebenan und knallte die Tür hinter sich zu.

Melchior schlich geduckt in die Mitte des Raums und riss die Augen auf. »Habt ihr das gehört? Es klang so, als wollte er sich am Bösen rächen. Das geschieht dem recht.«

»Hm.« Balthasar wandte sich erneut dem Futter zu. »Bevor es so weit ist, kann ich das ja noch aufessen. Oder hast du was dagegen, Kaspar?«

Keine Antwort. Nebenan polterte etwas zu Boden. Dann war es still.

»Kaspar?« Melchior klang ängstlich.

Erneut keine Reaktion.

»Du, ich glaube, der ist abgehauen.«

**

»Chris hätte mir wenigstens einen Keks anbieten können«, beschwerte Clooney sich bei Socke, als ihre Menschin zurück in ihre Wohnung gegangen war.

Die zwei Katzen saßen mittig zwischen ihren beiden nebeneinanderliegenden Haustüren und beratschlagten das weitere Vorgehen. Nachdem Chris keine Anstalten gemacht hatte, die Plätzchendosen zu öffnen, hatte die Tigerin vorgeschlagen, draußen ein paar Recherchen anzustellen, wie sie es nannte. »Wir könnten rausfinden, wo die Katzenminze versteckt ist.«

Socke hatte so seine Zweifel, dass es sich bei dem erwähnten Rauschgift tatsächlich um Katzenminze handelte. Nicht umsonst lebte er mit einem Kriminalhauptkommissar unter einem Dach. »Die Menschen haben ganz andere Drogen.«

»Drogen?« Suleika war gegenüber auf ihrer Mauer aufgetaucht und bedachte sie mit kritischen Blicken.

»Im Hotel befindet sich ein Katzenminzelager, das wir ausheben wollen«, fasste Clooney ihr Vorhaben verkürzt zusammen.

»Katzenminze?«

»Na ja, ob es Katzenminze ist, wissen wir nicht so genau und …«, klärte Socke sie auf.

»Wenn es andere Drogen sind, finden wir die natürlich auch«, fiel Clooney ihm ins Wort. »Wenn das sogar Hunde schaffen.«

»Du meinst Drogenspürhunde? Das sind speziell dafür ausgebildete Tiere«, wusste Suleika.

Kämpferisch reckte die Grautigerin die Schnauze in die Höhe. »Wohl eher *ein*gebildete Tiere. So eingebildet wie du!«

Die Perserin setzte zu einer Erwiderung an.

»Ta-daaa!« Wie aus dem Nichts tauchte Gismo neben ihr auf der Mauer auf.

Erschrocken machte Suleika einen Satz zur Seite.

»Mein Name ist Gismo Hundini, der berühmteste Zauberkater der Welt.«

»Gismo Hund…?«, entgeistert sah Clooney ihren Sohn an.

»Du meinst wohl Houdini!«, mischte Suleika sich ein. »Harry Houdini war einer der größten Zauber- und Entfesselungskünstler des vorigen Jahrhunderts.«

Der Jungkater achtete nicht auf sie. »Darf ich euch nun meine bezaubernde Assistentin vorstellen.« Er nickte auffordernd und an seiner Seite landete eine hübsche dreifarbige Tigerkatze.

»Mimi!«

»Mit vollem Namen HerMIMIne Granger, Nachfahrin der berühmten Hermine Granger, bekannt aus den Harry-Potter-Filmen.«

»Das sind Bücher«, verbesserte ihn Suleika.

Auch von diesem Einwand ließ Gismo sich nicht beirren. »Wir proben für die Meisterschaften der Zauberkunst. Im Fernsehen haben sie gestern darüber berichtet. Wenn wir Glück haben, finden die nächstes Jahr in Hannover statt, schließlich sind wir jetzt die inoffizielle Hauptstadt der Magie.«

Suleika schüttelte missbilligend den Kopf. »Seid ihr vollkommen verrückt geworden?«

Gismo machte einen Buckel und senkte die Stimme zu einem Knurren: »Abrakadabra! Simsalabim!«

»Du bist das lebende Beispiel dafür, dass man durch Fernsehen den Bezug zur Realität verliert. Zaubershow! Pffff!« Suleika hob die Pfote, um Gismo anzustupsen, doch sie tappte ins Leere.

»Dreimal schwarzer Kater!«, miaute Mimi und verschwand ebenfalls.

»Wow! Das war schon richtig gut«, lobte Clooney.

»Inoffizielle Hauptstadt der Magie. Lächerlich. Pffff!«, kam es von Suleika.

Die Grautigerin blickte sie herausfordernd an. »Immerhin haben wir gerade einen der größten Magier aller Zeiten in Hannover zu Gast.«

»Dieser Brandstetter? Der ist ein Blender. Und möglicherweise noch Schlimmeres. Gestern, als der Unfall passiert ist, habe ich ihn den Park entlangschleichen sehen.

Passt das zu jemandem, der ein reines Gewissen hat? Von wegen größter Magier aller Zeiten.«

»Wer redet denn von Brandstetter?«, fragte Clooney empört. »Ich meine natürlich Panteras.«

»Was ihr alle mit diesem Panteras habt. *Der* ist ein Blender!«, wiederholte Socke Suleikas Worte. »Alles billige Tricks, die er aufführt. Und ihr fallt drauf rein.«

»Nun, ich habe ihn durchschaut.« Suleika reckte ihre Schnauze in die Höhe.

»Bist du eifersüchtig, weil Mimi in Panteras verknallt ist?«, wunderte sich Clooney über ihren sonst so netten Nachbarn. »Mach dir keine Gedanken. Du und Panteras, das kann man doch gar nicht vergleichen. Panteras ist ein Star, er ist klug, er sieht gut aus – da ist es ganz normal, dass junge Katzen wie Mimi ihn anhimmeln …«

»Vielen Dank für deine aufmunternden Worte!«, fauchte Socke.

»Ich meine ja nur, äh, sag doch auch mal was, Suleika!« Ausnahmsweise schwieg die Perserin.

»Typisch«, murmelte Clooney, »sonst kann sie die Schnauze nicht halten, und wenn man sie mal braucht …«

Jetzt musste Socke doch grinsen.

»Also«, redete Clooney weiter, »Panteras ist zwar ein berühmter Star, aber er benötigt unsere Hilfe. Er wurde entführt. Und was meinst du, wie beeindruckt Mimi wäre, wenn wir ihn wiederfinden *und* das Katzenminzelager ausheben? Ich bin sicher, die Fälle haben miteinander zu tun. Also los, spiel nicht die beleidigte Leberwurst. Apropos Leberwurst, hast du auch solchen Hunger?«

**

»Sti-hi-le Nacht, heilige Nacht!«, sang Peter leise vor sich hin, während er seinen Haustürschlüssel suchte.

»Miau!« Socke strich ihm um die Beine.

»Na, bist du das Empfangskomitee?« Er streichelte dem Kater über das Köpfchen, der sich nun abwartend vor die Haustür setzte. Endlich hatte Peter den Schlüssel gefunden.

»Miau!«, drängelte Socke weiter, während sein Mensch aufschloss. Kaum war die Türe offen wetzte der Kater voraus in die Küche, wo Chris herumwerkelte.

»Wir sind da-ha«, rief Peter.

»Und gerade rechtzeitig. Soeben hab ich den Nudelauflauf in den Ofen geschoben. In einer halben Stunde können wir essen.«

»Miau!«

»Du musst natürlich nicht so lange warten, Socke.« Sie wandte sich der Schublade mit dem Katzenfutter zu und suchte eine Dose aus. »Obwohl du diese bevorzugte Behandlung eigentlich nicht verdient hast – nach dem Auftritt heute Nachmittag.« Sie drehte sich schmunzelnd zu dem Kater und Peter um, der inzwischen hinzugetreten war.

»Miau?« Socke sah von einem zum anderen, dann reckte er sich nach der Dose in Chris' Hand.

»Wenn du magst, kannst du den Salat fertigmachen, während ich dieses Raubtier füttere.« Chris gab Peter einen Kuss auf die Wange und verschwand in Richtung Badezimmer.

»Miau!« Schnell folgte der Kater ihr.

»Und zum Nachtisch gibt es einen Katzenkeks von Frau Bilgur«, hörte er seine Frau sagen. »Wie war dein Tag?«, wandte sie sich etwas lauter an ihn.

»Frag lieber nicht. Toni flirtet heftig mit einem Zeugen, und ich war auch noch so blöd und hab sie mit seiner Befragung betraut.«

Peter brauste die Tomaten mit kaltem Wasser ab, um sie anschließend von ihren Strünken zu befreien. »Aber immerhin, wenn heute nichts Dramatisches mehr passiert, haben wir morgen ausnahmsweise frei. Dann können sich die Gemüter etwas beruhigen.«

»Wie immer perfektes Timing.« Chris kehrte in die Küche zurück. »Ich hab morgen Bereitschaft.« Sie schnappte sich ein Messer und begann, Tomaten zu schneiden. »Und habt ihr rausbekommen, wer die arme Frau vom Balkon geschubst hat?«, wollte sie wissen. »Im Radio wurde am Nachmittag Brandstetter als Hauptverdächtiger gehandelt. So nett, wie es bisher immer geheißen hat, scheint er nicht zu sein.«

Peter zupfte ein paar Blättchen Basilikum von dem kleinen Strauch, der in einem Topf auf dem Fenstersims wuchs. »Ich glaube, da verrate ich kein Geheimnis, wenn ich das bestätige. Er ist ein ziemlicher Egoist.«

»Dachte ich es mir. Die haben sogar gesagt, er wurde gesehen, wie er sie runtergestoßen hat. Damit wäre euer Fall doch geklärt?«

»Wenn es so einfach wäre.«

Socke kam hereingeschlendert und strich ihnen um die Beine. Wenn die beiden kochten, fiel meistens was für ihn ab. Vor allem Peter verwöhnte ihn mit Leckerbissen, auch wenn Chris das nicht so gerne sah. »Wenn du ihm was gibst, dann weiß er, dass er nur lange genug betteln muss, bis er Erfolg hat«, versuchte sie halbherzig, Erziehungsratschläge zu geben.

»Miau! Miau!«, brachte sich Socke nun sicherheitshalber akustisch in Erinnerung. »MIAU!«

»Also gut, damit Ruhe ist. Einen Katzenkeks darfst du probieren.«

Chris reichte ihm ein Plätzchen, das der Kater augenblicklich verschlang. Es war die Variante mit Thunfisch. Sichtlich sehr schmackhaft. »Miau, miau!«, verlangte Socke Nachschub.

»Frau Bilgur hat übrigens gesagt, sie hätte den Brandstetter gestern Abend hier vor dem Haus herumlaufen sehen. Das muss kurz nach dem Unfall gewesen sein.«

»Miau!«

Peter betrachtete seine Frau nachdenklich. Er dachte an das Alibi, das Brandstetters Frau ihm für diesen Zeitraum gegeben hatte. »Das ist interessant. Ist sie sich da sicher?« Wenn die Nachbarin ihre Brille aufhatte, war auf ihre Aussagen eigentlich Verlass.

Chris zuckte mit den Schultern. »Sie klang zumindest so.«

*

»Miau!« Socke nahm nun seine Krallen zu Hilfe. Ein zweiter Keks musste doch drin sein. Den hatte er sich redlich verdient, denn Clooney und er waren eine gefühlte Ewigkeit durchs Revier gestreift. Immer auf der Suche nach dem geheimen Drogenlager. Die Grautigerin war nach wie vor davon überzeugt, dass es sich um Katzenminze handelte. Aber außer einigen vertrockneten Stängeln dieser Pflanze in einem Vorgarten im Lincolnweg hatten sie keine Katzenminze erschnüffelt. Die beiden im zugehörigen Haus lebenden Siamkater, die Brüder Fix und Foxi, hatten glaubhaft versichert, dass es sich dabei um Eigenbedarf handelte, was selbst Clooney angesichts der geringen Menge gelten lassen musste. Schließlich war es Abendessenszeit gewor-

den, und sie hatten ihre Suche fürs Erste ohne Ergebnis
abgebrochen.

✴✴

Eigentlich hatte Eliza sich ein wenig in Hannover umsehen wollen. Sightseeing und Shopping in der Innenstadt,
dafür hatte sie sich sogar extra einen Reiseführer gekauft,
nachdem Hans ihr klargemacht hatte, dass er vorerst leider
keine Zeit haben würde, ihr die Stadt zu zeigen, in der er
aufgewachsen war. »Wenn du unbedingt möchtest, können
wir das nach der Premiere von ›Dreimal schwarzer Kater‹
nachholen. Wenn alles geschafft ist.«

»Wenn alles geschafft ist.« Damit meinte er nicht die
Musicalpremiere, sondern seinen Abschied von der Bühne
und – aus Elizas Sicht noch viel wichtiger – die Trennung
von seiner Frau. Es war genau geplant: Panteras würde
»plötzlich und unerwartet« sterben. Die entsprechende
Pressemitteilung war schon vorbereitet. Unter Tränen
würde Hans der Öffentlichkeit berichten, wie der Tod seines geliebten Gefährten ihm die Augen geöffnet habe. Er
würde sagen, dass man das Leben *jetzt* genießen und sich
nur mit Menschen umgeben müsse, die einem guttäten,
und so weiter. Das übliche Blabla. Wegen seiner Scheidung
hatte er sich bereits heimlich mit seiner Anwältin in Verbindung gesetzt. »Hab noch ein wenig Geduld. Wir werden ein schönes Leben haben«, hatte er Eliza versprochen.

Geduld war nicht ihre größte Stärke, und die aktuellen
Geschehnisse beunruhigten sie. Vor allem die Tatsache, dass
sie Hans mal wieder nicht erreichen konnte. Deshalb hatte
sie auf die geplante Besichtigungstour verzichtet und den
Tag im Hotel verbracht.

Vergeblich hatte sie darauf gewartet, dass er sich bei ihr meldete. Erst zum Abendessen verließ sie ihre Suite. Im Speisesaal war es ruhig. Die meisten Journalisten waren wieder gegangen, die Polizei hatte sich zurückgezogen, und vom Team um Hans Brandstetter ließ sich dort auch keiner blicken. Obwohl das Essen vorzüglich schmeckte, rührte sie es kaum an. Stattdessen sah sie im Minutentakt auf ihr Handy.

»Guten Abend, hat es Ihnen nicht geschmeckt?« Der Hotelmanager, ein hochgewachsener Mittvierziger im gutsitzenden dunkelblauen Anzug, stand plötzlich an ihrem Tisch und deutete auf den fast vollen Teller vor ihr.

»Doch«, beeilte sie sich zu sagen, »es ist nur, die Ereignisse …«

Er nickte verständnisvoll. »Darf es vielleicht noch ein Dessert sein? Das dreierlei Mousse au Chocolat ist sehr zu empfehlen.«

Sie schüttelte den Kopf. »Ich habe wirklich keinen Appetit. Aber noch mal Danke für die leckeren Kekse, die gestern in meinem Zimmer standen. Das war sehr aufmerksam. Waren die selbst gebacken?«

»Äh, ja, die Kekse. Eine kleine Aufmerksamkeit des Hauses. Die backen wir in der Tat selber. Schön, dass sie Ihnen geschmeckt haben.« Er fuhr sich mit der Hand durch den modischen Kurzhaarschnitt und sah sich im Speisesaal um. »Tja, ich muss dann mal wieder. Noch einen schönen Abend für Sie.« Damit verließ er beinahe fluchtartig den Speisesaal.

Eliza sah ihm verwundert hinterher, bevor sie sich erhob und ebenfalls aufbrach. Um wenigstens ein bisschen Bewegung zu haben, nahm sie die Treppe in den dritten Stock. Der Flur war wie immer menschenleer. Mit einem Schaudern nahm sie das polizeiliche Siegel an der vorderen Tür wahr. Eilig suchte sie nach ihrem Zimmerschlüssel und öffnete ihre Suite. Hatte sie vergessen, das Licht auszuschalten, oder war der Zimmerservice noch mal da gewesen?

Sie trat ins Wohnzimmer, und ihr Herz machte einen erschrockenen Satz.

»Hans!«

Er stand mitten im Raum. In einer Hand eine geöffnete Champagnerflasche, in der anderen zwei Sektgläser. Es wirkte ein bisschen so wie seine Schlussnummer, mit der er sich vom Publikum verabschiedete, die Bühne verließ und im nächsten Augenblick mit einem Abschiedsgetränk mitten im Publikum wieder auftauchte. Es fehlte nur noch die Nebelwolke.

Sie trat auf ihn zu. »Warum gehst du nicht ans Telefon. Die Polizei hat mich verhört und ...«, sie stockte, sah ihn mit glänzenden Augen an, »und ich weiß gar nicht, was los ist mit dir, mit mir, mit uns!«

»Jetzt bin ich ja da. Mach dir keine Sorgen.« Ohne Flasche und Gläser wegzustellen, nahm er sie in die Arme. »Alles wird gut«, flüsterte er dabei.

Eliza schluchzte auf, bevor sie sich von ihm löste. »Was sind das für Nachrichten? Hast du was mit dem Tod dieser Frau zu tun? Die ist hier bei mir nebenan gestorben.«

»Beruhige dich. Das ist gerade ziemlich unschön.« Er schenkte Champagner in die Gläser und reichte ihr eins.

Unschön, wiederholte sie still und runzelte die Stirn.

»Jetzt setz dich doch erst mal und trink einen Schluck.« Er tippte ihr sanft gegen die Schläfe. »Zerbrich dir nicht deinen hübschen Kopf, das gibt nur hässliche Falten.«

Sie ließ sich rückwärts aufs Sofa sinken. Er setzte sich neben sie.

»Was war das mit dieser Frau, die gestorben ist? Ich habe doch gesehen, wie du sie gestern beim Empfang ange-schmachtet hast. Peinlich war das.«

Er hob die Brauen. »Das war reines Kalkül. Ich wollte nicht, dass Saskia Verdacht schöpft wegen uns.«

»Warum? Meinst du, sie ist so blöd und hat es noch nicht gemerkt? Für wie dumm hältst du uns Frauen eigentlich?«

Seine Augen wurden schmal. »Trink endlich!«, befahl er.

»Willst du mich betrunken machen? Dir gehen wohl die Erklärungen aus.« Wütend funkelte Eliza ihn an und kippte das Glas in einem Zug hinunter. »Gut so?«, wollte sie herausfordernd von ihm wissen.

Sein Blick wurde sanfter. Er schenkte nach. »Diesmal ist es anders«, erklärte er dabei, »mit uns ist es ernst.« Er stieß mit seinem Glas gegen das ihre. »Darauf trinken wir.«

»Meinst du, deine Frau steckt hinter dem tödlichen Unfall?«, wechselte Eliza das Thema.

Er winkte ab und lachte hämisch. »Das kann nicht sein, sie war die ganze Nacht bei mir. Ich bin ihr Alibi.« Er nippte an seinem Champagner. »Und vor allem ist sie mein Alibi.«

Im Gegensatz zu ihm nahm Eliza einen tiefen Schluck. »Du hast wenigstens ein Alibi.« Sie erzählte von ihrem gest-rigen Filmriss und betrachtete nachdenklich den Rest in ihrem Glas. »Dabei hatte ich gar nicht so viel getrunken.«

Er griff nach der Flasche. »Wir können ja ausprobieren, ob es tatsächlich am Alkohol lag oder ob ich es schaffe, dir eine unvergessliche Nacht zu bereiten.«

**

Ganz wohl war ihm bei der Sache nicht. Klar, dass die Kröpckeuhr für sie beide nicht den günstigsten Ort für ein Treffen darstellte. Aber zwischen diesem Waldweg und dem beliebten Treffpunkt in Hannovers City hätte man sicher noch etwas anderes finden können. Zum Beispiel das Hinterzimmer einer Stadtteilkneipe. Dort hätte er wenigstens ein Bier trinken können. Und einen Beruhigungsschnaps. Der käme ihm jetzt gerade recht, denn er war ziemlich nervös. Mit derlei konspirativen Treffen hatte er einfach keine Übung. Das zeigte sich schon darin, dass er sich in puncto Örtlichkeit nicht durchgesetzt hatte. Immerhin wollte sein Gesprächspartner etwas von ihm. Da wäre es doch eigentlich normal gewesen, wenn er bestimmt hätte, wann und wo sie sich sehen wollten.

»Mist!«, fluchte er, als er über eine Baumwurzel stolperte. Es war so verdammt düster hier. An eine Taschenlampe hatte er natürlich nicht gedacht, und das spärliche Licht seines Mobiltelefons half nicht wirklich weiter. Im Gegenteil. Er erhellte damit nur ein kleines Stück des schmalen Weges vor sich, was die Umgebung umso dunkler erscheinen ließ.

»Gehen Sie langsam den Weg entlang, ich werde Sie schon finden.« Die Worte seines Verhandlungspartners erschienen ihm im Nachhinein wie eine Drohung. Irgendwie hatte der ihn mit seiner prompten Zusage überrumpelt. Er hatte sich weder Bedenkzeit auserbeten noch einen Beweis für die Echtheit des Druckmittels gefordert. Mit beidem hatte er gerechnet, hatte sich Szenarien überlegt, um ihn zu überzeugen. Aber das war nicht notwendig gewesen. Auch bei der geforderten Summe wurde nicht gefeilscht. Einen winzigen Moment war er versucht gewesen, das Ganze abzubrechen. Es lief zu glatt. Dann hatte er sich geärgert, nicht mehr verlangt zu haben, wenn die geforderte Summe offensichtlich kein Problem darstellte. Wieder kamen Zweifel in ihm auf. Was, wenn der andere gar nicht vorhatte, zu bezahlen?

Neben ihm raschelte es im Dickicht. Er biss sich auf die Lippe, um nicht aufzuschreien. Vielleicht waren da Vögel oder Mäuse? Irgendetwas scharrte auf dem gefrorenen Boden. Ratten? Eine Gänsehaut kroch ihm über den Rücken, und trotz der Kälte brach ihm der Schweiß aus. Er blieb stehen und lauschte. Das Geräusch war verstummt. Er schluckte trocken. Mit zitternder Hand bewegte er den Lichtkegel seitwärts, am Dickicht entlang, aus dem er das Geräusch gehört hatte.

Jetzt war es still. Unnatürlich still! Er spürte es: Da lauerte etwas im Unterholz.

»Krchhhh!«

Er zuckte zusammen, das Handy entglitt seinen Fingern und fiel ausgerechnet auf die Seite mit der Lichtquelle. Zwei glühende gelbe Augen starrten ihn plötzlich aus der Dunkelheit an! Ein hohes Kreischen ertönte. Die gelben Punkte kamen auf ihn zu.

Erstarrt stand er da, konnte seinen Blick nicht abwenden. Was war das? Ein Dämon?

Vor ihm huschte ein dunkler Schatten über den Weg. Im fahlen Mondlicht erkannte er nicht mehr als diesen Schatten. Das Wesen, was auch immer es war, verschwand auf der anderen Seite des Pfads im Wald. Schließlich löste sich seine Erstarrung, er sank auf die Knie und suchte nach seinem heruntergefallenen Handy. Neben sich hörte er ein Rascheln. Sein Herz klopfte bis zum Hals.

Endlich ertasteten seine Finger das Gerät. Er versuchte, gleichmäßig zu atmen. Langsam normalisierte sich sein Puls. Er nahm das Mobiltelefon und wollte sich erheben, als sich ihm von hinten eine Hand auf die Schulter legte.

**

Der Polizeiwagen bog gerade von der Garkenburgstraße in die Spittastraße ein.

»Sieht alles ruhig aus«, sagte der Beifahrer zu der Frau am Steuer und ließ den Blick über den Eingangsbereich des Nachbarschaftstreffs Mittelfeld schweifen. »Man glaubt kaum, dass nur ein paar Hundert Meter entfernt von hier eine Frau zu Tode gestürzt ist.«

»Hm, ich hatte eigentlich auch mit mehr Volk gerechnet. Mindestens Presse«, gab die junge Polizeibeamtin zurück. »Soll ich noch am Hotel an der Messe vorbeifahren?«

»Mach mal.« Ihr Kollege gähnte, während sie der Spittastraße weiter folgten. Kein Mensch weit und breit.

»Die sind alle im Bett. Und das am Samstagabend«, meinte die Fahrerin.

»Na ja, wir sind in Hannover und nicht in Chicago. Und in Mittelfeld sind kaum Kneipen und keine Clubs, das Partyvolk tummelt sich woanders. Da vorne vor dem kleinen Kreisel bitte links.«

»Ich kenne mich aus, ist nicht meine erste Runde, die ich in der Gegend drehe.« Die junge Beamtin bog in den Karl-Schurz-Weg ein.

Selbst in der Zufahrt des Hotels herrschte kein Betrieb mehr. Wie es schien, hatten sich die Presseleute, die noch vor Kurzem an diesem Ort in Scharen herumgelaufen waren, für heute zurückgezogen.

Sie fuhren bis zum Ende der Straße. Dort bogen sie links ab und umrundeten das Viertel. Schließlich kamen sie auf Höhe der Straße Am Mittelfelde wieder heraus, ohne einer Menschenseele begegnet zu sein.

»Nichts los, endlich mal eine ruhige Schicht«, freute sich die Beamtin.

»Fahr gerade aus durch bis zur Hildesheimer Straße«, entschied der Ältere. »Dann schauen wir im Kommissariat auf einen Kaffee vorbei.«

»Das ist ein Wort.« Die Aussicht auf einen koffeinhaltigen Muntermacher ließ seine Kollegin das Tempo beschleunigen. An der Kreuzung gegenüber der Seniorenresidenz blieb sie gewohnheitsmäßig stehen. Niemand da, dem sie die Vorfahrt lassen musste. Einen Moment meinte sie, einen Schatten am Eingang des Nachbarschaftstreffs auszumachen. »Ist da was?«

Ihr Kollege sah sich um. Die Zweige eines nahegelegenen Buschs wackelten. »Wahrscheinlich eine Katze.«

*

Die dunkle Gestalt im Gebüsch hielt in ihrer Bewegung inne und ließ das Polizeiauto an der Kreuzung nicht aus den Augen. Erst nach einer gefühlten Ewigkeit setzte der Wagen seinen Weg fort.

Die Person wartete, bis die Rücklichter aus ihrem Blickfeld verschwunden waren, anschließend entfernte sie mit zitternden Fingern die Karte aus dem Handy und bearbeitete die Einzelteile hastig mit dem Messer, das sie in der behandschuhten Hand hielt.

»Autsch!« Mist! Sie hatte sich geschnitten. Sie musste das Zeug dringend loswerden, bevor die Polizei zurückkam.

KAPITEL 3 - SONNTAG, 27. NOVEMBER 2022

Daniel Helborn hatte Seitenstiche. Jetzt rächte es sich, dass er in letzter Zeit so wenig für seine Fitness getan hatte. Er verlangsamte das Tempo und hielt schließlich ganz an, um ein paar Dehnübungen zu machen. Um diese frühe Uhrzeit war in der Straße Vor der Seelhorst gegenüber den Kleingärten der Kolonie Mittelfeld so gut wie kein Verkehr, dafür hörte er umso mehr Fahrzeuge über den nahegelegenen Messeschnellweg brausen. Er setzte sich wieder in Bewegung. Bis zum Überweg bei der Garkenburgstraße wollte er noch laufen, dann würde er umdrehen. Das Seitenstechen war verschwunden, doch nun begannen seine Kniegelenke zu schmerzen. Er hatte ganz gut zugelegt in den letzten Wochen, und die üppige Adventszeit mit ihren zahlreichen kulinarischen Verlockungen hatte gerade erst begonnen.

Auf Höhe des ehemaligen Alten Jagdhauses bog er in das anliegende Waldstück ein. Auf den Trampelpfaden dort lief es sich gelenkschonender als auf dem Asphalt, und dank seiner Stirnlampe fühlte er sich vor Stolperfallen sicher.

Trotz der Kälte rann ihm der Schweiß übers Gesicht. An die Lampe hatte er gedacht, aber das Stirnband vergessen. Unwillig fuhr er sich mit dem Handrücken über die Augen und versuchte möglichst, in seinem Laufrhythmus zu bleiben. Zu allem Überfluss drückte außerdem nun seine Blase. Er hätte den Kaffee vorher nicht trinken sollen.

Es würde wohl noch eine Weile dauern, bis er in die Routine seiner täglichen Joggingrunde zurückfinden würde. Er war inzwischen beinahe auf Höhe der Abfahrt des Schnellwegs angelangt, an der er umkehren wollte. Abermals drosselte er seine Geschwindigkeit und blickte sich nach einer geeigneten Stelle um, an der er sich erleichtern konnte. Der Lichtkegel seiner Stirnlampe durchstreifte das Unterholz. Ein Adrenalinstoß durchfuhr seinen Körper, lange bevor sein Gehirn realisierte, was er da sah. Zwischen modrigem Laub und trockenen Ästen lag ein Mensch. Er trat näher. Der Mann lag auf dem Rücken, das Gesicht wirkte totenbleich, und das kam nicht vom grellen Schein seiner Lampe. Die Daniel zugewandte Seite war blutüberströmt, ein Auge beinahe ganz zugeschwollen, das andere starr auf ihn gerichtet.

Der Anblick reichte ihm. Hastig wandte er sich ab und durchwühlte hektisch seine Jackentasche nach dem Handy. Peinlich darauf bedacht, den Toten nicht ein weiteres Mal mit dem Lichtkegel seiner Stirnlampe zu streifen, informierte er die Polizei.

**

Sonntagmorgen. Nachdem Toni sich eine Weile unruhig im Bett hin und her gewälzt hatte, stand sie schließlich auf und kochte sich einen Espresso. Eigentlich hätte sie heute endlich mal ausschlafen können, doch der gestrige Abend ging ihr nicht aus dem Kopf. Gero ging ihr nicht aus dem Kopf. Nachdem er ihr denselben schon einmal fast verdreht hatte, hatte sie in der Zeit nach ihrem Kennenlernen bewusst Abstand zu ihm gehalten. Bis gestern. Das Treffen, das er ihr bei seinem Anruf am frühen Abend vorgeschlagen hatte, wäre von Berufs wegen nicht notwendig gewesen. Alles, was er ihr dienstlich zu sagen gehabt hatte, hätten sie ebenso gut telefonisch klären können. Es war um den Namen des verschwundenen Zeugen gegangen, den er rausgefunden hatte: Marvin Möglinger. Gero war bekannt, dass Möglinger in Hannover lebte und nicht in Hamburg, wo er immer noch gemeldet war. Damit erschöpfte sich allerdings Geros Information über den Gesuchten und seinen Aufenthaltsort. Das hatte er mit einem spitzbübischen Grinsen unumwunden zugegeben. Kokett hatte er gefragt, ob sie mehr wisse, bevor er auf andere Themen zu sprechen gekommen war, die sie bei einem Spaziergang über den Weihnachtsmarkt erörtert hatten. Als die Buden schlossen, hatte er sie zum Vietnamesen in der Kramerstraße eingeladen. Danach auf einen Absacker in die Prinzenstraße, wo sie bis 3 Uhr morgens geredet hatten und wo es, wie sie zugeben musste, ziemlich geknistert hatte zwischen ihnen. Mit dem Taxi hatte er sie schließlich nach Hause gebracht, und es hatte nicht viel gefehlt und sie hätte ihn nach einem liebevollen Abschiedskuss auf die Wange auf einen Kaffee zu sich eingeladen. Immerhin so viel Verstand hatte sie übriggehabt, das nicht zu tun, wenn auch schweren Herzens. Zumindest so lange, bis dieser Fall geklärt war, hatte sie sich getröstet.

Sie rührte Zucker in ihren Espresso. Das Handy vor ihr auf dem Tisch signalisierte eine eingehende Nachricht.

»Na? Ausgeschlafen? Wie wäre es am Nachmittag mit einem Spaziergang um den Maschsee?«, las sie und lächelte.

»Mal sehen«, antwortete sie.

»15 Uhr, gegenüber vom Sprengel-Museum?«, schlug er daraufhin vor.

Einen kleinen Moment würde sie ihn zappeln lassen. Sie legte das Mobiltelefon zurück auf den Tisch und trank einen Schluck Espresso.

Gerade als sie sich den zweiten Muntermacher einschenkte, meldete das Telefon einen Anruf. Sie schmunzelte, und ohne aufs Display zu schauen, nahm sie das Gespräch an. »Um drei geht in Ordnung.«

»Das ist leider zu spät«, hörte sie Peters Stimme. »Wir haben einen Toten. Hannover-Mittelfeld im Waldstück gegenüber dem Kleingärtnerverein. Fahr einfach die Straße Vor der Seelhorst entlang, bis du auf Höhe der Streifenwagen im Wald bist, da ist es.«

**

Es klopfte. Langsam öffnete Eliza Stark die Augen. Auf dem Kissen neben ihr lag eine dieser billigen roten Papierblumen, die Hans gerne mal bei schönen Frauen hervorzauberte, um Eindruck zu schinden. Sie streckte ihre Hand danach aus und ertastete einen Zettel.

»Vielen Dank für die wunderbare Nacht. H«, stand darauf.

Es klopfte erneut. »Zimmerservice«, hörte sie gedämpft durch die Tür.

Eliza drehte sich dem Nachttisch zu und verspürte einen leichten Schwindel und Kopfschmerz. Das Display ihres Handys verriet ihr, dass es bereits nach 9 Uhr war. Hans war ein Frühaufsteher, wahrscheinlich joggte er gerade durch den Hotelpark und hatte zuvor Frühstück bestellt.

»Herein!«, rief sie.

Ein Servierwagen wurde ins Zimmer geschoben. »Wo soll ich servieren?«, fragte ein junger Mann. »Im Wohnzimmer oder möchten Sie lieber im Bett frühstücken?«

»Bringen Sie es nach nebenan.«

Der Zimmerkellner verschwand, und Eliza hörte, wie Besteck klapperte und Geschirr klirrte.

Schnell stand sie auf, wickelte sich in ihre Decke und sah gerade noch, wie er zwei benutzte Gläser und eine leere Flasche auf seinem Wagen verstaute. Danach zog er sich zurück.

Der Tisch war für eine Person gedeckt. Hans hatte also nicht vor, nach seiner Joggingrunde zurückzukommen, hatte aber immerhin Frühstück aufs Zimmer für sie bestellt, bevor er gegangen war. Zumindest nahm sie das an, denn erinnern konnte sie sich an nichts. Angestrengt dachte sie nach. Und stöhnte. Zum einen, weil ihr Schädel dröhnte, zum anderen, weil sie schon wieder einen Filmriss hatte. Das Letzte, was sie von der vergangenen Nacht wusste, war, dass Hans sie nach dem Abendessen mit einer Flasche Champagner überrascht hatte. Was später geschehen war, gehörte ins Reich der Spekulation. Sie ging ins Badezimmer, zog einen Morgenmantel über und setzte sich anschließend mit ihrem Handy an den Frühstückstisch. Kurz überlegte sie, Hans anzurufen, verwarf das Vorhaben aber schnell. Wenn er nur für eine Person Frühstück geordert hatte, dann, weil er einen Termin hatte. Vielleicht ein Interview oder Musicalproben. Fanden sonntags Proben statt? Wie von so vielen Dingen in seinem Alltag hatte sie auch davon keine Ahnung. Wenn sie ihn danach fragte, behauptete er immer, das sei bald nicht mehr wichtig.

Sie schenkte sich eine Tasse Kaffee ein und suchte auf ihrem Smartphone nach den aktuellen Nachrichten. Vielleicht gab es etwas Neues zum Fenstersturz. Doch statt Neuigkeiten über die tote Frau sprang ihr die folgende Schlagzeile ins Auge: »Erstochen – Jogger findet Toten in Hannover-Mittelfeld«. Mittelfeld, hieß so nicht der Stadtteil, in dem sie sich befanden? Die Nachricht von dem Toten war keine zehn Minuten alt.

Plötzlich hatte sie das Gefühl, alles wie durch einen Nebel wahrzunehmen. Ihre Finger zitterten unkontrolliert, als sie nun doch Hans' Nummer wählte.

Was, wenn er der Jogger war? Oder schlimmer, was wenn er der Tote war?

**

»Vielleicht sollten wir nach dem Drogendealer statt nach seinem Lager suchen«, schlug Socke vor, als Clooney endlich an ihrem üblichen Treffpunkt erschienen war.

Nachdem nicht nur Chris am frühen Morgen in ihre Praxis gefahren war, sondern auch Peter nach einem Anruf das Haus verlassen hatte, war der Kater nach draußen gegangen. Dort hatte er sich eine ganze Weile herumgetrieben, bevor sich die Grautigerin schließlich hatte blicken lassen.

»Das könnte von mir sein«, nuschelte Clooney, während sie ihren unteren Rücken mit der Zunge bearbeitete. »Eine gute Idee.«

»Was für eine Idee?« Wie aus dem Nichts war Suleika auf der Mauer aufgetaucht. »Ihr plant doch hoffentlich nicht wieder irgendeinen gefährlichen Unsinn?«

Clooney starrte sie entgeistert an. »Wo kommst du denn auf einmal her? Trainierst du jetzt auch für diesen magischen Wettbewerb?«

»Pah!«

»Dann solltest du dringend an deiner Verschwindenummer arbeiten. Ich kann dich nämlich sehen. Leider!«

»Sei nicht albern.«

»Und hören.«

Suleika reagierte herablassend. »Das ist doch alles Jungkatzen-Kram, und das bloß, um diesen Angeber von Panteras zu beeindrucken, da mach ich nicht mit.«

Sockes Laune, die durch Peters überstürzten Aufbruch und dem damit verbundenen lieblos servierten Frühstück sowieso bereits schlecht war, sank bei der Erwähnung dieses Zauberschnösels vollends auf den Gefrierpunkt. Was fand Mimi nur an dem? Er würde ihr schon zeigen, wer hier der wahre Held war. Er würde den gefährlichen Drogendealer dingfest machen. »Wir sollten im Hotel anfangen«, wandte er sich an Clooney. »Am besten wir teilen uns auf. Jede Person, die wir überprüft haben, markieren wir mit unserem Geruch, indem wir ihr um die Beine streichen.«

»Du bist genial!«, rief Clooney aus.

»Spinnst du?«, wollte Suleika wissen.

Die Grautigerin sah sie mit zusammengekniffenen Augen an. »Hast du was gesagt oder war das bloß dein Verdauungssystem?«

»Habt ihr denn nicht genug Ärger?«, keifte die Perserin zurück.

Clooney ignorierte sie. »Wollen wir los?«, fragte sie an Socke gerichtet. »Wenn wir Glück haben, sind die dort noch beim Frühstücken, dann können wir gleich zwei Mäuse mit einer Falle fangen.« Sie schluckte. »Die haben da ein reichhaltiges Frühstücksbüffet, da gibt es sogar kleine Würstchen. Und Rührei. Und … Ich meine, wenn die alle gemeinsam im Speisesaal sind, brauchen wir schon nicht lange zu suchen.«

»In dem Fall sollten wir uns wirklich beeilen. Wir müssen ja erst einmal ins Hotel reinkommen.«

Suleika gab nicht auf. »Habt ihr von solchen Eskapaden nicht die Schnauze voll? Ich erinnere nur an euren peinlichen Auftritt von gestern. Da wäre es sogar besser, wenn ihr für die Meisterschaften der Zauberei trainieren würdet.«

»Socke, warte doch! Ich will mit!« Clooney wetzte hinter dem Weißpfotigen her, der sich bereits dem Hotelpark näherte.

»Es wird immer schlimmer mit euch. Denkt an meine Worte«, rief Suleika ihnen hinterher. »Sich in Menschensachen einzumischen, nimmt nie ein gutes Ende!« Ihren letzten Satz konnten die beiden tatsächlich nicht mehr hören.

Auf dem Zufahrtsweg zum Hotel stoppte Socke und Clooney schloss zu ihm auf. »Jetzt müssen wir nur noch jemanden finden, der uns die Tür öffnet.«

»Wuff! Welche Tür?« Fiete, ein Cocker-Malteser-Mischling aus dem Revier, näherte sich neugierig schnüffelnd.

»Die vom Hotel«, antwortete Clooney und sah den wuscheligen weißen Hund fragend an. »Wo ist denn deine Menschin? Bist du etwa abgehauen?«

»Nicht direkt«, antwortete Fiete vage.

»Kann man auch indirekt abhauen?«, schaltete sich Socke ein.

»Die Menschen haben mich in den Garten gelassen und ich habe meinen Aktionsradius erweitert.«

Clooney nickte beeindruckt und sah zum Eingangsbereich des Hotels hinüber. »Kannst du Türen öffnen?«

»Selber nicht, aber wenn ich mich davorsetze und belle, lassen sie mich immer rein. Oder raus«, meinte der Rüde selbstbewusst und machte ein paar Schritte in Richtung der Glastür. Durch die Scheibe war der Eingangsbereich zu sehen, in dem nach wie vor mehr Betrieb als üblich herrschte. »Soll ich?«

»Einen Versuch wäre es wert.«

**

Wie der Hauptkommissar gesagt hatte, war es nicht zu verfehlen. Schon von Weitem sah Toni die blinkenden Blaulichter, als sie in der besagten Straße ankam.

»Sie haben ihr Ziel erreicht«, wusste auch ihr Navi. Sie parkte hinter einem Streifenwagen. Auf dessen Rücksitz saß ein Mann mit einer Stirnlampe, um seine Schultern lag eine Decke und in den Händen hielt er einen dampfenden Becher. Eine Streifenbeamtin und ihr männlicher Kollege standen in der offenen Autotür vor ihm und schienen ihn zu beruhigen. Als Toni Anstalten machte auszusteigen, löste sich der Uniformierte von dem Geschehen und steuerte auf sie zu. »Bitte fahren Sie weiter, hier können Sie nicht anhalten«, rief er dabei, dann ging ein Leuchten über sein Gesicht. »Ach, Toni, du bist es.«

Manchmal hatte es sein Gutes, wenn man, nach männlichen Maßstäben, recht passabel aussah, dachte sich die Angesprochene und schenkte dem jungen Mann ein Lächeln. »Hallo, du!« Im Gegensatz zu ihm wusste sie seinen Namen nicht, doch wie es schien, waren sie per Du.

»Die Leiche liegt da drin.« Der Beamte deutete auf das Waldstück, das weiträumig mit Absperrband markiert war. »Kein besonders schöner Anblick, aber das sind Leichen ja meistens. Zumindest, wenn sie erstochen wurden.« Sein Versuch, sich abgeklärt zu geben, glückte ihm nicht ganz.

Peter erschien an der Absperrung und winkte den beiden zu. »Hallo, Toni, hier!« Er reichte ihr die vorgeschriebene Schutzbekleidung. »Der Tote heißt Florian Küppersbusch und wohnt laut Perso aus seiner Brieftasche in der Heinrich-Heine-Straße in der Südstadt«, informierte er sie, während sie den Einmalanzug überzog.

»Hm, wenn die Brieftasche nicht geklaut wurde, war es wohl eher kein Raub?«

»Sieht nicht danach aus. EC- und Kreditkarte sind auch noch da. Genauso das Bargeld. Handy haben wir allerdings keines gefunden. Das kann allerdings andere Gründe haben.« Toni hatte sich fertig ausstaffiert. Peter wandte sich um und ging ihr voraus zur Fundstelle.

»Die Leiche weist jede Menge Stichverletzungen auf«, erklärte ihnen dort Dr. Eilig. »Der Parka des Mannes hat die ersten Stiche gedämpft, doch er muss zu Boden gegangen sein. Da hat er sich wahrscheinlich versucht, zu wehren und seinen Angreifer zu Fall zu bringen. Der hat ihn mit Fußtritten abgewehrt.« Er deutete auf den blutbesudelten und zertrampelten Waldboden vor sich. »Um das Ganze zu Ende zu bringen, hat der Täter ihm schließlich die Kehle durchgeschnitten. Deshalb das viele Blut.«

Toni schluckte. Zum Glück hatte sie noch nicht gefrühstückt.

Ulrich Zeitler war hinzugetreten und kommentierte den letzten Satz des Gerichtsmediziners. »Eine ziemliche Sauerei. Jede Menge Spuren. Deswegen, wenn ihr genug gesehen habt …«, er deutete mit dem Kinn zur nahen Straße, »wäre ich euch sehr verbunden, wenn ihr hier abhauen würdet und uns unsere Arbeit machen lasst. Die ersten Fotos habt ihr schon in euren Mailpostfächern.«

Peter nickte und drehte ab. »Sprechen wir mit dem Jogger, der ihn gefunden hat.«

Toni ließ ein weiteres Mal ihren Blick über die Szenerie schweifen, dann folgte sie ihm.

»Gehen wir erst ein paar Schritte«, schlug Peter vor, als sie den abgesperrten Bereich verlassen und sich der Schutzanzüge entledigt hatten.

Toni blickte ihn stirnrunzelnd an, während sie neben ihm herging.

»Dieser Gero von Haberberg …«, begann Peter, »ihr wart gestern was trinken?«

Die junge Kommissarin räusperte sich. »Ja, er wollte mir den Namen des anderen Zeugen nennen.«

»Das hätte er doch genauso gut am Telefon tun können.«

Toni schwieg.

»Toni, es war mein Fehler. Ich hätte nicht ausgerechnet dich zur Befragung mit ihm schicken sollen. Du weißt ja, dass wir während laufender Ermittlungen keine Beziehungen zu beteiligten Personen unterhalten sollen.«

»Na ja, Beziehung …«

»Wie auch immer. So wie es aussieht, müssen wir uns sowieso aufteilen.« Der Hauptkommissar deutete mit dem Daumen über seine Schulter in Richtung des mutmaßlichen Tatorts. »Und vielleicht ist es eine gute Idee, wenn du und Sebastian nicht am selben Fall arbeitet. Deswegen hab ich dich und nicht Lisa heute Morgen angerufen.«

»O-kay!« Wie aufs Stichwort klingelte Tonis Handy. Sie warf einen Blick aufs Display. Gero. Wahrscheinlich fragte er sich, warum sie auf seine letzte Nachricht nicht geantwortet hatte. Sie drückte ihn weg, damit würde sie sich gleich beschäftigen.

»Lisa übernimmt die Leitung der Ermittlungen zum ›Fenstersturz-Fall‹ und wir beide kümmern uns um den Toten hier. Zuständiger Staatsanwalt in beiden Fällen ist Dr. Breithaupt. Ich habe schon mit ihm geredet«, erklärte Peter.

Toni schluckte. Eigentlich mochte sie es nicht, vor vollendete Tatsachen gestellt zu werden, doch wenn sie ehrlich war, hatte die Sache auch ihr Gutes. Sie würde Gero gleich zurückrufen, obgleich sie sich einen romantischen Spaziergang um den Maschsee heute Nachmittag wohl abschminken konnten.

Peter hatte ihren Blick zum Handy bemerkt. »Ich brauche dir ja nicht zu sagen, dass Gespräche über beide Fälle außerhalb der Ermittlerteams tabu sind.«

**

Lieselotte, Sarah, Gerlinde und Ute waren alle im Rentenalter und sie alle hatten ihre Ehegatten inzwischen um mindestens sieben Jahre überlebt. Bei Gerlinde waren es sogar zwei Männer, die genau wie die jeweiligen Partner der anderen Frauen im Stadtfriedhof Seelhorst ihre letzte Ruhestätte gefunden hatten. Dort hatten sich die vier Frauen auch kennengelernt.

Die ersten beiden der munteren Truppe waren Ute und Gerlinde gewesen. Sie waren beim Gräbergießen ins Gespräch gekommen, das sie im gegenüberliegenden Café fortgesetzt hatten. Das gemeinsame Schicksal verband sie, und so wurden aus den zufälligen Treffen bald regelmäßig geplante Zusammenkünfte, immer dienstags zur Kaffeezeit.

Es dauerte nicht lange, bis erst Sarah und kurz darauf Lieselotte zu ihnen stießen.

Und weil die Kinder und restlichen Verwandten der Frauen weit weg lebten oder wenig Zeit für sie hatten, kam zu den dienstäglichen Terminen schnell ein weiterer am Sonntagmittag dazu.

»Entschuldigt die Verspätung, meine Enkelin hat mich angerufen.« Ute ließ sich auf den freien Platz neben Gerlinde fallen. »So selten, wie die sich meldet, wollte ich das nicht ignorieren.« Sie winkte der Kellnerin und orderte ein Glas Grauburgunder. »Habt ihr schon Essen bestellt?«

Die Frauen verneinten.

»Außerhalb der Karte haben wir heute noch Wildschweinbraten oder Rehkeule jeweils mit Rotkohl und Semmelknödeln«, pries die Servicekraft an.

»Ich nehme die Matjes Hausfrauenart.« Lieselotte aß immer Matjes.

Sarah und Gerlinde entschieden sich für Reh.

»Für mich heute mal die Currywurst«, überraschte die gesundheitsbewusste Ute mit ihrer Entscheidung. »War eine von euch heute bereits bei unseren Männern?«, wollte sie dann wissen.

»Ich«, meldete sich Lieselotte. Die älteste des Quartetts legte Wert auf geregelte Abläufe und dazu gehörte nach dem sonntäglichen Kirchgang der Besuch des Grabs ihres Gatten.

»Hast du den Kastenwagen gesehen, der dort auf dem Parkplatz steht? Direkt vor dem Eingang«, fragte Ute.

Sie hatte offenbar: »Mit der Katze drauf?«

»Das ist keine Katze, das ist ein Kater. Siehst du denn keine Nachrichten? Das Auto gehört Hans Brandstetter.«

»Wer ist Hans Brandstetter?«, verlangte Gerlinde zu wissen, die aus Prinzip keinen Fernseher besaß.

»*Dem* sein Auto steht hier?« Sarah lächelte versonnen. »Meint ihr, er besucht Angehörige auf dem Friedhof? Er kommt doch aus der Gegend. Ob ich schnell rüberlaufen soll, um nach einem Autogramm zu fragen?« Sie sah unschlüssig zur Garderobe.

Die Kellnerin stellte den Weißwein vor Ute ab. »Spinnst du?«, schimpfte die.

»Äh, sollte es doch ein Rotwein sein?«, erkundigte die junge Frau sich verunsichert.

»Nicht Sie.« Ute machte eine beschwichtigende Geste.

»Wer bitte ist …?«, setzte Gerlinde an, kam aber nicht weit.

»Du entblödest dich doch wohl nicht, dir von diesem Angeber ein Autogramm zu holen?«

Sarah verschränkte die Arme vor der Brust und schob die Unterlippe vor.

»Das Auto ist das Transportmittel für seinen Kater, Panteras. Und es ist laut den Radionachrichten seit gestern Abend verschwunden. Sagt mal, lebt ihr hinterm Mond?«

Jetzt war Gerlinde eingeschnappt. »Nur weil ich solche volksverdummenden Medien ablehne, heißt das noch lange nicht …«

»Wieso verschwunden?«, fiel Sarah ihr ins Wort. »Wenn es auf dem Parkplatz gegenübersteht.«

»Eben«, unter den kritischen Blicken ihrer Freundinnen zog Ute ihr Handy hervor und wischte auf dem Display herum.

»Man kann durchaus auch ohne diesen ganzen elektronischen Schnickschnack auf dem Laufenden sein«, maulte Gerlinde. »Wenn du den Kastenwagen mit der Katze auf der Seite meinst, den habe ich ebenfalls gesehen, und der war gestern Abend noch nicht hier, als ich mit Lumpi gegen zehn abends Gassi gegangen bin. Stattdessen stand um die Zeit ein Wohnmobil auf dem Parkplatz, und zwar mindestens schon seit Freitag, obwohl das verboten ist. Das kannst du der Polizei gleich mitteilen, wenn du sie anrufst.« Sie deutete auf Utes Mobiltelefon.

Die zuckte mit den Schultern. »Na ja, Wohnmobile stehen hier öfter mal. Obwohl es eigentlich nicht erlaubt ist.«

»Vielleicht war es ein Brandstetter-Fan. Am Freitagabend war im Hotel an der Messe sein Begrüßungsempfang«, meinte Sarah. »Da sind viele Schaulustige aus Nah und Fern angereist. Ich hatte mir überlegt hinzufahren, aber um den halben Tag auf der Lauer zu liegen, dafür bin ich dann doch zu alt.«

»War das da, wo die junge Frau vom Dach gestürzt ist?«, fiel bei Lieselotte der Groschen.

»Vom Balkon«, berichtigte Sarah sie, »und Hans Brandstetter hat damit nichts zu tun. Das war ein Unfall, und jetzt will ihm irgendjemand da was in die Schuhe schieben. Berühmte Menschen wie er haben immer Neider.«

»So berühmt kann er nicht sein, wenn ich ihn nicht kenne. – Kennen Sie einen Hans Brandstetter?«, wollte Gerlinde von der Bedienung wissen, die gerade einen Teller mit Matjes vor Lieselotte abstellte.

»Klar, der Zauberer«, antwortete die junge Frau prompt und platzierte die Currywurst vor Ute.

Die zeigte ihrer Sitznachbarin das Display ihres Handys. »Das ist er. Den hast selbst du schon mal gesehen.«

»Ach, sieh an. Ja, den kenne ich, das ist der Mann aus dem Wohnmobil.«

**

Die Tierarztpraxis »Dres. Busch und Eisele« befand sich in Hannover-Bemerode, unweit des Hauses, in dem Chris mit Peter und Socke lebte, in einer Straße mit dem passenden Namen »Katzenwinkel«. Wenn Chris sonntags Bereitschaft hatte, verband die Tierärztin das meistens damit, den Medikamentenbestand in der Praxis zu überprüfen. Normalerweise übernahm die Kontrolle natürlich das Bestellsystem, aber manchmal musste es schnell gehen, und dann konnte es vorkommen, dass das Verfallsdatum beim Eingang nicht korrekt erfasst wurde oder die Ware im Schrank nicht richtig einsortiert war. Wenn also nichts los war, schaute sie deshalb alles erneut durch, räumte gegebenenfalls um, sortierte abgelaufene Medizin aus oder legte nur noch begrenzt haltbare Arzneimittel fürs Tierheim zur Seite, wo der Durchsatz höher war.

Aus diesem Grund war Chris auch heute vor Ort, anstatt zu Hause auf eventuelle Anrufe zu warten.

Sie hatte gerade Kaffee gekocht, als Anna, ihre Helferin, eintraf. Anna hatte sich Zeit gelassen. Die Chefin war ja da, und außerdem war Ende des Monats sowieso weniger los, besonders jetzt in der Vorweihnachtszeit. Die Tierhalterinnen und Tierhalter hatten weniger Geld und überlegten es sich zweimal, ob sie mit ihrem Liebling den Notdienst aufsuchen sollten, nur weil Putzi ein bisschen unruhig war oder Bello schlecht gefressen hatte.

Die beiden Frauen rechneten also mit einem ruhigen Tag.

»Hier, selbstgebacken.« Chris servierte ein paar von Frau Bilgurs Keksen für Menschen zum Kaffee.

»Oh, hast du es tatsächlich geschafft?« Anna steckte sich eine Kokosmakrone in den Mund. Am Freitag hatte ihre Chefin von ihren Plätzchen-Back-Plänen erzählt.

Die grinste und berichtete, wie Socke und Clooney das zu verhindern gewusst hatten.

Anna knabberte an einem Vanillekipferl. »Wie gut, dass du so eine liebe und aufmerksame Nachbarin hast.«

Chris wollte gerade etwas erwidern, als es erst klingelte und dann ungeduldig an der Eingangstür klopfte.

Die Frauen sahen sich an. In der Regel riefen die Besitzer ihrer Patienten an, bevor sie herkamen. Wenn das nicht passierte und jemand so stürmisch Einlass begehrte, war es meistens ein dringender Notfall.

Anna hetzte zur Tür.

Chris zog sich schnell ihren Kittel über und desinfizierte sich die Hände, bevor sie ihr folgte.

Ein dunkel gekleideter Mann von vielleicht Mitte 20 stand vor ihnen. »Helfen Sie ihm!«, verlangte er mit zitternder Stimme. Erst auf den zweiten Blick erkannte Chris das schwarze Fellbündel in seinen Armen.

»Kommen Sie.« Anna lotste ihn ins Behandlungszimmer.

»Was ist passiert?«, versuchte Chris, sich einen Überblick zu verschaffen, während ihre Helferin den Patiententisch desinfizierte.

»Ich ... ich weiß es nicht«, stammelte der Mann. »Er humpelt und kann sich kaum auf den Beinen halten. Und da ist Blut. Viel Blut. Ich weiß nicht, woher es kommt.« Er legte den Kater vorsichtig auf dem Tisch ab. »Ich hab keine Wunde gefunden, vielleicht hat er innere Verletzungen.«

»Miau!«, meldete sich der Patient zu Wort, als Chris ihn anfasste, ließ es sich aber gefallen. Tatsächlich war jede Menge getrocknetes Blut an seinen Vorderpfoten und um seine Schnauze.

»Haben Sie ihn so gefunden oder ist das Ihrer?«, erkundigte sich die Tierärztin. Der Mann nickte vage und sie fragte weiter: »Er hat eine Tätowierung, ist er registriert?«, und las die Nummer laut vor.

»Nein, das muss ich noch irgendwann nachholen.«

»Wie heißt er denn?« Anna hatte sich an den PC gesetzt und begann, ein Patientenblatt anzulegen.

»Kaspar.«

»Gechipt ist er nicht«, ergänzte Chris, die das Tier gerade mit einem entsprechenden Lesegerät scannte. »Seinen Impfpass haben Sie nicht zufällig dabei?«

Ihr Gegenüber verneinte.

Chris tastete Kaspars Körper ab, was der Kater sich erstaunlich folgsam gefallen ließ. »Auf der rechten Seite scheint er Schmerzen zu haben, und bei der rechten Vor-

derpfote reagiert er besonders empfindlich. Knochenbrü-
che kann ich keine ertasten.«

»Meinen Sie, er hatte einen Unfall?«

Die Ärztin zuckte die Schultern. »Eine offene Wunde ist
keine zu sehen. Ich reinige ihn erst mal und danach möchte
ich ihn vorsichtshalber röntgen.«

»Ihr Name?«, wollte Anna von dem Mann wissen.

»Jakob Becker.«

»Adresse?«

»Ich bin nicht von hier«, wich er aus, bevor weitere Fragen kamen. »Ich bezahle in bar.«

Die beiden Frauen tauschten einen Blick.

»Hören Sie, Kaspar gehört mir. Ich bin kein Katzenfänger, der es nur aufs Fell abgesehen hat«, regte er sich
auf. »Sonst würde ich ihn doch nicht zu Ihnen bringen.«

»Schon gut«, beschwichtigte Chris ihn. »Kannst du
mir mal helfen?«, wandte sie sich an Anna. Sie hatte
Kaspars Mäulchen aufgesperrt und begutachtete, was
sie sah. »Du bist ein ganz Lieber«, lobte sie dabei den
Kater. Anna leuchtete mit einer kleinen Lampe in dessen
geöffnete Schnauze. »Macht einen guten Eindruck. Also
da ist keine Verletzung.« Nachdenklich begann Chris,
das Katzenfell von der zähen roten Masse zu befreien.
Nach wie vor hielt der Kater ungewöhnlich brav still.
»Ich finde keine Wunde. Was, wenn das Blut gar nicht
von ihm stammt?«

Anna blickte den Mann fragend an. »Wo haben Sie
ihn denn gefunden?« Und als sie seinen verschlossenen
Gesichtsausdruck bemerkte, fügte sie hinzu: »Möglicherweise liegt dort noch ein weiteres Tier, das verletzt ist.«

**

»Wer hätte gedacht, dass wir uns so schnell wiedersehen.«
Fritz bediente sich an den Antipasti, die Peter auf dem Weg
vom Tatort ins Präsidium bei seinem Lieblingsitaliener in
der Hildesheimer Straße besorgt hatte. Wenn er sein Team
schon sonntags einbestellen musste, dann sollte die Verpflegung wenigstens stimmen.

Lisa zuckte bedauernd die Schultern. »Tja, die Verbrecher kennen leider weder Sonn- noch Feiertag.«

»Erklär das mal meiner Frau«, murmelte Ulrich Zeitler. Bei ihm hatte der außerplanmäßige Einsatz am ersten
Advent zu einer kleinen Ehekrise geführt, weil er dadurch
den Besuch bei seinen Schwiegereltern versäumte. Sein Verhältnis zu den alten Herrschaften war in letzter Zeit ein
wenig angespannt, nachdem er und seine Frau ihnen mitgeteilt hatten, dass sie in diesem Jahr den 24. und 25. Dezember bei seinen Eltern in Kassel verbringen wollten und
erst am zweiten Weihnachtsfeiertag zu ihnen nach Bre-
men kommen würden. Was die Weihnachtstage anging,
so hatte er festgestellt, herrschte ein erbitterter Wettbewerb um den »besten« Besuchstermin. Besonders hoch
im Ranking der beliebtesten Termine stand naturgemäß
der Heilige Abend, dicht gefolgt vom ersten Feiertag. Der
26. Dezember war nach Meinung der alten Leute für den
ungeliebten Teil der Familie bestimmt, weshalb sie leicht
verschnupft wenigstens auf einen gemeinsam verbrachten
ersten Advent gedrängt hatten. Dass Ulrich den Termin
nun kurzfristig absagen musste, nahmen ihm nicht nur die
Schwiegereltern, sondern auch seine Frau persönlich übel.

Peter warf ihm einen bedauernden Blick zu. »Dieses
Wochenende waren die Bösewichte besonders aktiv.« Er
berichtete mit wenigen Worten von dem Toten in Mittelfeld und was er bezüglich der Einteilung des Teams mit sei-

nem Chef und dem Staatsanwalt vereinbart hatte. Es entging ihm nicht, dass Sebastian Tonis Wechsel zum neuen Fall mit einem zufriedenen Nicken quittierte. »Lisa übernimmt die Leitung beim ›Fenstersturz‹. Leider sind die Verbrecher nicht nur in Hannover besonders aktiv, sodass es ein bisschen dauern kann, bis die angeforderte Verstärkung eintrifft. Gegebenenfalls müssen wir uns gegenseitig unterstützen.« Er sah den SpuSi-Chef mitleidig an, denn ihn traf dies am härtesten. »Bis alles funktioniert wie geplant, treffen wir uns einmal am Tag und tauschen unsere Erkenntnisse und Tagespläne aus. Damit jeder weiß, woran die anderen gerade arbeiten, und sie bei freien Kapazitäten unterstützen kann.«

»So eine Art Daily-Stand-Up-Meeting?«, erkundigte sich Basti eifrig. »In der freien Wirtschaft ist das gerade ziemlich angesagt.«

»Stand-Up?« Fritz runzelte die Stirn und spießte eine Olive auf.

»Ja, die Besprechungen werden im Stehen abgehalten, weil das unbequemer ist und die Leute dadurch nicht so viel drumrum reden, sondern eher auf den Punkt kommen«, erklärte Basti.

»Wir setzen uns schon hin«, beruhigte Peter den Senior. »Es geht hauptsächlich um einen schnellen Informationsaustausch zwischen den Teams.«

»Ich fange gleich mal an«, begann Lisa. Sie berichtete von einer Zeugin, die Brandstetters Kastenwagen am Stadtfriedhof Seelhorst gemeldet hatte. »Angeblich hat sie den Magier persönlich in der Nacht nach dem Unfall dort gesehen.«

»Also wenn die ganzen ›Sichtungen‹ tatsächlich stattgefunden haben, dann glaube ich bald selbst daran, dass der Typ zaubern kann«, staunte der Hauptkommissar und blickte Lisa mit hochgezogenen Brauen an. »Kurz nach dem Sturz haben wir im Hotel mit ihm gesprochen und gleichzeitig hat meine Nachbarin beobachtet, wie er dort am Park herumgeschlichen ist.«

Die Kommissarin grinste. »Ich schreib mal eine genaue Zeitaufstellung. Und vor allem reden Basti und ich mit dem Maestro himself.«

»Und wir schauen uns in der Wohnung von *unserem* Opfer um«, wandte Peter sich an Toni.

**

»Bist du mit der Etage durch?« Mike Kammerfeld verstellte dem Zimmermädchen den Weg zum Aufzug.

Erschrocken blickte sie ihn an und nickte ängstlich. Dass der Hotelmanager persönlich auftauchte, um sie nach getaner Arbeit zu kontrollieren, hatte es noch nie gegeben. Hatte sich jemand beschwert? »Nur da war ich nicht«, antwortete sie leise und deutete auf die versiegelte Eingangstür der vordersten Suite.

»Gut, du kannst jetzt gehen.« Er ließ die junge Frau durch. Diese machte sich schleunigst aus dem Staub.

Mike beobachtete die Stockwerksanzeige des Aufzugs, in dem sie verschwunden war. Sie wanderte langsam abwärts. Als sie ein »U« für Untergeschoss anzeigte, drückte er auf den Knopf. Genau wie er das beim zweiten Fahrstuhl schon getan hatte. Als die Fahrstuhltür sich öffnete, brachte er Klebeband über der Lichtschranke an. Falls nun jemand den Aufzug rief, musste die Person warten. Trotzdem war für ihn Eile geboten. Schnell durchsuchte er nacheinander sämtliche Zimmer nach Spuren. Besonders das von Eliza Stark schaute er gründlich durch, aber sie hatte entweder seine Kekse alle gegessen oder jemand anderes hatte den Rest an sich genommen. Es fehlte lediglich das Zimmer, von dem aus sich der tödliche Sturz ereignet hatte. Aus den Fragen der Polizei schloss er, dass die unselige Kyra Haschcookies genascht hatte, bevor sie vom Balkon gefallen war. Außerdem hatte ihn die Kommissarin gefragt, ob er von einem Hanfanbau in der Gegend wisse. Wie sie darauf gekommen waren, konnte er beim besten Willen nicht sagen. Kyra hatte das Foto, mit dem sie ihn erpresst hatte, direkt vor dem Empfang vorgestern in seinem Beisein gelöscht, und zwar unwiederbringlich, davon hatte er sich überzeugt. Trotzdem ahnte die Polizei etwas, und es war nur eine Frage der Zeit, bis sie von seiner Drogenvergangenheit erfahren würde. Wenn sie es nicht sogar schon wussten.

Sein Telefon klingelte. »Es gibt ein Problem mit der Aufzugsanlage«, teilte ihm die Empfangschefin mit. »Kannst du mal schauen? Beide Fahrstühle hängen im dritten Stock.«

Er brummte seine Zustimmung und entfernte schnell die Klebebänder. Augenblicklich setzten sich die Aufzüge in Bewegung. Er nahm die Treppe.

Auf dem ersten Absatz tätigte er einen Anruf.

»Ja?«, meldete sich eine Stimme am anderen Ende.

Mike räusperte sich. »Haben Sie irgendjemandem von unserer ... hm ... Zusatzvereinbarung erzählt?«

»Halten Sie mich für blöd?«

»Ich hoffe, das bleibt auch so«, begann er, »sonst ...«
Doch die Verbindung war bereits unterbrochen worden.

** **

Draußen dämmerte es schon. Eigentlich hatte er die Nachrichten um 15 Uhr schauen wollen, aber er musste eingenickt sein. Über die Mattscheibe flimmerte ein Heimatfilm. Sein erster Blick nach dem Aufwachen galt seinem Handy: nach wie vor keine Nachricht von Florian. Der Kerl war wie vom Erdboden verschluckt. Marvin erhob sich vom Sofa und schlurfte in die Küche, wo er sich einen Kaffee am Vollautomaten zubereitete. Hatte er sich gestern über die Weihnachtslieder aus dem Radio geärgert, störte ihn heute die Stille.

Er setzte sich. Auf dem Tisch lag noch immer die Visitenkarte seines gestrigen Besuchers. Gero von Haberberg. Der Name war ein Begriff in der Szene, und der Typ hatte jede Menge Kontakte. Trotzdem war es ihm und Gero nicht gelungen, jemanden zu finden, dem Florian die Fotos angeboten hatte. Am Glühweinstand am Kröpcke, wo sein Mitbewohner ein paar Heißgetränke zu sich genommen hatte, war er definitiv ohne Begleitung gewesen und hatte auch niemanden zufällig getroffen, da war sich das dortige Personal sicher, zu der Zeit hatten sich nämlich außer Florian nur drei weitere Gäste an ihrem Stand aufgehalten. In seiner Stammkneipe wiederum war der Kumpel gar nicht erst aufgetaucht. So langsam machte sich Marvin Sorgen, dass ihm etwas zugestoßen war. Gero hatte sich schließlich gestern nach der gemeinsamen Suchaktion verabschiedet, Marvin aber versichert dranzubleiben. Er hatte irgendwas von Polizeikontakten gefaselt und versprochen, ihm Bescheid zu geben, wenn er etwas Neues erführe.

Inzwischen war es Marvin egal, ob er sein Versprechen hielt. Er war so oder so erledigt. Sein Schicksal war längst besiegelt, dem verdammten Kettenbrief sei Dank. Er spielte mit dem Gedanken, zu diesem Thema einen Roman zu schreiben. Wenn das so weiterging, hätte der das Zeug zu einem Gruselschocker.

Sein Magen knurrte. Aus lauter Verzweiflung nahm er sich die Dose mit den Vollkornkeksen vor. Während er das gar nicht so üble Gebäck knabberte, speicherte er Geros Kontaktdaten in seinem Mobiltelefon ein.

Er überlegte gerade, ob er den Journalisten anrufen und nach dem Stand der Dinge fragen sollte, als es an der Haustür klingelte.

Ohne vorher durch den Spion zu schauen, öffnete er.

Der minimale Hoffnungsschimmer, dass es nicht Gero, sondern Florian sein könnte, erlosch abrupt.

Allerdings war es auch nicht Gero. Vor ihm standen ein Mann Mitte 50 und eine attraktive, dunkelhaarige Frau von vielleicht 30 Jahren. Hatten sie sich in der Tür geirrt?

Sie sahen zumindest genauso überrascht aus, wie er sich bei ihrem Anblick fühlte.

Der Mann runzelte die Stirn. »Äh, Herr Küppersbusch?«

Marvin schüttelte langsam den Kopf.

»Hauptkommissar Peter Flott von der Kriminalpolizei in Hannover«, stellte sein Gegenüber sich vor. »Und das ist meine Kollegin Kommissarin Boccabella.« Beide hielten ihm ihre Ausweise unter die Nase.

Wie im »Tatort«, dachte Marvin, und schwankte zwischen Faszination und Furcht, dass etwas Schlimmes passiert sei. Letzteres hauptsächlich deshalb, weil im Fernsehen solche Besuche nie etwas Gutes bedeuteten. »Ist was mit Florian?«, fragte er mit zitternder Stimme.

»Dürfen wir reinkommen, Herr …?«

Marvin reagierte nicht auf die implizite Frage, bat die Polizisten aber in die Küche.

Dort erkundigte sich der Hauptkommissar erneut nach seinem Namen.

Die Frau sah sich derweil in dem unaufgeräumten Raum um. Ihr Blick blieb am Tisch hängen, sie trat näher und nahm die Visitenkarte in die Hand.

»Das bin ich nicht«, fühlte Marvin sich bemüßigt zu erklären und ergänzte noch einmal: »Was ist mit Flo?«

»Wenn Sie sich zunächst bitte ausweisen würden und uns erklären, was Sie in Herrn Küppersbuschs Wohnung zu suchen haben.« Peter Flott hielt ihm auffordernd die Hand hin, seine Kollegin starrte schweigend auf die Karte.

»Ich bin ein Kumpel von Flo und gerade zu Besuch. Mein Name ist Marvin Möglinger.«

Die zwei Beamten sahen sich erstaunt an.

Die Frau schluckte. »Was haben Sie mit Herrn von Haberberg zu schaffen?«, meldete sie sich erstmals zu Wort. Ihre Stimme klang schrill.

»Wir sind Kollegen. Er hat mir gestern geholfen, nach Flo zu suchen. Der ist nämlich weg. Hat eine Speicherkarte von mir geklaut. Hören Sie, was ist mit ihm?«

»Es tut mir leid«, ließ sich der Hauptkommissar nun endlich zu einer Antwort herab. »Herr Küppersbusch ist tot.«

»Wa... was?« Marvin sank auf einen der Stühle. »Was ist passiert? Hatte er einen Unfall?«

»Wir gehen von einem Gewaltverbrechen aus.«

Tatsächlich wie im »Tatort«, dachte Marvin und vergrub sein Gesicht in den Händen.

»Herr Möglinger«, hörte er den Hauptkommissar wie aus weiter Ferne sagen, »unsere Spurensicherung würde sich gerne in der Wohnung Ihres Kumpels umschauen und Sie bitten wir, uns aufs Präsidium zu begleiten. Wir haben ein paar Fragen an Sie, die nicht nur Herrn Küppersbusch betreffen.«

Marvin schluckte.

»Wo waren Sie gestern zwischen 18 und 24 Uhr?«, schaltete sich seine Kollegin ein, als habe sie gar nicht gehört, was Peter Flott gerade gesagt hatte.

»Bis etwa sieben habe ich in der Altstadt und auf dem Weihnachtsmarkt nach Florian gesucht, zusammen mit ihm.« Er deutete auf die Visitenkarte, die sie immer noch in der Hand hielt. »Danach war ich hier. Allein!«

**

Gedankenverloren betrachtete Socke seinen Schatten im Licht der Straßenlampe. Er hatte Hunger, es musste also längst Zeit fürs Abendessen sein.

»Was machst du denn um diese späte Zeit draußen?« Suleika sah von ihrer Mauer auf den Kater herab.

»Dasselbe könnte ich dich fragen.«

»Jasper und unser Mensch machen einen Spaziergang, und meiner Verdauung tut ein bisschen frische Luft ebenfalls gut. Bei dem schweren Essen in dieser Jahreszeit habe ich immer so ein Kneifen im Unterbauch. Und wenn ich irgendwo hochspringe, grummelt es gewaltig in meinen Eingeweiden, dann hab ich jedes Mal das Gefühl, ich müsste sofort aufs Katzenklo, aber wenn ich dort hingehe …«

»Schon gut!«, unterbrach Socke sie hastig. So genau hatte er es gar nicht wissen wollen. »Ich warte hier auf meine Menschen. Die müssen beide noch arbeiten.«

Die Tür des Nachbarhauses wurde geöffnet, und Frau Bilgur trat heraus. »Clooney! Cloooooooney! Clooney, komm! Es gibt Kekse.«

Socke betrachtete sie nachdenklich. Tatsächlich hatte er Clooney seit dem missglückten Versuch am Vormittag, ins Hotel zu gelangen, nicht mehr gesehen.

Gismo schlüpfte zwischen den Beinen der älteren Dame hindurch ins Freie. »Hast du Mom gesehen?«, wollte er von Socke wissen.

Der verneinte.

Frau Bilgur zog derweil entschlossen die Haustür hinter sich zu und lief kekstütenraschelnd und rufend den Weg entlang in Richtung des Hotels. »Clooney, Cloooooooney! Es ist Abendessenszeit!«

Die zwei Kater tauschten einen Blick und folgten ihr auf der Pfote.

»Haben Sie meine Clooney gesehen?«, fragte die Nachbarin Fietes Frauchen, das gerade eine abendliche Runde mit dem Cocker-Malteser-Mischling drehte.

Fiete gesellte sich zu den Katern, soweit seine Leine das zuließ. »Seit ich heute Morgen ausgebüxt bin, bindet sie mich nicht mehr los«, beschwerte er sich. »Ihr könnt euch nicht vorstellen, was sie für ein Theater gemacht hat, weil die Frau vom Hotel sich über mich beschwert hat.«

»Was ist passiert?«, wollte Gismo wissen.

»Ich wollte dafür sorgen, dass Socke und Clooney da reinkommen.« Fiete deutete mit dem Kopf auf das wuchtige Hotelgebäude mit der gläsernen Fassade. »Normalerweise klappt das, wenn ich ordentlich kläffe und auf ›armer vernachlässigter Hund‹ mache. Aber irgendwie hat es heute nicht so gut funktioniert.«

»Du hättest vielleicht nicht direkt vor die Tür pinkeln sollen«, überlegte Socke.

»Meinst du, das war übertrieben?« Fiete winselte. »Gewöhnlich haben die Menschen Mitleid. Möglicherweise war es ihnen aber auch zu viel, dass Clooney direkt daneben gekotzt hat.«

»Sie haben jedenfalls nicht die Tür geöffnet, sondern

Fietes Menschin benachrichtigt, damit sie ihn abholen kommt«, erklärte Socke an Gismo gewandt.

»Mein Frauchen ist mit der Empfangsdame im Hotel befreundet«, ergänzte der Hund.

Alle drei sahen zu den Frauen, die lebhaft diskutierten.

»Ich glaube«, überlegte Fiete, »sie ist in die Tiefgarage gelaufen.«

»Die Empfangsdame oder deine Menschin?«

»Nein, Clooney. Zumindest ist sie in die Richtung gegangen.«

Gismo trippelte von einer Pfote auf die andere. »Bist du dir sicher?«

»Wenn ihr Clooney sucht, müsst ihr die Spittastraße entlanggehen.« Suleika hatte sich doch tatsächlich von ihrer Mauer herabbegeben und baute sich vor den Tieren auf. Alle Aufmerksamkeit, auch die der beiden Menschen, war nun auf die Perserin gerichtet, die das sichtlich genoss.

»Woher weißt du das denn?«

»Ich habe sie gesehen, wie sie in die Richtung gelaufen ist. Das kann nicht lange nach dem Frühstück gewesen sein.«

Unruhig hakte Gismo nach. »Hat sie gesagt, wo genau sie hinwollte?«

»Äh, ja, sie meinte, sie folge der Spur des rosa Elefanten.« Verlegen kratzte sich die Perserin hinterm Ohr.

»Hä? Bist du sicher?«

Gismo hatte eine Erklärung. »Vor Kurzem kam ein Bericht über diesen Magier und seinen Kater Panteras im Vorabendprogramm. Da haben sie eine Nummer gezeigt, in der ein Elefant verschwunden ist.«

»Ein rosa Elefant?« Weder Socke noch Suleika kannten die Show.

»Nein, aber der Zauberer hat eine rosa Decke über ihn geworfen, und als er die entfernt hat, stand an der Stelle des Elefanten der schwarze Kater und fauchte. Sehr beeindruckend.«

»Aha, und du denkst, den verschwundenen Elefanten wollte Clooney nun suchen?«, fragte die Perserin mit Zweifel in der Stimme.

»Nein!« Sockes Miene hellte sich auf. »Sie sucht Panteras. Die Menschen haben doch davon gesprochen, dass er verschwunden ist, und schließlich hat dieser Magier Panteras aus dem Elefanten gezaubert.«

Gismo war ganz aufgeregt. »Du meinst, er hat ihn wieder zurückgezaubert, und wir müssen deshalb nach einem Elefanten statt einem schwarzen Kater suchen?«

**

»Das waren ja lustige Witwen«, meinte Basti zu Lisa, als sie vor dem Präsidium vorfuhren. Die Zeuginnen, die im Café Korthaus gegenüber dem Parkplatz des Stadtfriedhofs Seelhorst auf sie gewartet hatten, hatten sich regelrecht überschlagen, was die Auskunftsfreudigkeit anging. »Und da heißt es immer, die Jugend von heute wäre frech«, hatten sie Basti mit wohlwollender Miene geschmeichelt.

Lisa und er hatten alle Hände voll zu tun, sämtliche Informationen zu erfassen. Eine der netten alten Damen ließ es sich außerdem nicht nehmen und bestellte Schokoladentorte für die zwei. »Nervennahrung, das können Sie doch sicher gebrauchen. Aber nicht, dass Sie mich wegen Beamtenbestechung festnehmen«, fügte sie mit kokettem Augenaufschlag hinzu.

»Bis fünf Euro ist erlaubt«, behauptete ihre Mitstreiterin und orderte gleich noch Kaffee dazu.

»Du musst es ja wissen.«

Die Frauen hatten tatsächlich einiges gewusst. Nur die Autonummer des Wohnmobils hatte sich keine von ihnen gemerkt. Bei »H« für Hannover hörte ihre Erinnerung auf.

Basti sah von seinem Notizbuch auf. »Nach der Beschreibung des Wagens, vor allem der des Logos vorne drauf, könnte es ein Eura Mobil sein. Ich bitte Fritz mal zu recherchieren, wie viele von denen in und um Hannover zugelassen sind.«

Er blätterte um. »Wenn es stimmt, was diese Gerlinde Hornbach sagt, und von Haberberg, der Augenzeuge vom Hotel, nicht lügt, dann muss Brandstetter direkt nach dem Fenstersturz zu dem Wohnmobil gelaufen sein. Es sei denn, er kann tatsächlich zaubern.«

Lisa hatte inzwischen mit der Spurensicherung telefoniert. »Die sind jetzt in dem Waldstück Vor der Seelhorst fertig und nehmen sich den Kastenwagen vor, auf den uns die netten Damen ja ebenfalls aufmerksam gemacht haben. Uli war nicht begeistert. Er meinte, wenn das so weitergeht, könnte er Weihnachten mit seinem Scheidungsanwalt feiern.«

»Augen auf bei der Berufswahl.« Sebastian seufzte. »Andererseits, schau mich an, eine Beziehung mit einer Kollegin läuft auch nicht unbedingt besser.«

»Tja, es kommt wohl auf die Kollegin an«, begann Lisa, wurde jedoch von einem Klopfen unterbrochen.

»Da ist eine Frau, die euch sprechen möchte«, erklärte die uniformierte Beamtin. »Sie sagt, es geht um Brandstetters Alibi.«

»Wir kommen.«

Bevor die beiden Kommissare sich auf den Weg machen konnten, trat Saskia Werblow in den Raum. »Ich habe sie eigentlich gebeten zu warten«, entschuldigte die Kollegin sich.

»Schon gut.« Lisa winkte ab.

Basti schenkte der jungen Frau ein verständnisvolles Lächeln. Sie wurde prompt rot und verabschiedete sich.

»Ich möchte meine Aussage bezüglich Freitagnacht korrigieren«, eröffnete Brandstetters Frau direkt das Gespräch, kaum, dass Basti ihr den Mantel abgenommen hatte.

Lisa deutete auf einen der Besucherstühle und stellte ihrem Kollegen die Besucherin vor. Der setzte sich daraufhin an seinen Schreibtisch und rief das Protokoll mit Saskia Werblows Aussage auf seinem Bildschirm auf. Da stand, sie sei nach dem Empfang zusammen mit ihrem Mann in ihr Zimmer gegangen und habe dort die Nacht verbracht. Beide Kommissare sahen die Zeugin nun auffordernd an.

»Ich habe bezeugt, dass Hans die ganze Zeit bei mir war. Das stimmt so nicht. Wir haben zwar unsere Suite gemeinsam betreten, aber ich habe mich gleich hingelegt und bin sofort eingeschlafen.«

»Ihr Mann hätte den Raum also zwischendurch verlassen können?«

»Er hätte nicht nur, er hat!« Frau Werblow betrachtete nachdenklich den prächtigen Brillantring an ihrem linken Ringfinger. »Als ich zwischendurch aufgewacht bin, war er nämlich nicht da.« Sie reckte angriffslustig ihr Kinn. »Ich weiß, ich hätte Ihnen das gleich sagen sollen«, meinte sie, ohne ihr Verhalten zu entschuldigen.

»Können Sie sich erinnern, um welche Uhrzeit das war?«, wollte Lisa wissen.

Basti hieb eifrig in die Tasten und dokumentierte die Aussage. Ein Blick auf die Uhr sagte ihm, dass es schon nach sechs war. Sie mussten sich also beeilen, wenn sie heute noch den richterlichen Beschluss erwirken und die SpuSi bei Brandstetter im Hotel vorbeischicken wollten, um DNA und Fingerabdrücke zu besorgen. Zur Stunde waren Uli und seine Leute dort ja in der Nähe.

Als der Kommissar der Zeugin 20 Minuten später in ihren Mantel half, war der Beschluss bereits unterwegs und Lisa telefonierte mit dem KTU-Team.

**

»Ist er tot?« Ängstlich näherte sich Melchior dem Kater, den der Futtersklave gerade auf dem zerschlissenen Sofa neben der Tür abgelegt hatte.

»Ich glaube nicht.« Unschlüssig blickte Balthasar zwischen Kaspar und den frisch aufgefüllten Futterschüsseln hin und her. »Wenn er tot wäre, hätten sie ihm wohl kaum die Pfote verbunden.«

Melchior sprang neben den leblosen Körper und schnupperte. »Er atmet«, teilte er seinem Katerkumpel mit.

»Dann ist er nicht tot.« Diese Feststellung bewog Balthasar dazu, sich zunächst einen kleinen Imbiss zu gönnen. Obwohl von »gönnen« nicht die Rede sein konnte. Seit sie in diesem Schuppen untergebracht waren, hatte die Qualität der Verpflegung erschreckend nachgelassen. »Kann man mit billigem Essen jemanden umbringen?«, murmelte er vor sich hin, während er sich über das Zeug hermachte.

»Er riecht nach Tierarzt«, ließ Melchior ihn an seinen Erkenntnissen bezüglich des verletzten Kaspars teilhaben. Er tippte vorsichtig mit seiner rechten Vorderpfote auf den Kopf des Katers. Als der sich daraufhin langsam hob, zuckte er zurück und bearbeitete seine Tatze hektisch mit der Zunge.

»WUAH!«

Melchior erzitterte ob der Lautstärke von Kaspars Gähnen.

Der erschauderte ebenfalls, allerdings vor Schmerz. »Boah! Hab ich Kopfweh!«, nuschelte er und sah sich um. »Wo bin ich?«

»Das wissen wir auch nicht so genau.«

»Was is passiert?« Kaspars Aussprache klang leicht verwaschen.

»Das wollten wir eigentlich von dir wissen«, schaltete sich Balthasar ein. »Du bist gestern abgehauen und heute bringt dich der Futtersklave in diesem Zustand zurück. Was hast du in der Zwischenzeit getan?«

»Wenn ich das wüsste! Ich hab einen Filmriss.«

»Du riechst nach Tierarzt«, informierte Melchior ihn.

»Stimmt, jetzt fällt es mir wieder ein. Ich war bei einem Tierarzt. Bei einer Frau, die hat mir eine Spritze gegeben. Gegen Schmerzen hat sie gesagt.« Er stöhnte. »Hab trotzdem Kopfweh. Und mir ist schwindelig.«

»Du hast vermutlich eine Gehirnerschütterung.« Balthasar kam näher an ihn heran. »Vielleicht hattest du einen Autounfall?«

»Neeee. Kein Auto. Da war ein Mensch.« Erschöpft ließ Kaspar den Kopf aufs Sofapolster sinken.

»Der Futtersklave?«

»Hmm. Weiß nicht.« Kaspar schloss die Augen.

»Hat dich ein Mensch geschlagen? Wollte er dich umbringen?«

»Weiß nicht«, wiederholte Kaspar. »Da war auf jeden Fall Blut! Viel Blut!«

»Kein Unfall, aber viel Blut? Bist du in einen Kampf geraten?«, kombinierte Balthasar.

»Oder bist du misshandelt worden?« Melchior schauderte. »Wenn es stimmt, dass der Böse uns töten will, war vielleicht er es? Oder der Futtersklave, der seinem Befehl gehorcht?«

»Ich bin allerdings nicht tot!«, konstatierte Kaspar. »Und, ja, ich glaube, da war noch was anderes. Ein Mensch …? Der Böse? Der Sklave? Oder eine andere Katze?«

»Überlege genau, wir müssen wissen, wem wir trauen können. Wer hat dich angegriffen?«

»Und wie bist du zu der Tierärztin gekommen?«, drängten die beiden Kater ihren verletzten Kumpel.

Statt einer Antwort hörten sie nur ein leises Schnarchen.

**

Peters Wagen stand schon eine Weile vor der Tür ihres Hauses, doch sein erster Weg hatte ihn zunächst ins Hotel auf der gegenüberliegenden Straßenseite geführt.

»Vielleicht sucht er ja nach Mum«, überlegte Gismo hoffnungsvoll.

Socke hatte da zwar seine Zweifel, behielt die jedoch für sich. Und selbst wenn, war es fraglich, ob er die Abtrünnige finden würde. Wenn sie nämlich den Worten von Suleika glauben konnten, hielt Clooney sich eher in der entgegengesetzten Richtung auf. Natürlich konnte sie zurückgekommen sein, aber das war leider unwahrscheinlich. Vielmehr befürchtete der weißpfotige Kater, dass die pummelige Grautigerin irgendwo verletzt lag. Socke hatte ein Telefongespräch von Chris mit deren Kompagnon Wilhelm Busch mitangehört. Busch würde die nächtliche Bereitschaft übernehmen, und die Tierärztin hatte ihm bei der Übergabe von einem blutüberströmten Notfall berichtet, den sie am frühen Nachmittag verarztet hatte. »Das Blut stammte nicht von unserem Patienten. Er muss in einen Kampf verwickelt gewesen sein«, hatte sie dem Kollegen erklärt. »Sein Halter hat ihn in der Nähe des Kleingärtnervereins Mittelfeld gefunden. Also nicht weit weg von der Praxis. Vielleicht wird der Kampfgegner später auch noch in die Notfallsprechstunde gebracht«, warnte sie Busch vor.

Socke befürchtete, dass dieser »Gegner« Clooney gewesen war. Ort und Zeit schienen zu passen. Er und Gismo waren gleich zu der angegebenen Fundstelle gegangen, doch sie hatten leider keinerlei Hinweise entdeckt, stattdessen wimmelte es unweit davon vor Menschen, die allerdings Clooney ebenso wenig gefunden hatten, das hatte Socke Chris' Telefonat entnommen.

Der Kater seufzte. Die Sorge um seine tierische Nachbarin ließ ihn sogar seinen Zwist mit Mimi vergessen. Die hatte nämlich am früheren Abend plötzlich vor seiner Haustür gestanden. Allerdings nicht, um ihn zu besuchen, sondern um mit Gismo für ihre Zaubernummer zu proben. Als Socke seinen Unmut darüber geäußert hatte, warf sie ihm vor: »Wenn es um deine Ermittlungstätigkeit geht, soll ich immer zurückstecken. Und wenn *ich* mal etwas anderes vorhabe, dann ist der feine Kater gleich eingeschnappt.«

Dem »feinen Kater« wurde das Herz schwer, wenn er daran dachte, wie sie wutentbrannt davongelaufen war. Gut, vielleicht war es ein wenig übertrieben gewesen, ihre kleine Schwärmerei für Panteras als »krankhafte Hörigkeit« zu bezeichnen. Bei der Erinnerung daran fauchte er wütend über sich selbst. Wäre er ein Mensch, hätte er jetzt bedauert, sich nicht in den Hintern beißen zu können. Doch er war ein Kater und er konnte sich ins Hinterteil beißen. Deswegen wusste er, dass das auch nichts brachte.

Endlich erschien Peter vor dem Hotel und riss ihn damit aus seinen trüben Gedanken. Diesmal war er in Begleitung eines Kollegen, und zwar dem von der Spurensicherung. Ob die beiden doch nach Spuren von Clooney gesucht hatten? Woher sollten sie jedoch überhaupt wissen, dass die Grautigerin abgängig war? Die Männer sprachen ein paar Worte, dann stieg der Spurensicherer mit einem »Ich melde mich« in sein Auto und fuhr davon. Peter kam auf die zwei Kater zu.

»Na, ihr beiden, wartet ihr etwa auf mich?« Er suchte seinen Schlüssel in der Jackentasche und öffnete die Haustür. »Das ist schön. Ich hatte nämlich einen beschissenen Tag und kann etwas schnurrenden Beistand gebrauchen.«

»Schnurrender Beistand«, so einen Ausdruck hätte der Hauptkommissar vor ein paar Jahren noch nicht benutzt. Ganz offensichtlich war er inzwischen vom »Katzenvirus« infiziert, dachte Socke zufrieden, bevor ihm sein eigener Kummer wieder einfiel. »In dem Fall sind wir schon zwei mit einem sch…lechten Tag«, murmelte er vor sich hin.

»Drei!«, ließ Gismo verlauten.

Peter hatte die Tür geöffnet und hielt sie für die Kater auf. »Wollt ihr mit reinkommen? Ein kleiner Imbiss ist bestimmt drin.«

Socke erhob sich. »Na los, Gismo. Vielleicht erfahren wir etwas Neues von Clooney oder dem verschwundenen Panteras. Irgendwie scheint das alles ja zusammenzuhängen.«

»Geh du mit. Ich warte hier noch ein bisschen, ob Mum auftaucht.«

»Okay, wir sehen uns spätestens zum Nacht-Gassi«, verabschiedete sich Socke. Als »Nacht-Gassi« bezeichneten die Katzen die letzte Runde des Tages, die die Hundehalter mit ihren Lieblingen, meist abends nach den Spätnachrichten, drehten. Viele Katzen aus dem Viertel hielten sich zu dieser Zeit ebenfalls für einen nächtlichen Reviergang draußen auf, allerdings von den menschlichen Spaziergängern zumeist unbemerkt. Schnell folgte der Weißpfotige Peter nach drinnen.

»Hallo! Bin da!«, rief der und ging ins Wohnzimmer, wo Chris sich einen Krimi im Fernsehen ansah.

Auf dem Bildschirm war gerade eine Frau in einer dunklen Straße zu sehen. Die Musik deutete an, dass gleich etwas Schlimmes passieren würde. Chris' Blick war gebannt auf die Mattscheibe gerichtet, und auch Peter blieb in der Tür stehen und verfolgte, wie eine dunkle Gestalt der Frau im Fernsehen folgte. Eindeutig in böser Absicht, wie das Messer in deren Hand den Zuschauern deutlich machte.

Falls die nicht begriffen hatten, was die schaurigen Klänge bedeuteten, dachte Socke und huschte an Peter vorbei aufs Sofa zu.

Gerade als der Mann im Film auf die Frau das erste Mal einstach, landete Socke auf dem Schoß seiner Menschin.

Sein Miau ging im Schrei der Frau im Fernsehen und dem von Chris gänzlich unter. »Hast du mich erschreckt«, rief sie, und Socke stellte zufrieden fest, dass sie sich an Peter gewandt hatte, obwohl der genau genommen nichts für den Schreckmoment konnte. Ihn kraulte sie hinter den Ohren, als könne sie sich durch diese Tätigkeit wieder beruhigen. Was ihr vermutlich schließlich gelang.

Socke schnurrte.

»Sorry. Ich dachte, du hast uns gehört.« Peter ließ sich ihr gegenüber auf einen Sessel sinken und seufzte. »Was für ein Tag. Zuerst ist wochenlang gar nichts los und dann gleich zwei Todesfälle innerhalb von zwei Tagen. Und der heute war definitiv kein Unfall.« Gedankenverloren betrachtete er die blutüberströmte Leiche im Fernsehkrimi. Dort trafen jetzt der Kommissar und der Gerichtsmediziner am Tatort ein und lieferten sich prompt ein Wortgefecht.

»Meinst du den Toten bei der Gartenkolonie hier vorne?« Chris hatte den Anruf am Morgen mitbekommen und auch, wohin Peter gefahren war.

»Genau der. Vom Anblick konnte er locker mit der Toten dort mithalten.« Peter deutete auf den Bildschirm.

»Mittelfeld scheint ja seit Neuestem ein gefährliches Pflaster zu sein. Bei mir war heute ein Notfall in der Praxis. Ein Kater, bewusstlos und ebenfalls blutüberströmt.«

Socke merkte auf. Von dem Notfall hatte er ja bereits gehört, aber vielleicht kamen noch weitere Details zur Sprache. Leider war das zunächst nicht der Fall. Chris und Peter stellten lediglich fest, dass die einst so ruhige Gegend um die Kleingärten langsam zu einem gefährlichen Terrain für Mensch und Tier mutierte. Danach widmeten sie sich beide dem Tatort im Fernsehen, obwohl es da nicht minder kriminell zuging. Socke wurde ungeduldig. Hatte Peter nicht was von Abendessen gesagt? Chris hatte wohl vorher schon eine Scheibe Brot gegessen und Peter möglicherweise keinen Appetit, aber das war noch lange kein Grund, ihn hungern zu lassen. Er baute sich vor seinem Menschen auf. »Miau! Miau!« Sobald er sich dessen Aufmerksamkeit sicher war, machte er einige Schritte in Richtung seiner Futterschüssel im Badezimmer. Als Peter nicht sofort reagierte, kehrte er um. »MIAU!«, forderte er dabei noch lauter.

»Hast du ihn gefüttert?«, wollte Chris wissen, doch Peter hatte inzwischen selbst begriffen, was Socke wollte.

Umtanzt von dem Kater begab er sich auf den Weg zur Futterstelle.

»Miau!«, erinnerte Socke ihn zwischendurch daran, dass er knapp vor dem Hungertod stand.

Hastig griff Peter nach einer der Futterdosen und versuchte, sie zu öffnen.

Socke sprang auf den Waschbeckenrand, um diese Tätigkeit zu überwachen. Und um sie zu beschleunigen, denn der Hauptkommissar nestelte unbeholfen an der Lasche zum Öffnen der Dose. Das dauerte viel zu lange. Der Kater pfotete nach Peters Hand und rammte gleichzeitig sein Köpfchen in die Armbeuge seines Menschen.

»Lass das!« Peter versuchte, ihn wegzuschieben, doch so leicht ließ sich Socke nicht vertreiben. »Socke! So geht es bestimmt nicht schneller. Autsch!«

Er stellte die nur leicht geöffnete Dose zur Seite und betrachtete die Schnittwunde an seinem Zeigefinger, aus der Blut quoll.

»Na prima! Das hat mir gerade noch gefehlt. Wo sind denn die blöden Pflaster? Socke, nun geh doch mal ein bisschen zur Seite. Es reicht, wenn hier im Bad alles vollgeblutet wird.«

Der Kater betrachtete Peter, der jetzt seine Hand übers Waschbecken hielt, während er mit der anderen den Hahn aufdrehte. Es waren nur ein paar kleine Bluttröpfchen zu sehen. Vorsichtig streckte er seine Pfote danach aus.

»Socke! Weg da!«

»Kann ich helfen?« Chris war unbemerkt in die Badezimmertür getreten.

»Du könntest den Kater wegschaffen, bevor der mein Blut im ganzen Haus verteilt.« Wie immer übertrieb Peter maßlos.

Miau-maulend und immer noch hungrig entfernte sich Socke aus dem Dunstkreis seiner Menschen und trollte sich beleidigt nach draußen.

»Jetzt ist er eingeschnappt.« Chris schmunzelte, als die Katzenklappe laut rumpelte. Normalerweise beherrschte der Kater durchaus deren geräuschlose Nutzung. Wenn er so hindurchdonnerte, war das quasi das Pendant zum Türenschlagen bei den Menschen. Sie half Peter, seinen verletzten Finger zu verarzten. »Für heute habe ich wirklich genug Blut gesehen.«

»Wem sagst du das?«, murmelte Peter nachdenklich und beseitigte die Spuren im Waschbecken. »Sag mal, wo genau wurde der verletzte Kater gefunden, den du heute verarztet hast?«

»Bei den Kleingärten. Das muss ganz in der Nähe deines Tatorts gewesen sein. Du hast nicht zufällig einen schwarzen Kater dort gesehen?«

»Da waren zwar viele Menschen, aber kein Kater. Zumindest ist mir keiner aufgefallen.« Peter war immer noch in Gedanken. »Das muss allerdings nichts heißen, wir haben ja nicht nach einem Kater gesucht.« Er betrachtete das Handtuch in seiner Hand. »Mir kommt gerade eine ganz andere Idee: Was, wenn das Blut an dem verletzten Tier gar kein Katzen-, sondern Menschenblut war?«

**

Toni schälte sich aus ihrer grauen Daunenjacke und hängte sie über einen der Küchenstühle. Etwas, das sie an ihrem Ex immer gestört hatte. Eigentlich war Basti sonst ein sehr ordentlicher Mensch, doch diese Marotte hatte sie ihm nicht abgewöhnen können. Meistens hatte er dann direkt angefangen zu kochen und das Kleidungsstück hatte deshalb fast immer nach Essen gerochen. Seufzend ließ sie sich auf dem Stuhl nieder. Nach einem Tag wie dem heutigen hätte sie ein bisschen Essensgeruch gerne in Kauf genommen. Auf dem Tisch lagen mehrere Prospekte diverser Bringdienste neben dem Mobilteil ihres Telefons. Heute blinkte das Symbol des Anrufbeantworters seit Langem einmal nicht. Seit er ausgezogen war, hatte Basti täglich eine mehr oder weniger belanglose Nachricht hinterlassen. Sie hatte sich zunehmend darüber geärgert, doch die Freude, dass er es nun offenbar begriffen und seine Anrufe eingestellt hatte, blieb trotzdem aus. Unschlüssig betrachtete sie die Speisekarte eines Pizzalieferservices, als ihr Handy klingelte.

Hoffentlich nichts Geschäftliches, dachte sie. Nach dem heutigen Arbeitstag war ihr Bedarf daran gedeckt, und das lag nicht an der unappetitlich aussehenden Leiche. Sie warf den Pizza-Prospekt zurück auf den Tisch und warf einen Blick aufs Display: Gero.

»Schlimmer geht immer«, murmelte sie. Dass der es überhaupt wagte, noch mal bei ihr anzurufen! Einen Moment war sie versucht, das Gespräch wegzudrücken. Andererseits war der Journalist heute von Peter als Zeuge vernommen worden, vielleicht hatte er ja ein dienstliches Anliegen. Es wäre typisch für den smarten und selbstbewussten Gero, sich damit ausgerechnet bei ihr zu melden und so das Angenehme mit dem Nützlichen zu verbinden.

»Toni!«, schalt sie sich selber. »Wenn du mit ihm sprechen möchtest, tu es doch einfach.« Da sie bei ihrem Handy die Mailbox ausgeschaltet hatte, klingelte es immer noch.

»Ja«, meldete sie sich knapp.

»Ich bin's, können wir reden?«

»Ich denke, du hast meinem Chef schon alles gesagt.«

»Du weißt genau, was ich meine.«

Toni schwieg.

»Ich möchte mich entschuldigen. Hier in der Nähe ist ein netter Grieche. Ich lad dich ein.«

Toni betrachtete die Prospekte auf dem Tisch. »Meinetwegen.« Sie konnte selbst kaum glauben, was sie da sagte.

»Also los, komm runter, ich stehe vor deiner Tür.«

Kurz darauf saß Toni vor einem Teller mit gefüllten Weinblättern. Neben ihrem Wasserglas stand ein Ouzo.

»Jamas!« Gero erhob das Glas. »Auf uns.«

»Das ›Uns‹ kannst du vergessen.« Toni kippte ihren Anisschnaps in einem Zug hinunter. »Ich bin nur neugierig. War bloß der gestrige Abend eine Lüge oder stimmt es auch nicht, dass du Brandstetter Freitagnacht gesehen hast.«

»Das hab ich deinem Chef doch gesagt. Meine Aussage bezüglich dieses Zauberers ist korrekt. Mir ist halt bloß erst nach unserem Treffen gestern eingefallen, dass Marvin Möglinger, der andere Zeuge, mal was von einem Kumpel erzählt hat, bei dem er untergekommen ist. Marvin ist ja immerhin ein Kollege von mir, da läuft man sich öfter übern Weg.«

»Klar, und da vergisst man mal eben solche nebensächlichen Details wie Nachnamen und Wohnorte. Gerade als Journalist und wenn man von der Polizei genötigt wird, sich zu erinnern«, fauchte Toni. »Verarschen kann ich mich alleine.« Zornig machte sie sich über ihre Vorspeise her.

Gero strich bedächtig ein wenig Schafskäsecreme auf ein Stück Brot und lächelte. »Du siehst süß aus, wenn du wütend bist.«

Sie funkelte ihn an. »Noch so ein Satz und ich gehe. Und dann kannst du froh sein, wenn ich dir vorher nicht mein Wasser ins Gesicht schütte.« Eigentlich war es Toni selbst nicht klar, warum sie ihre Drohung zu gehen nicht direkt wahrmachte. Irgendetwas an ihrem Gegenüber faszinierte sie. Vielleicht die Tatsache, dass er sie genau so behandelte, wie sie selbst bisher ihre Männer behandelt hatte. Hatte sie ihren »Meister« gefunden? Allein bei dem Wort bekam sie eine Gänsehaut.

»Schon gut«, ruderte Gero zurück. »Ich gebe zu, ich war ein klitzekleines bisschen neugierig, was ihr bereits wusstet, und als mir das mit Marvins Kumpel und der Wohnung eingefallen ist, hab ich eine Story gewittert.« Er hob entschuldigend beide Hände. »Und hey, ich bin Journalist. Es ist mein Beruf, Dinge zu recherchieren und darüber zu schreiben. Und du warst ja den ganzen Tag nicht erreichbar.« Er gab der Kellnerin ein Zeichen, zwei weitere Ouzo zu bringen.

»Komm mir bloß nicht damit! Mein Beruf ist es nämlich unter anderem, Verbrecher dingfest zu machen, und die scheren sich leider nicht um Sonn- und Feiertage.«

Die Bedienung brachte den bestellten Schnaps.

»Sei froh, wenn ich dich nicht wegen Behinderung der Ermittlungen festnehme«, drohte Toni und nahm eins der Gläser direkt vom Tablett.

»Das hat dein Chef schon zu mir gesagt.« Zeigte sich Gero zerknirscht und prostete der Kommissarin zu. »Jamas!«

»Hat er dir auch gesagt, dass Marvins Kumpel vermutlich umgebracht wurde, weil er mit den Bildern, die er geklaut hat, nicht zur Polizei gegangen ist?«

Gero nickte. »Marvin ist völlig durch den Wind. Nachdem ihr mit ihm fertig wart, ist er zu mir gekommen und hat sich ausgeheult.«

Die Kommissare hatten Marvin Möglinger mit aufs Präsidium genommen, wo er von Toni eingehend befragt worden war. In der Zwischenzeit hatte Peter sich Gero vorgenommen, den er lieber ohne die junge Kommissarin aufsuchen wollte.

»Wohnt dein Kumpel jetzt bei dir?«

»Er ist nicht mein Kumpel. Aber ja, ich hab ihn bei mir aufgenommen. Nur vorübergehend, er wusste nicht wohin.«

»Das war natürlich vollkommen uneigennützig. Ich wusste gar nicht, dass du so großherzig bist«, ätzte Toni.

»Du weißt vieles nicht von mir.«

Die Bedienung brachte ihre Hauptspeisen. Für Toni Spanakoriso, ein vegetarisches Gericht mit Spinat und Reis, und für Gero Lammkottelets.

»Und die Fotos vom Freitag?«, fragte die Kommissarin zwischen zwei Bissen. »Ihr habt wirklich keine Ahnung, wo die sind?«

Ihr Gegenüber schüttelte den Kopf.

»Na, ich hoffe, du sagst die Wahrheit. Immerhin haben die Bilder schon einen Menschen das Leben gekostet.«

**

»Du bist aber schnell wieder da«, begrüßte Gismo Socke, als er ihn entdeckte. »Hast du den versprochenen Imbiss bekommen? Oder wenigstens was Neues über Mum rausgekriegt?«

»Leider nicht. Peter hat sich beim Dosenöffnen so ungeschickt angestellt, dass er sich verletzt hat. Und du weißt ja, wie die Menschen sind. Wenn sie ein Tröpfchen Blut sehen, drehen sie durch. Peter ist da besonders schlimm, obwohl er angeblich dauernd mit irgendwelchen blutüberströmten Leichen zu tun hat.«

»Und im Fernsehen werden auch täglich blutige Gemetzel gezeigt«, ergänzte Gismo verständnisvoll nickend.

»Stimmt, das war heute nicht anders.«

»Heute ist Sonntag, da kommt immer ›Tatort‹«, wusste Sockes TV-gebildeter Nachbar.

»Probier's mal mit Gemütlichkeit. Lala lala, lala-haha«, erscholl es hinter ihm aus der Dunkelheit.

Die Stimme kam dem weißpfotigen Kater bekannt vor. »Clooney?«

»Mum?« Gismo drehte sich um.

Tatsächlich näherte sich die mollige Grautigerin fröhlich singend und leicht schwankend. »Lala, lala, lala-haha, hoppla!« Sie war etwas von der Spur abgekommen und streifte einen Blumentopf im Vorgarten, bevor sie sich vor den Katern niederließ. »Aloha!«, grüßte sie und hob eine Pfote.

»Mum!«, freute Gismo sich. »Wo bist du gewesen?«

Clooney war leicht zerzaust, doch auf den ersten Blick wirkte sie unversehrt. Mit der Pfote fuhr sie sich mehrmals übers Ohr und schnupperte interessiert daran. Dann kicherte sie.

»Geht es dir gut?«, wollte Socke wissen.

»Wo warst du so lange?«, wiederholte Gismo.

»Ich war auf der Suche nach dem Leckerliparadies. Da wachsen rosa Schinkenbäume. Und gelbe Käsesträucher.« Sie sank in sich zusammen. »Aber ich hab es nicht gefunden.«

»Wir haben uns Sorgen gemacht!«

»Dabei war ich so nah dran«, schluchzte sie auf. »So nah. So nah, so nanah nananah nanana-naaah.« Sie hob ihre Nase und schnüffelte. »Hach, riecht ihr das auch?«, fragte sie.

»Was?« Die beiden Kater sahen sich entgeistert an.

»Also ganz in Ordnung ist sie nicht«, wisperte Socke.

Gismo nickte. »Drogen?«, formten seine Lippen eine lautlose Frage. »Oder ein Schlag auf den Kopf?«

»Ich bin von Kopf bis Fuß auf Lie-lalalala. Was schaut ihr denn so? Ist was passiert?« Clooney erhob sich und blickte auf Suleikas Mauerplatz, der zu dieser späten Stunde leer war. »Es hat also geklappt«, flüsterte sie mit Verschwörermiene ihrem Sohn zu. »Du hast sie tatsächlich verschwinden lassen.« Sie vollführte einige Tanzschritte und juchzte laut.

»Mum! Suleika liegt wahrscheinlich in ihrem Korb und schläft. Es ist schon spät.«

»It's a CAT of magic!« Clooney jubilierte lautstark weiter. »It's a CAT of magic! Miau! Miau! MIAU-AU-AU!«

Fast gleichzeitig öffneten sich die beiden nebeneinanderliegenden Haustüren in ihrem Rücken.

»Was ist denn das für ein Lärm?«, fragte Peter.

»Clooney, da bist du ja!«, freute sich Frau Bilgur. »Komm rein, Schätzchen.« Sie versuchte, nach der Katze zu greifen.

»Was wollen die denn hier?«, fragte die Grautigerin die beiden Kater. »Habt ihr die geholt?«

»Mum, die wohnen hier. Und sie waren besorgt um dich. Und ich auch. Wir dachten, du liegst irgendwo verletzt rum.«

»Jammere nicht!«, forderte Clooney streng. »Und halte mir diese Personen vom Leib. Ich besorge uns ein paar Kekse.« Damit entwand sie sich Frau Bilgurs Griff und schwankte im Zickzack Richtung Straße.

Socke und Gismo folgten ihr.

Die zwei Menschen wiederum schlossen sich den Katern an.

*

»Wo will sie hin?«, schnaufte Frau Bilgur.

Clooney überquerte die Straße, trotz des schwankenden Gangs in ihrer Geschwindigkeit einem geölten Blitz nicht unähnlich.

»Sieht so aus, als wollte sie ins Hotel«, wunderte sich Peter.

»Sie bettelt dort öfter nach Futter«, japste seine Nachbarin. »Als ob sie bei mir nicht genug zu fressen bekäme.«

*

Inzwischen hatte Clooney die Einfahrt zur Tiefgarage erreicht. Kurz hielt sie inne und blickte über ihre Schulter zurück. Gismo und Socke hatten fast zu ihr aufgeschlossen, da entwischte sie mit einem »Yippie!« durch die Gitterstäbe des Rolltores.

*

Peter und seine Nachbarin konnten gerade noch beobachten, wie auch die Kater vom Dunkel der Garage verschluckt wurden. Schnell aktivierte Peter die Taschenlampenfunktion seines Handys und verfolgte damit von dem Tor aus den weiteren Weg der Katzen. Die Tiefgarage war erstaunlich klein. Clooney schlängelte sich zielstrebig zwischen den wenigen darin befindlichen Autos hindurch und verschwand aus ihrem Blickfeld. Es sah beinahe so aus, als sei sie durch die Wand gegangen.

»Wo ist sie hin?«, wunderte sich Frau Bilgur.

Peter richtete den Lichtstrahl direkt auf die Stelle, wo sich die Grautigerin scheinbar in Luft aufgelöst hatte und an der sich nun Socke und Gismo zu schaffen machten.

»Da ist ein Loch in der Wand. Vermutlich ein Lüftungsschacht.« Inzwischen war Gismo ebenfalls durch diesen Schacht geschlüpft und von Socke ragte nur mehr eine weißbepelzte Hinterpfote aus der Mauer, bevor auch die das Sichtfeld der Menschen verließ. Peter leuchtete die Umgebung ab und erkannte eine Tür. Was genau auf dem Schild an dieser stand, konnte er aufgrund der Entfernung nicht lesen, vermutete aber, dass es »Betreten verboten!« hieß.

»Kommen Sie. Wir müssen im Hotel Bescheid sagen.« Frau Bilgur zog Peter aufgeregt am Arm. »Wer weiß, was sich hinter der Wand verbirgt, wahrscheinlich irgendwelche gefährlichen Maschinen.«

**

Unauffällig blickte Mike Kammerfeld auf seine Armbanduhr. Das Abendessen bei den Schwiegereltern, Lachs auf Gemüsebett, war längst vorbei, der dazu servierte Weißwein ausgetrunken. Jetzt räumten seine Frau und ihre Mutter den Tisch ab. Sein Vorschlag, den beiden zu helfen, hatte der Herr des Hauses abgelehnt. »Das ist Frauensache«, tönte er und holte eine Flasche Bordeaux aus seinem Weinschrank.

Missmutig sah Mike dabei zu, wie er die Flasche entkorkte und mit geschlossenen Augen am Korken schnupperte. Mike war bestimmt keiner von diesen Frauenverstehern, zu Hause tat er keinen Handschlag im Haushalt.

Seine Offerte hatte einzig und allein darauf abgezielt, einem Gespräch unter vier Augen mit Coras Vater auszuweichen. Der schenkte gerade Rotwein ein und kam, wie befürchtet, direkt auf die Vorfälle im Hotel an der Messe zu sprechen. »Diese Sache ist gar nicht gut für den Ruf unseres Hotels. Und das, wo wir endlich wieder schwarze Zahlen schreiben.« Er schwenkte sein Glas und nahm schmatzend einen ersten Schluck. »Feines Tröpfchen«, beschied er. »Schwarze Johannisbeere, Vanille und im Abgang eine erdige Note.«

Muffige Plörre, befand Mike in Gedanken. Immerhin, vielleicht konnte er ihn damit von dem unangenehmen Thema ablenken. »Ein Hauch von Liguster.« Er hatte keine Ahnung, wie Liguster schmeckte, und schon gar nicht wusste er, ob man diesen Geschmack in Rotwein finden konnte. Doch er war der Meinung, dass es sich gut anhörte.

Sein Schwiegervater runzelte die Stirn. »Äh, ja, jetzt wo du es sagst.«

Mike musste sich ein Grinsen verkneifen. Der wusste ebenso wenig Bescheid wie er selber.

»Ich dachte, du hast so einen guten Draht zur Presse«, brachte sein Schwiegervater das Gespräch zurück auf den Fenstersturz vom Freitag. »Kannst du diesen Schmierfinken nicht sagen, sie sollen uns da raushalten?«

»Wenn das so einfach wäre.« Mike seufzte. Er hatte wirklich keine Lust, darüber zu reden. Wo blieben bloß die Frauen?

»Nun, da habe ich deinen Einfluss wohl überschätzt. Wie so vieles.«

Diesmal verbarg Mike den Blick auf seine Uhr nicht. Am liebsten hätte er einen späten Termin vorgeschützt, doch das hätte ihm sein Schwiegervater nie abgenommen, außerdem würde er damit wohl eine Ehekrise heraufbeschwören. In dem Moment klingelte sein Mobiltelefon. So sehr er sich eine Unterbrechung gewünscht hatte, so sehr wunderte er sich darüber. Wer konnte das sein? »Der Nachtportier«, verriet ihm das Display.

»Aha. Der kommt dir ja gerade recht.« Der Alte machte keinen Hehl daraus, dass er den Anruf für fingiert hielt. »Willst du nicht rangehen? Wahrscheinlich musst du gleich los.«

»Ja?«, meldete sich Mike.

»Hallo, Chef, kannst du vorbeikommen?«, fiel der Portier direkt mit der Tür ins Haus.

»Vorbeikommen?«, murmelte Mike.

»Ha!«, triumphierte sein Schwiegervater.

»Ja. Da sind zwei Leute, die behaupten, ihre Katzen seien bei uns in der Tiefgarage verschwunden. Die wollen, dass ich sie da reinlasse. Du weißt schon …«

»Nein! Nicht!«, schrie Mike. Sein Puls raste. Was sollte er nur tun?

»Die Frau ist ganz aufgeregt. Sie will die Polizei rufen. Wobei der Mann von der Polizei ist. Das ist der, der wegen der Toten hier ermittelt hat.«

Der Alte hatte sich zurückgelehnt und beobachtete Mike mit vor der Brust verschränkten Armen. Ihm schien klarzuwerden, dass es sich mitnichten um einen fingierten Anruf handelte, dazu wirkte die Nervosität seines Schwiegersohnes zu echt. Trotzdem hob er missbilligend die Augenbrauen, als Mike schließlich sagte: »Okay, ich bin gleich da.«

»Hast du deine Leute nicht im Griff?«, fragte der Schwiegervater provokant.

Währenddessen plapperte der Nachtportier am anderen Ende der Leitung weiter, was Mike vollends aus dem Konzept brachte: »Ich weiß nicht, ob ich sie noch lange hinhalten kann. Und die Katzen sind da drin, wer weiß, was die anstellen. Vielleicht wäre es besser, ich lasse die Leute auch rein. Vielleicht merken die ja gar nichts.« Der letzte Satz klang nach einem kleinen Kind, das die Augen schließt, damit man es nicht sehen kann.

Mit triumphierender Miene beobachtete der Alte das Wechselspiel im Gesicht seines Gegenübers. Der hoffte inständig, dass sein Gesprächspartner wenigstens so schlau war, das Telefonat außer Hörweite seiner beiden Gäste zu führen. Die Hoffnung wurde gleich darauf zunichtegemacht, als im Hintergrund eine Männerstimme zu hören war. Mike schnappte etwas von »Kollegen benachrichtigen« und »Verdachtsmomenten« auf und beendete das Gespräch. Sobald er aus dem Haus seiner Schwiegereltern raus war, würde er sofort die Nummer seines Anwalts wählen.

✳✳

»Lauft! Und nehmt die Zauberkekse mit!«, feuerte Clooney ihren Sohn und Socke an.

Die Kater wetzten zwischen den überkatzenhohen, großblättrigen Grünpflanzen hindurch.

✳

Bereits als er wenige Worte des Telefonats zwischen dem Nachtportier und seinem Chef gehört hatte, hatte Peter Verstärkung angefordert und danach Kontakt mit dem Staatsanwalt aufgenommen. Als der Nachtportier mitbekommen hatte, dass die Staatsanwaltschaft eingeschaltet worden war, hatte er Peter Zugang zu dem Raum in der Tiefgarage gewährt. Es schien, als kenne er die Abläufe, und wusste, wann es besser war zu kooperieren, um die eigene Haut zu retten.

Die üppigen Gewächse, die sie hinter der Tür vorfanden, hätte auch jemand ohne Sachverstand sofort als Cannabispflanzen identifiziert. Die aufwendige Wärme-, Licht- und Bewässerungsanlage räumte bei Peter letzte Zweifel aus, dass er die gesuchte Haschplantage gefunden hatte.

Der Portier wollte sich noch damit herausreden, es handele sich dabei um ein Hobby des Hotelmanagers und die Ernte reiche höchstens für den Eigenbedarf, merkte aber selber, dass er damit nicht durchkam, und hielt schließlich den Mund.

Schnell organisierte Peter über Chris drei Katzentransportboxen, und drei kurz darauf eintreffende Polizeibeamte machten sich daran, die Tiere einzufangen. Der Nachtportier bot ihnen seine Hilfe an, die sie dankbar annahmen. Seinem Blick nach wollte der Hotelangestellte wohl den Schaden an den Grüngewächsen begrenzen, indem er die Fangaktion beschleunigte.

Clooney hatte sich nämlich an einer der zum Trocknen aufgehängten Pflanzen hochgeschwungen und hangelte sich an den Büscheln vorwärts, wobei die Blätter nur so durch die Luft stoben. Die zwei Kater befanden sich irgendwo inmitten der Jungpflanzen, wie Rascheln und Bewegung im Bewuchs zeigten.

Die Grautigerin zu erwischen, war relativ einfach, als die Kätzin eine kleine Pause einlegte und dabei vor sich hin miauend schaukelte.

Danach bemühten sich die drei Uniformierten nebst helfendem Nachtportier eine Weile erfolglos, die Kater zu erwischen.

*

»Die Kater rasen durch den Wald«, sang die Grautigerin derweil in ihrer Box, »der eine macht die Menschen kalt. Die ganze Katzenbande brüllt: Wo ist der Katzenkeks, wo ist der Katzenkeks, wer hat den Katzenkeks geklau-hau-haut.«

»Passt doch auf. Das Zeug ist ein Vermögen wert. Der Chef bringt mich um«, jammerte der Mann vom Empfang, als die drei Polizisten ohne Rücksicht auf Verluste durchs Grün pflügten.

»Die Kekse sind hinten in der Ecke auf dem Tisch«, rief Clooney ihren Katerkumpeln zu.

»Ha! Erwischt! Autsch!«, hörte man in dem Moment einen der Beamten rufen. »Der hat mich gekratzt.«

»MIAU! MIAUUUU!« Gismo brüllte aus Leibeskräften.

Einer der Polizisten half seinem Kollegen, den renitenten Kater in eine Box zu verfrachten.

»Die Kekse, Socke, schnell! Bevor sie dich auch einkassieren!«, gab die Grautigerin jetzt lautstark Anweisung.

Inzwischen war es den Männern tatsächlich gelungen, Gismo einzusperren.

»Ich hab ihn!«, vermeldete da der dritte Uniformierte und presste den zappelnden Socke an sich. »Hey, lass die Pfoten von meiner Schulterklappe!«

Die anderen Männer kamen ihm zu Hilfe.

»Los, zeig, was du gelernt hast!«, forderte Clooney ihren Sohn auf, dessen Box neben ihrer abgestellt worden war. »Lass mich von hier verschwinden! Schnell!«

»Das geht nicht so einfach, wie du dir das vorstellst. Und bei dem Lärm kann ich mich sowieso nicht konzentrieren.«

»Und du willst ein Magier sein? Nun mach schon. Beeil dich!«

Mit vereinten Kräften der Menschen wurde Socke in die dritte Katzenbox verfrachtet.

»Hast du die Kekse?«, rief Clooney ihm zu.

»Keine Keksche«, nuschelte Socke, behindert durch ein Stück Stoff in seiner Schnauze.

*

»Der hat meine Schulterklappe abgerissen«, beschwerte sich kurz darauf einer der Beamten bei Peter, als sie mit den Boxen vor die Tür traten.

Der Hauptkommissar unterbrach das Gespräch mit dem mittlerweile eingetroffenen Mike Kammerfeld und dessen Anwalt und begleitete die Beamten mit ihrer tierischen Fracht ins Freie, wo seine Nachbarin ungeduldig auf und ab ging. Die alte Dame hatte sich so aufgeregt, dass Peter sie gebeten hatte, draußen zu warten.

»Clooney! Gismo!« Frau Bilgur lief auf das Grüppchen mit den Katzenboxen zu.

»Ist sie verletzt?«, erkundigte sie sich bei einem der Männer. Clooney stimmte nämlich ein lautstarkes Klagelied an.

»Höchstens high«, brüllte der über das Miauen hinweg. »Zugedröhnt. Äh, berauscht«, ergänzte er, als er den verständnislosen Ausdruck im Gesicht der Frau sah.

»Meine Clooney?«

Der Polizeibeamte musste grinsen. »Tja, so etwas hatten wir auch noch nie. Eine Katzenbande, die wegen Missbrauchs von Betäubungsmitteln und«, er zeigte auf Socke, »Vandalismus festgesetzt wird.«

»Nicht zu vergessen Ruhestörung«, schrie sein Kollege gegen den Krach an und schmunzelte.

»Miau-Miau-Mioooooo-oho«, kreischte Clooney weiter.

KAPITEL 4 - MONTAG,
28. NOVEMBER 2022

»Guten Morgen.« Obwohl es mit 7 Uhr früh für das erste Meeting des Tages war, hatten sich alle bereits vollzählig im Besprechungsraum versammelt, als Peter dort eintraf. Da beide Fälle ganz offensichtlich zusammenhingen, arbeiteten sie wieder alle in einem Team zusammen.

Fritz hatte für Kaffee und Gebäck gesorgt und schob Peter direkt die Kanne und eine Tasse hin. »Hier, bitte.«

Dankbar bediente sich der Hauptkommissar. Der starke Muntermacher tat ihm gut nach der kurzen Nacht. In den wenigen Stunden, die ihm zum Schlafen geblieben waren, hatte Socke ihn und Chris mehrmals geweckt. Der Kater hatte, wie seine Katzenkumpel aus der Nachbarschaft, Hausarrest bekommen, um auf mögliche Nachwirkungen des mutmaßlichen Cannabiskonsums reagieren zu können. Socke hatte seine Menschen spüren lassen, was er von dieser Maßnahme hielt. Peter mochte sich gar nicht ausmalen, was nebenan los gewesen war, denn vor allem Clooney hatte bereits beim Transport nach Hause ein Riesentheater veranstaltet. Müde rieb er sich die Augen und berichtete von seinem gestrigen Einsatz im Hotel. »Das Team vom Rauschgiftdezernat hat übernommen, trotzdem habe ich den Manager für heute Vormittag hier einbestellt. Toni, du und ich, wir sprechen mit ihm. Immerhin hatte unser erstes Opfer Hanfsamen an den Schuhen, die wahrscheinlich von der Plantage im Hotelkeller stammen.«

Toni nickte. »Und Mike Kammerfeld hat kein Alibi«, erinnerte sie sich.

»Dafür jetzt ein Motiv«, ergänzte Lisa.

»Gestern noch kein Tatverdächtiger und heute gleich zwei«, freute sich Fritz und biss herzhaft in ein Schokobrötchen. »Die Fingerabdrücke von Brandstetter stimmen nämlich mit denen auf dem sichergestellten Sektglas überein«, ergänzte er mit vollem Mund, als er den fragenden Blick der Kolleginnen sah.

»Deshalb wird der werte Herr um 10 Uhr mit seinem Anwalt für die Befragung bei uns eintreffen.« Er sah Lisa und Sebastian an. »Euer Mann, wahrscheinlich kommt der Staatsanwalt mit dazu. Und wenn wir viel Glück haben, ist bis dahin schon das Ergebnis der DNA-Analyse da.« Der Hauptkommissar unterdrückte ein Gähnen, bevor er fortfuhr. »Und es gibt sogar einen weiteren möglichen Täter: Jakob Becker.«

»Der Mitarbeiter von Brandstetter, der seit Freitag abgängig ist?«, fragte Basti nach.

»Genau der.«

»Wie kommt's?«

»Er war am Sonntag mit einem schwarzen Kater in der Notfallsprechstunde bei Chris.«

Der junge Mann hob die Augenbrauen. »Panteras?«

»Vermutlich. Er hat zwar behauptet, das Tier heiße Kaspar, aber ein Dokument, wie zum Beispiel einen Impfpass, hatte er nicht, um das zu belegen. Und er selbst hat sich mit Jakob Becker vorgestellt.«

»Mit seinem eigenen Namen? Wie kommst du dann darauf, dass er verdächtig sein könnte? So blöd wird er doch nicht sein, sich selbst zu verraten«, staunte Toni.

»Zum einen, weil der Kater voller Blut war, das definitiv

nicht sein eigenes war«, antwortete Peter. »Zunächst dachte Chris an einen Kampf mit einer zweiten Katze, doch da das Tier in der Nähe des Toten gefunden wurde, könnte es auch Menschenblut gewesen sein.«

»Brrr.« Toni schüttelte sich beim Gedanken an den Anblick der Leiche.

»Und zum anderen?«, wollte Lisa an Peter gewandt wissen.

»Beim Röntgen hat Chris einen Fremdkörper im Magen des Katers gesehen. Sie meint, es könnte eine Speicherkarte gewesen sein, wie man sie für Fotos benutzt. Als sie ihm das sagte, hat der Mann sich blöd gestellt und behauptet, er hätte keine Ahnung, wo der Kater die gefressen haben könnte.«

»Und was hat Chris gemacht?«

»Sie hat Becker ein Abführmittel für den Kater mitgegeben.« Peter schenkte sich Kaffee nach. »Und ein Schmerzmittel wegen mutmaßlicher Prellungen. Gebrochen war nämlich nichts.«

»Gut«, fasste Toni zusammen, »du vermutest, dass der Tote seinem Kumpel Marvin Möglinger die Karte mit den Fotos vom Fenstersturz geklaut hat und dieser Becker sie ihm mit Gewalt abgenommen hat.«

»Nur ein mögliches Szenario.«

»Und dann ist ihm sein Kater dazwischengekommen und hat die Speicherkarte gefressen?«

»Wie genau das abgelaufen ist, kann uns Jakob Becker hoffentlich sagen. Ich hab ihn jedenfalls zur Fahndung ausschreiben lassen.« Der Hauptkommissar zog den Teller mit dem Gebäck zu sich heran und wählte nach kurzem Überlegen eine Zimtschnecke. »Zu Chris in die Praxis ist er mit dem Taxi gekommen«, wandte er sich an Fritz. »Bitte überprüfe alle Fahrten zur Praxis im Katzenwinkel, die gestern zwischen 12 und 14 Uhr stattgefunden haben.«

»Apropos überprüfen.« Lisa zog eine Liste hervor. »Was machen wir mit den Wohnmobilhaltern? Das Modell ist zum Glück nicht so häufig. Insgesamt sind lediglich acht davon in und um Hannover gemeldet.«

»Kannst du das telefonisch machen, Fritz?«, bat er den Älteren.

»Frag die Leute zunächst, ob sie in letzter Zeit am Stadtfriedhof Seelhorst gestanden haben«, ergänzte Lisa. »Und ob sie Freitagnacht Besuch von Brandstetter hatten. Und wenn ja, wann genau. Die Frau war sich ziemlich sicher, ihn beobachtet zu haben. Aber vielleicht hat sie sich in der Uhrzeit getäuscht. Kurz nach dem Fenstersturz gibt es mehrere Zeugen, die ihn beim Hotel gesehen haben. Und an zwei Orten gleichzeitig ... da müsste er schon zaubern können.« Sie zwinkerte.

»Gut. An die Arbeit. Wir sehen uns heute Nachmittag um drei wieder.« Peter erhob sich, und die Runde löste sich auf.

»Toni?«

»Was ist?«, fragte die Angesprochene ihren Ex knapp, der sie vor der Tür abfing.

»Ich ...«, begann Basti, »ich möchte dich was fragen?«

»Dann mach schnell, ich hab zu tun, das weißt du doch.«

»Warum bist du eigentlich so abweisend zu mir?«

Wenn sie ehrlich war, wusste sie es selber nicht. Wahrscheinlich, weil er sie daran erinnerte, dass sie mit inzwischen 36 Jahren immer noch nicht fähig war, eine normale Beziehung zu einem Mann zu führen? Toni seufzte. Nein, sie wollte jetzt nicht darüber nachdenken. »Weil du nervst«, gab sie patzig zurück.

Sie wollte an ihm vorbeigehen, aber er verstellte ihr den Weg. »Was hattest du gestern mit diesem Journalisten zu besprechen? Du weißt genau, dass Beziehungen zu Zeugen nicht gern gesehen werden.«

»Woher weißt du ...?«

»Ich habe euch gesehen. Er hat dich zu Hause abgeholt und ihr seid zum Griechen gegangen«, beantwortete er ihre unausgesprochene Frage.

»Spionierst du mir nach?«

»Ich wollte bloß mit dir reden. Der Typ will dich aushorchen, das war doch kein Zufall, dass er vor uns in der Wohnung von diesem Marvin Möglinger war. Und du triffst dich am selben Abend mit ihm. Wenn Peter das mitbekommt, bist du raus aus dem Fall.«

Toni schluckte. Basti hatte recht. Nachdem der Chef ihr diesbezüglich bereits eine klare Ansage gemacht hatte, gäbe es vermutlich richtig Ärger, wenn er von dem neuerlichen Treffen erführe. Sie hoffte nur, dass sie Gero gestern nicht unabsichtlich etwas verraten hatte, und nahm sich vor, den Kontakt zu ihm sofort abzubrechen. »Du brauchst es Peter ja nicht zu sagen.«

»Weißt du eigentlich, dass dein Gero diesen Möglinger bei sich wohnen lässt?«

»Und wenn?«

»Du weißt es also!« Sebastian sah seine Ex eindringlich an. »Und das kommt dir gar nicht komisch vor? Was, wenn die beiden sich schon länger kennen?«

»Das soll in der Branche nicht unüblich sein, dass man sich kennt. Wie im Übrigen in vielen anderen Berufen auch«, fauchte Toni.

»Und was, wenn die beiden gemeinsame Sache machen?«, ging Basti nicht auf ihren Einwand ein. »Sie sind die Einzigen, die bezeugen, dass sich Brandstetter Freitagnacht auf dem Balkon aufgehalten hat. Die angeblichen Beweisfotos sind bedauerlicherweise verschwunden und derjenige, der uns vielleicht etwas dazu hätte sagen können, ist tot. Hast du darüber mal nachgedacht?«

**

»Socke!« Drei Augenpaare sahen den Kater erwartungsvoll an.

»Man liest ja die abenteuerlichsten Dinge über euch. Was ist los?«, wollte Revierchef Mikey wissen.

»Drüben im Hotel stehen die ganze Nacht über Polizeiautos mit blinkenden Blaulichtern. Da findet eine empfindsame Katze keinen Schlaf«, beschwerte sich Suleika.

»Schön, dich zu sehen.« Mimi gab Socke ein schüchternes Nasenküsschen und ergänzte zu dessen Freude: »Mein Held!«

»Nun ja …«, bevor der so Angesprochene näher auf die Ereignisse der vergangenen Nacht eingehen konnte, öffnete sich die Tür des Nachbarhauses. Gismo schlüpfte leichtpfotig heraus. Ihm folgte Clooney mit angelegten Ohren, hängendem Kopf und Schnurrhaaren sowie ebenso abwärtsgewandtem Schwanz. Sie seufzte tief.

»In der NHP stand, ihr hättet ein Drogenlager ausgehoben«, fasste Mikey zusammen.

Clooneys Kopf schnellte in die Höhe. »Stand da auch, dass ich es war, die die Polizei dort hingeführt hat?«

»Äh, so genau kann ich das nicht sagen«, wand sich der Revierchef, dessen Lesekünste sich ja auf Überschriften und einfache Worte beschränkten.

»In den Regionalnachrichten war bloß davon die Rede, dass die Polizei eine Drogenplantage entdeckt hat«, ergänzte Gismo.

Die Grautigerin sank in sich zusammen.

»Kann mich mal jemand aufklären, was passiert ist? Meine letzte Information war, dass Clooney abhandengekommen ist«, beschwerte sich Suleika.

»Abhandengekommen? Das hätte dir so gepasst! Mir ist es zu verdanken, dass ...«

»Ich hatte lediglich um weiterführende Information gebeten«, wurde sie von der Perserin unterbrochen. »Eine Selbstbeweihräucherung ist gänzlich unangebracht. Nur weil du *zufällig* ...«

»Zufällig? Ich habe unter Einsatz meines Lebens ein Lager von gemeingefährlichen Keksen ausgehoben«, begehrte Clooney auf.

»Kekse?« Suleikas Blick war herablassend. »Ich glaube, diese Drogen haben dir das Gehirn vernebelt.«

»Haschcookies«, warf Gismo erklärend ein.

»Genau. Haschkuckis! Ganz gefährliches Zeug. Mir ist immer noch schlecht.«

Mimi und Mikey verfolgten staunend das Wortgefecht.

Socke, der bei seinen Menschen so einiges aufgeschnappt hatte, wandte sich an Clooney: »Du hast einen Kater.«

Die Angesprochene würgte und rülpste dann dezent. »Meinst du Panteras? Den habe ich leider nicht gefunden.«

»Nein, das ist ein Menschenausdruck: ›einen Kater haben‹. So nennen sie die Nachwirkungen von übermäßigem Drogenkonsum«, wusste die Perserin, doch niemand interessierte sich für die Erklärung.

»Was ist mit Panteras?«, fragte Mimi, was ihr einen abweisenden Blick von Socke einbrachte. »Na ja, er ist nach wie vor verschwunden und vielleicht in Not.« Clooney senkte die Stimme. »Socke, kannst *du* ihn nicht suchen? Du bist doch so schlau und mutig. Panteras kennt das wahre Leben ja gar nicht.«

»Du meinst, er ist ein ziemlich verwöhnter und egoistischer Kerl?«, stellte der Angesprochene klar.

»Verwöhnt ist er bestimmt. Egoistisch? Könnte sein. Wenn er keine Katzenkumpel hat und immer einen Menschen um sich, der sich um ihn kümmert. Aber das ist doch kein Grund, ihn im Stich zu lassen«, wisperte Mimi ihm zu.

»Du bist nicht in ihn verliebt?«

»Was flüstert ihr denn da?«, wollte Clooney wissen. »Geht es um meinen gefährlichen Einsatz von gestern?«

»Wie kommst du darauf?«, rief Mimi an Socke gewandt.

»Immerhin habe ich mein Leben riskiert, um das Drogenlager auszuheben«, entrüstete sich die Grautigerin, die Mimis Worte auf sich bezogen hatte. »Und dann wird mein Name nicht einmal erwähnt, das ist ungerecht!«

Socke gab seiner Angebeteten ein Nasenküsschen.

»Und was ist das?«, maulte Clooney. »Das hätte ja wohl ich verdient!«

Sofort stürzten Socke und Mimi sich auf sie und leckten ihr über den Kopf. »Nun, ist ja schon gut«, brummte Clooney.

»Kann mir endlich jemand erklären, was hier los ist?«, kam es von Suleika.

Socke ließ von seiner Nachbarin ab und streckte sich. »Ich muss los. Panteras ist seit über zwei Tagen verschwunden. Vielleicht ist er in Gefahr. Und er ist womöglich verletzt«, erinnerte er sich an ein Gespräch seiner Menschen. »Ich werde ihn suchen.« Damit stolzierte er davon.

»Warte, ich komme mit.« Clooney machte Anstalten, ihm zu folgen.

»Habt ihr denn aus den gestrigen Ereignissen gar nichts gelernt?«, warnte die Perserin. »Ihr habt doch gesehen, wie gefährlich es ist, sich in Menschensachen einzumischen.«

**

»Was wollen Sie denn noch von meinem Mandanten? Er hat Ihnen gestern bereits alles gesagt, was er wusste, und in vollem Umfang kooperiert.« Im Gegensatz zu Kammerfeld wirkte sein Rechtsbeistand frisch und ausgeruht.

»Es handelt sich um eine Vernehmung zu einem anderen Sachverhalt«, erklärte der Staatsanwalt Dr. Breithaupt, der es sich nicht hatte nehmen lassen, bei der Befragung dabei zu sein. Um auch bei Brandstetters Vernehmung anwesend sein zu können, hatte er dieses Gespräch extra um eine Stunde vorverlegt. Kammerfeld machte den Eindruck, als habe ihn der diesbezügliche Anruf direkt aus dem Bett geholt. Falls er überhaupt geschlafen hatte, denn er trug dieselbe Kleidung wie am Vorabend. Auf seinem Gesicht zeichnete sich ein Bartschatten ab, und seine Augen waren rotumrändert. Letzteres bedeutete vielleicht, dass er sich gestern den ein oder anderen seiner Cookies zur Beruhigung gegönnt hatte, ging es Peter durch den Sinn, der die Anzeichen von Cannabiskonsum aus langjähriger Diensterfahrung kannte.

Toni trat ein. »Entschuldigung, ich hatte noch einen Anruf. Guten Morgen allerseits.«

Kammerfeld setzte sich aufrechter und fuhr sich durch die zerzausten Haare. Anscheinend gefiel ihm die gutaussehende Kommissarin.

»Welcher Sachverhalt? Worum geht es?«, wollte der Anwalt wissen.

»Um den tödlichen Fenstersturz vom Freitagabend«,

begann der Hauptkommissar und bat Kammerfeld um eine genaue Schilderung des Empfangs.

»Das hat er Ihnen doch schon alles erzählt.«

»Dann erzählt er es uns halt ein weiteres Mal. Uns interessiert die Zeit ab dem frühen Abend.«

»Verdächtigen Sie meinen Mandanten etwa?«

»Haben wir dazu einen Grund?«, ließ sich Peter zu einer Gegenfrage hinreißen, was ihm einen warnenden Blick des Staatsanwalts einbrachte.

Der Anwalt wollte gerade etwas erwidern, da antwortete Kammerfeld: »Ich war allein in meinem Büro.« Seine Stimme klang heiser, als er diese Worte – seine ersten für heute – an Toni richtete und dabei versuchte, ihr tief in die Augen zu schauen.

*

Flirtete er etwa mit ihr? Die Kommissarin war irritiert. Aber vielleicht spielte ihnen ja diese Sympathie des Befragten in die Karten. Denn der leckte sich über die Lippen und fragte an Toni gewandt: »Wollen Sie noch mehr über mich wissen?«

Sehr zum Unmut seines Rechtsbeistands, der beschwörend die Hand hob. Wahrscheinlich hatte er seinem Mandanten geraten, den Mund zu halten und ihn reden zu lassen, wie das in solchen Situationen üblich war.

»Wann sind Sie dem Opfer, Kyra Petrovic, zum letzten Mal begegnet?«

»Tut mir leid. Ich habe so viele Angestellte und dauernd will jemand was von mir.« Er sah die Kommissarin eindringlich an. »Da kann ich mich wirklich nicht an jede Begegnung erinnern.«

»Ich helfe Ihrem Gedächtnis gerne auf die Sprünge«, schaltete Peter sich ein. »Ein gewisser Alexander Quint, der als Nachtportier bei Ihnen arbeitet, hat ausgesagt, dass Sie am Freitagabend kurz vor dem Empfang einen Streit mit dieser Dame hatten.«

»Alex, dieser Scheißjunkie! Kann der sein blödes Maul nicht halten?«

»Es stimmt also?«, hakte Toni nach.

»Halt, halt!«, bemühte sich der Anwalt um Schadensbegrenzung. »Was wird das? Verdächtigen Sie meinen Mandanten, etwas mit dem Tod der armen Frau zu tun zu haben? Du brauchst gar nichts zu sagen, Mike.«

»Lass gut sein. Es stimmt. Wir hatten eine Auseinandersetzung. Es ging um Kyras Outfit für den Abend. Sie hat absichtlich falsche Angaben gemacht, was ihre Kleidergröße anging.« Ungeniert wanderte sein Blick über Tonis Brust. »In den Klamotten sah sie aus wie eine Nutte. Ich habe sie deshalb zur Rede gestellt, aber es hat sich nicht mehr ändern lassen.«

Der Hauptkommissar runzelte zweifelnd die Stirn. »Sie haben sich also an dem aufreizenden Aufzug der Dame gestört?«

»Klar, und dann hat sie sich noch diesem Magier an den Hals geworfen!«

»Das war natürlich nicht in Ihrem Sinne?« Tonis Ton war sarkastisch.

»Schätzchen, du brauchst gar nicht so herablassend zu tun. Ich bin ein seriöser Geschäftsmann und hab es nicht nötig, meine Mitarbeiterinnen auf notgeile Gäste anzusetzen.«

»Ich bin nicht Ihr Schätzchen und meines Wissens hatte ich Ihnen auch nicht das Du angeboten«, zischte Toni.

»Wenn Sie sich nicht beherrschen, gibt es eine Anzeige wegen Beamtenbeleidigung«, warnte Dr. Breithaupt.

Peter nickte bestätigend.

»Mike! Du solltest wirklich besser die Klappe halten«, kam es zeitgleich von dessen Anwalt.

»Schon gut.« Kammerfeld hatte offenbar nicht vor, sich an den Rat seines Rechtsbeistands zu halten. »Ich wollte ja nur sagen, dass ich meine Mitarbeiterinnen nicht zur Prostitution anstifte.«

»Und wie sieht es mit Anstiftung zum Drogenhandel aus?«

»Hey, hey! Ich geb ja zu, dass ich ab und zu was von dem Zeug an gute Freunde weitergegeben habe, und die haben sich dafür auch mal erkenntlich gezeigt.« Er rieb Daumen und Zeigefinger seiner rechten Hand aneinander. »Ansonsten war das bloß ein Hobby. Ich hatte kein«, er malte Anführungszeichen in die Luft, »›Vertriebsnetz‹, wie so ein beschissener Drogenboss. Alex und ich wollten einfach sehen, ob das funktioniert mit dem Anbau. Das Ganze war übrigens seine Idee. Aber das hab ich euch, oh sorry, Ihnen gestern ja alles bereits erzählt.«

Besagter Alex hatte es ihnen genau umgekehrt berichtet, doch das sagte Peter nicht. Im Moment interessierte ihn etwas anderes. »Wie erklären Sie dann, dass Hanfsamen an den Schuhen des Opfers gefunden wurden? Dass die Frau Haschkekse konsumiert hat und während ihres Sturzes nachweislich unter Drogen stand?«

»Mike ...«, versuchte es der Anwalt erneut, wurde jedoch von seinem Mandanten unterbrochen: »Sie meinen, ich hab sie unter Drogen gesetzt und vom Balkon geschmissen? Neeee! Damit hab ich nichts zu tun. Ich denke, es gibt einen Zeugen, der beobachtet hat, dass dieser Brandstetter sie geschubst hat. Den sollten Sie befragen.« Unwirsch schob er die Hand seines Anwalts von seinem Arm. »Wahrscheinlich hat Kyra den flachgelegt und danach versucht, ihn zu erpressen. Genauso wie sie mich erpresst hat!« Er hieb mit der flachen Hand auf den Tisch. »Das geb ich doch zu. Sie hat unsere kleine Plantage im Keller entdeckt und mir gedroht, mich auffliegen zu lassen, wenn ich sie nicht am Tisch von diesem Zauberkünstler bedienen lasse. Ich wollte sie nämlich erst heimschicken, so wie die ihre Tit… äh, ich meine, so wie sie aussah. Das wäre selbst 'ner Professionellen zu freizügig gewesen.«

»Und wie ist sie an die Kekse gekommen? War das ›Schweigegeld‹?«, wollte Toni wissen.

»Von mir hatte sie die jedenfalls nicht.« Kammerfeld versuchte es mit einem treuherzigen Blick. »Ehrlich!« Er beugte sich weit zu der Kommissarin hinüber, die zurückwich.

Sein Anwalt hatte sich inzwischen nach hinten gelehnt und verfolgte das Gespräch mit verschränkten Armen und steinerner Miene. Die von Kammerfeld hellte sich indes plötzlich auf. »Wahrscheinlich hat sie die von Brandstetter bekommen.« Er räusperte sich. »Dem seine Frau hat ähm, na sie hat ein paar davon bei mir bestellt.« Als er die interessierten Gesichter der Ermittler und des Staatsanwalts bemerkte, versuchte er, sich zu rechtfertigen. »Echt, ich weiß wirklich nicht, von wem sie den Tipp hatte, dass wir so Zeug haben, aber sie hat mich im Vorfeld kontaktiert und eine Bestellung aufgegeben. Das war quasi Bedingung. Sonst wäre die ganze Zauberersippe woanders untergekrochen. Das konnte ich mir nicht leisten, wir waren fast pleite, also hab ich geliefert.«

**

»Mir wird schlecht!« Melchior schüttelte angewidert seine rechte Vorderpfote. »Das stinkt bestialisch.«

Balthasar scharrte hektisch seine Hinterlassenschaft ein und stakste anschließend hocherhobenen Hauptes aus dem riesigen Katzenklo, das ihnen der Futtersklave in eine Ecke gestellt hatte. »Sei froh, dass ich es bis zum Klo geschafft habe. Ich habe schlimmen Durchfall. Hoffentlich war es das jetzt endlich, sonst …«

»Keine Details, das ist ekelhaft«, fiel Melchior ihm ins Wort.

Müde öffnete Kaspar ein Auge. »Vielleicht solltest du nicht so viel fressen, dann kommt auch nicht so viel raus.«

»Ich muss doch bei Kräften bleiben. Und du hast selbst gesagt, dass du keinen Hunger hast, soll das Essen denn schlecht werden? Es hat übrigens ausgezeichnet geschmeckt. Viel besser als der Fraß, den der Sklave uns in den letzten Tagen serviert hat.«

»Es war aber nicht für dich bestimmt. Er hat es vor Kaspar hingestellt«, erinnerte Melchior ihn. »Wahrscheinlich Kraftfutter, damit er zu Kräften kommt.«

Kaspar sprang wie von der Tarantel gestochen auf. »Oder es war vergiftet!«, rief er. »Wenn sogar Balthasar davon schlecht wird. Der Böse wollte doch, dass der Sklave uns umbringt.«

»Oh nein! Ich wurde vergiftet«, reagierte Balthasar augenblicklich. »Ich bin dem Tod geweiht. Wahrscheinlich lösen sich gerade meine inneren Organe auf. Oh großer Kater, was soll ich tun?«

»Ach du Schreck! Dann ist es wohl nur noch eine Frage der Zeit, bis wir alle …«, Melchiors Stimme erstarb.

»Kotz es aus! Na los, schnell.« Noch etwas unsicher auf den Pfoten stakste Kaspar zu seinem Katerkumpel, der sich auf die Seite gelegt hatte und flach atmete. »Mach schon!«

Balthasar rappelte sich hoch und würgte.

»Mir ist schlecht!«, jammerte Melchior, während die Reste von Balthasars Mahlzeit auf den Bodenfließen landeten.

»Ich sterbe«, quetschte Balthasar zwischen zwei Würgevorgängen hervor.

Kaspar schnupperte am Erbrochenen. »Riecht unauffällig«, befand er.

»Spinnst du? Das stinkt wie Aas!« Ein weiterer Schwall der bräunlichen Masse ergoss sich vor Balthasars Pfoten.

»Wie ausgekotztes Futter«, korrigierte Kaspar. »Obwohl, da ist noch was anderes.«

»Dass du deine Nase da reinstecken kannst.« Melchior schwankte zwischen Ekel und Bewunderung.

»Ich wusste es.« Balthasar sank wieder zur Seite. »Ich bin dem Tod geweiht. Ich möchte bitte eine Seebestattung.«

»Eine Seebestattung? Wie kommst du denn darauf?«, wollte Melchior wissen.

»Meinst du, ich lege mich in eine Kiste wie bei dieser Zaubernummer, bei der sie hinterher die Kiste auch noch zersägen?«, regte sich Balthasar auf. »Und danach verscharren sie mich wie einen *Hunde*knochen?«

»Deshalb musst du doch trotzdem nicht gleich ins Wasser gehen. Wir sind Katzen, die meiden Wasser. Also meistens.«

»Kater, hört auf! So schnell stirbt man nicht. Da ist kein Blut drin«, konstatierte Kaspar, der inzwischen das Erbrochene genau untersucht hatte. »Aber beim nächsten Mal kommen wir wahrscheinlich nicht so glimpflich davon. Wir müssen schleunigst von hier verschwinden.«

»Und wie sollen wir das schaffen?«, zweifelte Melchior.

»Abhauen? Das klappt nie!«, jammerte Balthasar.

Kaspar starrte vor sich hin und dachte angestrengt nach. Dabei begann er, den Verband an seiner Pfote zu lösen. Die anderen beiden Kater beobachteten ihn zweifelnd. Es dauerte ein paar Minuten, bis er den ganzen Mull abgewickelt hatte. Er schob das weiße Zeug unters Sofa und verkündete: »Okay, er ist zwar nicht besonders gut, doch ich habe immerhin einen Plan.«

**

»Herr Brandstetter und seine Anwältin wären jetzt da«, meldete die Beamtin vom Empfang.

Lisa und Basti erhoben sich und folgten der jungen Frau in den Vernehmungsraum, wo der Magier bereits mit einer etwa 45-jährigen Frau wartete.

»Tina?«, hörte Lisa die Stimme des Staatsanwalts hinter sich. »Tina Gerold, lange nicht gesehen. Hallo!«, grüßte er. »Wir kennen uns von der Uni«, erklärte er den restlichen Anwesenden.

»Christina Gerold-Friedrichs«, korrigierte die Frau. »Hallo, Joachim. Ich bin Herr Brandstetters Rechtsanwältin.«

Dr. Breithaupt zuckte mit den Schultern, die Wiedersehensfreude wich angesichts der knappen Erwiderung der Frau aus seinem Gesicht. Er stellte die Ermittler vor und bat alle, Platz zu nehmen.

Nachdem die üblichen Formalitäten geklärt waren, begann Lisa mit der Befragung. »Herr Brandstetter, wir würden gerne hören, wo Sie Freitagnacht zwischen 22 und 24 Uhr gewesen sind.«

»Das hat Ihnen mein Mandant doch bereits gesagt«, schaltete sich Frau Gerold-Friedrichs ein.

Lisa blätterte in ihren Unterlagen. »Herr Brandstetter behauptet, in seinem Zimmer gewesen zu sein.«

»Was seine Frau bestätigt hat«, fuhr die Anwältin dazwischen.

»Allerdings«, Lisa erhob die Stimme, »hat Saskia Werblow ihre Aussage diesbezüglich korrigiert. Demnach waren sie und ihr Mann nicht, wie ursprünglich behauptet, den ganzen Abend zusammen, sondern Herr Brandstetter hat die gemeinsame Suite noch einmal verlassen.«

»Was …?« Frau Gerold-Friedrichs blickte ihren Mandanten fragend an.

Der schüttelte verständnislos den Kopf. »Das … das stimmt nicht«, brachte er schließlich hervor. »Sie lügt.«

»Wie erklären Sie sich dann, dass wir Ihre Fingerabdrücke an einem Sektglas sichergestellt haben, das sich in dem Zimmer befand, von dessen Balkon das Opfer gestürzt ist?«

»Keine Ahnung! Ich habe in *unserer* Suite an dem Abend ein Glas Champagner getrunken, und anschließend hab ich mich hingelegt und bin eingeschlafen. Wie ich es bereits zu Protokoll gegeben habe«, flüsterte er seiner Anwältin zu. »Keine Ahnung, was in Saskia gefahren ist, dass sie so etwas behauptet.«

Seine Verblüffung wirkte echt. Aber, so dachte Lisa, als Magier hat er Erfahrung damit, die Leute zu täuschen. »Immerhin gibt es einen Zeugen, der Sie zum Zeitpunkt des Unglücks auf dem Balkon gesehen haben will.«

»Das ist eine Verschwörung!«, reagierte der Magier aufgebracht. »Der Zeuge lügt. Wahrscheinlich ist er gekauft. Und an ein Glas mit meinen Fingerabdrücken kommt man ran, wenn man es darauf anlegt.«

Seine Anwältin machte ein unglückliches Gesicht. »Beruhigen Sie sich.« Unbeholfen tätschelte sie seinen Arm, bevor sie sich an die Ermittler wandte. »Gibt es außer diesem Zeugen und einem Glas von zweifelhafter Herkunft weitere Beweise für die Anwesenheit meines Mandanten in diesem Raum? Was ist mit den Bildern, die das belegen sollen und von denen in der Presse die Rede war?«

Lisa beobachtete, dass Brandstetter bei ihrer letzten Frage interessanterweise blass wurde. Bisher hatte niemand die Abbildungen gesehen, die tatsächlich heute in der Zeitung Tag Aktuell erwähnt wurden. Allerdings sprach man da von einer »bisher zwar noch unbestätigten Existenz der Fotos aus durchaus glaubwürdiger Quelle«. Letztere musste der Zeuge Marvin Möglinger sein, der zugegeben hatte, die Speicherkarte mit den Bildern dem Blatt angeboten zu haben, bevor ihm sein Kumpel das Material entwendet hatte. Der angebliche Dieb war jetzt tot, und die Karte befand sich möglicherweise im Magen eines Katers, der sich wiederum bei Brandstetters Assistenten aufhielt. Hatten jener Assistent und der Tote gemeinsame Sache gemacht?

Der Staatsanwalt legte ein Foto von Florian Küppersbuschs Leiche vor Brandstetter und dessen Anwältin. »Kennen Sie diesen Mann?« Auch wenn nur das Gesicht darauf zu sehen war, so war es doch kein schöner Anblick. Dr. Breithaupt setzte, wie es schien, auf Konfrontation. Und vielleicht wollte er seine ehemalige Kommilitonin ja dafür bestrafen, dass die ihn so kühl begrüßt hatte.

Wenn Konfrontation seine Absicht war, dann ging sein Plan auf. Die Dame erbleichte beim Anblick des Toten und sah nun deutlich verunsichert ihren Mandanten an. Der presste die Lippen aufeinander und schüttelte langsam den Kopf. »Wer ist das?«, fragte Frau Gerold-Friedrichs leise.

»Jemand, dem die Fotos vom Freitagabend zum Verhängnis wurden.«

»Ich kenne den Mann nicht«, antwortete Brandstetter endlich mit fester Stimme.

Diesmal, so beobachtete Lisa, zeigte seine Körpersprache deutlich weniger Entschlossenheit als seine Worte. »Wo waren Sie Samstagnacht zwischen 18 und 24 Uhr?«, fragte sie.

»Bei meiner Geliebten.« Die Antwort kam, wie aus der Pistole geschossen, für den Geschmack der Kommissarin ein wenig zu prompt. »Eliza Stark, offiziell ist sie meine Assistentin. Sie haben sie ja schon kennengelernt. Wir waren in ihrem Hotelzimmer und die ganze Nacht zusammen.«

**

Bereits kurze Zeit nach dem Aufbruch der Katzen in Richtung der Kleingartenkolonie Mittelfeld setzte Clooney sich neben eine Buchsbaumhecke und verkündete: »Ich hab Hunger.«

»Du hast doch gerade erst etwas gefressen«, erinnerte Socke sie. »Wir haben noch nicht mal die Hälfte des Weges geschafft, da vorne beginnt erst der Steubenweg.« Ungeduldig trippelte er von einer Pfote auf die andere.

Eigentlich hatte er sich allein auf den Weg machen wollen, aber die Grautigerin hatte ihn so lange genervt, bis er schließlich nachgegeben hatte. Bevor sie losgingen, hatte sie allerdings auf einen Imbiss bestanden.

»Das sind die Nachwirkungen des Cannabiskonsums«, hatte Suleika erklärt. »Nervenzellen, die normalerweise das

Hungergefühl drosseln, werden durch die Droge sozusagen umgepolt. Es ist besser, ihr wartet mit eurem Vorhaben, bis dieses Phänomen nachlässt.«

»Ach was. Ich brauche bloß eine Kleinigkeit zu fressen und dann ist alles gut«, reagierte Clooney unwirsch.

»Bist du sicher, dass du vorher nie Drogen genommen hast, Mum?«, wollte Gismo wissen. Wahrscheinlich fiel ihm gerade auf, dass seine Mutter eigentlich immer großen Appetit hatte. Er erhielt keine Antwort.

»Ich kann auch alleine gehen«, bot Socke an.

»Papperlapapp!« Clooney hatte ihre Menschin bereits durch Kratzen an der Haustür und lautes Maunzen auf sich aufmerksam gemacht und verschwand nun im Innern des Hauses. »Wenn du nicht wartest, komme ich halt nach«, rief sie dabei über die Schulter zurück.

»Besser, du nimmst sie mit und hast ein Auge auf sie«, sprach Gismo das aus, was Socke dachte. Und so war es gekommen, dass sich Socke mit der Grautigerin auf den Weg gemacht hatte.

»Du hast es doch gehört: Das ist eine Nebenwirkung. Ich kann also gar nichts dafür«, erklärte Clooney.

»Und was sollen wir jetzt tun? Umkehren?«

»Nein, in dem Haus da vorne wohnt Fiete. Vielleicht bekommen wir da einen kleinen Imbiss.« Mit diesen Worten wetzte sie bereits um besagtes Haus herum und postierte sich vor der rückwärtigen Terrassentür. Schnell gelang es ihr, den Cocker-Malteser-Mischling im Innern auf sich aufmerksam zu machen.

Socke war fasziniert, wie zielstrebig seine Nachbarin vorgehen konnte, wenn es um Futter ging. Ihre Pantomime war imponierend. In dem Kater keimte der Verdacht auf, dass sie diese Show nicht zum ersten Mal abzog. Der gutmütige Fiete reagierte sofort und alarmierte sein Frauchen, das beeindruckend schnell die Zeichen der Tiere verstand. »Da habt ihr ein paar Katzenwürstchen.«

Mit der Pfote zog Clooney Sockes Anteil zu sich heran, während sie ihre Portion verspeiste. »Du wolltest ja nix.«

»Was macht ihr hier?«, erkundigte sich Fiete währenddessen neugierig. »Benötigt ihr wieder meine Hilfe?«

»Ach, eigentlich nicht …«, begann Socke, aber Clooney fiel ihm ins Wort. »Eine gute Schnüffelnase könnten wir schon gebrauchen.«

Der Hund sah sich um. Sein Frauchen hatte die Terrassentür wegen der Kälte bis auf einen kleinen Spalt geschlossen und war im Nebenzimmer verschwunden. »Dann los.« Nur mit großer Mühe gelang es ihm, ein übermütiges Kläffen zu unterdrücken, als er durch die Hecke in den Nachbargarten schlüpfte.

Clooney hatte ihre Mahlzeit beendet und lief ihm hinterher. »Was ist? Willst du nicht mehr mit?«, rief sie Socke zu.

Der Kater folgte den beiden nachdenklich. Ein übereifriger Hund und eine Katze auf Drogenentzug – sie waren wahrlich ein Dreamteam!

**

»Bitte schön, selbstgebacken.« Fritz stellte einen Teller mit Weihnachtsplätzchen auf den Tisch. »Mit besten Grüßen von meiner Frau.« Er ließ sich ein Vanillekipferl schmecken.

»Hoffentlich ohne berauschende Zutaten?«, sagte Peter grinsend und nahm einen Lebkuchen. »Apropos«, wandte er sich an Lisa, »was hat Brandstetter denn zu den Vor-

würfen des Hotelmanagers bezüglich der Haschkeksbe-
stellung gesagt?«

»Angeblich weiß er nichts davon. Er meint, die Organisation mit dem Hotelmanagement sei Sache seiner Frau
gewesen.«

»Ha! Dass ich nicht lache.« Toni schnaubte. »Der ist bloß
sauer, weil sie sein Alibi für Freitagnacht widerrufen hat.«

»Oder *sie* ist sauer, weil er sie betrügt«, gab ihr Ex-
Freund zu bedenken.

»Wir sollten trotzdem deswegen mit ihr sprechen«, kam
es von Lisa. »Irgendeiner aus dem Umfeld von Brandstetter muss diese Spezialkekse bestellt haben. Kammerfeld
verteilt bestimmt nicht Rauschmittel, wenn für ihn nichts
dabei rausspringt.«

»Stimmt. Und wenn ihr ins Hotel fahrt, könnt ihr auch
gleich mit Brandstetters Geliebten sprechen und sein Alibi
für Samstagnacht überprüfen«, ordnete der Hauptkommissar an. »Aber noch mal zu Freitag: Was den ersten Mord
angeht, sind wir nicht klüger als zuvor. Brandstetters Fingerabdrücke auf dem Sektglas sprechen zwar dafür, dass
er am Tatort anwesend war, außer am Glas wurden im
restlichen Zimmer jedoch keine weiteren Spuren von ihm
gefunden, korrekt?« Er warf Ulrich Zeitler einen fragenden Blick zu.

Der SpuSi-Mann nickte. »Nicht mal an der Flasche.«

»Also war der ganze Tanz mit der Verfügung umsonst?«,
seufzte Fritz.

»Fast. Leider. Marvin Möglinger hat zwar immerhin
bestätigt, Brandstetter auf dem Balkon gesehen und fotografiert zu haben«, kam es wieder von Lisa. »Allerdings
ist das ohne die dazugehörigen Fotos nicht allzu viel wert.
Das hat Brandstetters Anwältin uns klargemacht.«

»Es wird auch nicht besser dadurch, dass ihn an dem Abend gleich mehrere Leute an unterschiedlichen Orten erkannt haben wollen.« Peter dachte an seine Nachbarin, die ihn in der Nähe des Hotels gesehen hatte, und an die Seniorin, die ihn angeblich am Stadtfriedhof Seelhorst beobachtet hatte. Er selbst hatte fast zeitgleich im Hotel mit ihm gesprochen. »Das ist bei Promis wohl manchmal so.«

»Na prima. Wenn es stimmt, dass sich die Speicherkarte mit den Fotos im Magen des verletzten schwarzen Katers befindet, können wir die Bilder vergessen. Der Magensäure hält die Karte nicht lange stand.« Uli Zeitler klang frustriert. »Es sei denn, das Abführmittel deiner Frau hat direkt zum Erfolg geführt, und die Karte war vorher noch nicht lange im Magen des Tiers.«

Peter schüttelte resigniert den Kopf. »Ein paar Stunden ist sie bestimmt drin gewesen. Aber ich hab verstanden, es wäre gut, wenn wir den Kater schnell finden würden.«

»Oder wenigstens seine Hinterlassenschaften.« Zeitler betrachtete unentschlossen den Keksteller, bevor er sich eine Kokosmakrone nahm. »Damit sind wir ja schon mittendrin im zweiten Todesfall des Wochenendes. Leider gibt es dazu nichts Neues. Die Mordwaffe war ein spitzer und ziemlich scharfer Gegenstand, vermutlich ein Messer, wir haben sie bisher nicht gefunden. Die Tat wurde ambitioniert, aber laienhaft ausgeführt, wenn man das so sagen kann. Soll heißen, jede Menge Stichverletzungen, zunächst nicht todesursächlich. Das Opfer ging zu Boden, hat versucht, sich zu wehren, wurde getreten und letztendlich mit einem Schnitt durch die Kehle getötet. Es war eine ziemliche Sauerei, und es dauert noch eine Weile, bis wir alle Spuren gesichert haben.«

»So blutig, wie es zugegangen ist, müsste der Täter oder die Täterin doch auch was abbekommen haben, oder?«, interessierte sich Toni.

»Da mit den ersten Stichen keine Arterien getroffen wurden, kann das, wenn überhaupt, nicht so viel gewesen sein. Die ›Sauerei‹«, er malte mit den Fingern Anführungszeichen in die Luft, »ist hauptsächlich dadurch entstanden, dass das Opfer am Boden versucht hat, wegzurobben, und als das nicht geklappt hat, den Angreifer zu Fall zu bringen. Wenn der, wie es den Spuren nach aussieht, Stiefel getragen hat, haben höchstwahrscheinlich nur die etwas abbekommen. Und, nein, wir können bislang nichts zu deren Marke sagen.«

»Größe?«

»Ach ja, zwischen 41 und 43. 42 ist mit knapp 20 Prozent die gängigste Herrengröße.«

»Also ein Mann?«, ließ Toni nicht locker.

»Oder eine Frau mit großen Füßen. Habt ein bisschen Geduld, Kollegen. Meine Leute haben die Nacht durchgearbeitet.« Er unterdrückte ein Gähnen und konnte sich nicht verkneifen hinzuzufügen: »Und im Gegensatz zu manchen Promis können wir nicht zaubern.«

**

Wütend stürmte Hans Brandstetter in die gemeinsame Suite. »Warum hast du die Polizei angelogen?«, brüllte er.

Seine Frau sah von ihrem Tablet auf. »Ach, der gnädige Herr spricht wieder mit mir? Vielleicht war es das, was ich erreichen wollte.« Sie grinste maliziös. »Wobei: Wie kommst du darauf, dass ich gelogen habe?«

»Du hast behauptet, ich hätte Freitagnacht unser Hotelzimmer verlassen.«

»Hast du nicht?« Saskia Werblow zuckte mit den Schultern und widmete sich dem Text auf dem Display vor sich.

»Nein, und das weißt du ganz genau.« Er baute sich vor ihr auf. »Schau mich an, wenn ich mit dir spreche.«

Sie atmete tief durch und legte langsam das Tablet zur Seite. »Sprechen? Du meinst wohl rumbrüllen? Man könnte glauben, du hättest etwas zu verbergen. Du weißt doch, wer schreit, hat unrecht.«

»Ha!« Er ließ sich ihr gegenüber in einen Sessel sinken. »Mit Unrecht scheinst du dich ja auszukennen. Die Polizei hat mich nach Drogen gefragt, die du angeblich bei diesem dealenden Hotelmanager bestellt hast.«

Saskia Werblow runzelte die Stirn. »Ich?«

»Sassi«, nannte er sie beim Kosenamen ihrer Anfangszeit, »ist da was dran? Die Frau, die am Freitag gestorben ist, stand unter Drogen. Wenn du irgendwas damit zu tun hast, muss ich das wissen.«

»Warum? Weil du dann bei der Scheidung weniger abdrücken musst?«

»Wer redete denn von Scheidung?«

»Ich! Und ich habe nicht damit angefangen. Hältst du mich für blöd? Ich weiß genau, dass du was mit Eliza hast. Warum sonst sollte sie hier dabei sein?« Sie beugte sich zu ihm vor. »Und warum hast du Jakob einen sogenannten Bonus von 10.000 Euro überwiesen? Damit er Panteras umbringt?«

»Woher weißt du …?«

»Ich weiß noch viel mehr. Ich habe gehört, wie du mit ihm gesprochen hast. Panteras soll sterben. Und danach wirst du, untröstlich über den Tod deines tierischen Gefährten, deine Karriere beenden und dich wahrscheinlich mit dieser Eliza aus dem Staub machen.«

»Nein, ich …«

»Lüg mich nicht an!«, fuhr sie ihm ein weiteres Mal über den Mund. »Seit Monaten planst du keine neue Zaubershow mehr. Und«, sie hob die Hand, als er etwas erwidern wollte, »behaupte bloß nicht, das läge an Corona. Als es damit losging, hast du auch noch neue Nummern einstudiert. Und jetzt?«

»Ich möchte mich auf das Musical konzentrieren.«

»Verkauf mich nicht für dumm. Apropos verkaufen. Du hast die Villa auf Marbella verkauft, und das Geld dafür ist nirgendwo aufgetaucht. Hast du es dir bar auszahlen lassen, damit bei der Scheidung nicht so viel Kohle da ist, die du mit mir teilen musst?«

»Aber nein, das sollte eine Überraschung sein.« Auf Brandstetters Stirn bildeten sich Schweißperlen.

»Die Überraschung ist dir gelungen.« Seine Frau lachte unfroh auf. »Und wie erklärst du mir die Korrespondenz mit deiner Anwältin? Ich habe eine Rechnung für Beratungsleistungen von ihr gesehen. Es ist natürlich reiner Zufall, dass sie eine angesehene Scheidungsanwältin ist.«

»Sassi, hör mal …«, setzte er an, bevor er innehielt und tief durchatmete. »Also gut«, sagte er dann in verändertem Tonfall. »Was willst du?«

**

Marvin Möglinger stand mit einer Tasse Kaffee am Fenster und sah hinab auf den Moltkeplatz in Hannovers Stadtteil List. Nicht nur die Lage der aufwendig renovierten Vier-Zimmer-Altbauwohnung war seiner Ansicht nach exklusiv, auch die Ausstattung ließ keine Wünsche offen. Er fragte sich, wie Gero von Haberberg sich dieses Objekt leisten konnte. Klar, er war ein erfolgreicher Journalist, aber das hier war selbst für einen Starreporter eine außergewöhnliche Bleibe. Vielleicht hatte er ja geerbt? Wenn Marvin ihn richtig verstanden hatte, war dieses Luxusappartement nämlich Geros Eigentum. Er nahm sich vor, gelegentlich mal den Hintergrund des Kollegen zu durchleuchten. Heute allerdings wollte er sich mit Hans Brandstetter beschäftigen. Die Beliebtheit des Magiers, der normalerweise in den Medien sehr gut wegkam, nahm gerade rapide ab. Waren noch in den letzten Wochen sein Besuch in seiner Geburtsstadt Hannover und das geplante Musical gefeiert worden, sah man ihn seit den Ereignissen von Freitag zunehmend kritisch. Marvin ärgerte sich immer noch, dass ihm Florian die Speicherkarte mit den belastenden Fotos geklaut hatte, die Dinger wären der Knüller gewesen und hätten das Image dieses Saubermanns, das nun langsam bröckelte, mit einem Schlag zerstört.

»Mistkerl!«, fluchte er in Gedanken an seinen Kumpel und schluckte den Kloß in seinem Hals hinunter. Warum war Florian nur so geldgierig gewesen? Jetzt war sein Kumpel tot und seine Fotos waren weg. Marvin war überzeugt, dass Brandstetter hinter all dem steckte. Die Polizei schien ihn ebenfalls zu verdächtigen, das hatte Gero irgendwie herausgefunden. Ebenso hatte er in Erfahrung gebracht, dass Florians Handy verschwunden und seit der Mordnacht ausgeschaltet war. Kein Wunder, denn es war anzunehmen, dass Florian weniger vorsichtig gewesen war als Marvin und einen Teil der Bilder darauf gespeichert hatte. Blieb zu hoffen, dass sie irgendwie wieder auftauchten.

Gero hatte sich jedenfalls auf die Jagd danach gemacht. »Du hältst dich bedeckt und bleibst in der Wohnung«, hatte er am Vormittag zu Marvin gesagt, bevor er gegangen war.

»Grab einstweilen in Brandstetters Vergangenheit. Ich bin mir sicher, da findet sich mehr als bloß ein paar Frauengeschichten.« Er klopfte ihm auf die Schulter. »Wenn er wegen Mord einfährt, bringen wir gleich die ganzen Hintergründe.«

»Wir«, hatte er gesagt. Marvin fühlte sich geschmeichelt. Wenn er es schlau anstellte, konnte er es mithilfe seines momentanen Gastgebers vielleicht doch schaffen und endlich den Fluch des Kettenbriefs brechen.

Er setzte sich an den Schreibtisch, wo neben dem Laptop Brandstetters Biografie lag. Er hatte am Morgen bereits einen Blick hineingeworfen. Das meiste darin war selbstgerechtes Geseier. Trotzdem hatte Gero ihn gebeten oder eher von ihm gefordert, alles genau durchzulesen und sämtliche Angaben in anderen Quellen gegenzuchecken. »Grab alles aus, was der Gute möglicherweise verbrochen hat«, waren seine Worte gewesen.

Marvin seufzte und schlug das Buch erneut auf. Geboren am 8.8.1966 in Garbsen, stand da und, dass am 8. August alljährlich der Internationale Katzentag gefeiert wurde. Eine kuriose, aber gänzlich überflüssige Information, wie Marvin fand, der jedoch in der Biografie über eine Seite Text gewidmet war. Schließlich sei das ja bereits ein Zeichen dafür, welche Rolle diese wunderbaren Tiere im Leben des Magiers spielen sollten.

Blödsinn, dachte Marvin, denn dieser kuriose Feiertag war 1966 sicherlich noch nicht begangen worden. Er gab das Datum zusammen mit Brandstetters Geburtsort Garbsen im Internet ein. Die Ergebnisliste war erwartungsgemäß gering, bis auf die Tatsache, dass Hans Brandstetter an diesem Tag das Licht der Welt erblickt hatte, fand sich nichts von Substanz. Auch die umfassende Bibliothek seines Gastgebers ergab nichts Wesentliches.

Er hangelte sich also weiter durch den Lebenslauf des Magiers. Wenn es eine gäbe, dann würde er sie finden, die Leiche im Keller.

**

Er hatte keine andere Wahl, er musste Eliza Stark töten. Und er musste sie jetzt töten, das hatte *sie* ihm unmissverständlich klargemacht.

Wenn er es geschickt anstellte, würde es wie ein Suizid aussehen. Und er hatte vor, es geschickt anzustellen. Alles war vorbereitet. Eine Abschiedsbotschaft war formuliert, die er gleich per WhatsApp von ihrem Handy aus verschicken würde, ein Getränk mit einer Überdosis von K.-o.-Tropfen präpariert. Die Tropfen waren optimal, denn die konnte man problemlos im Netz bekommen, ohne Spuren zu hinterlassen. So war er vor einiger Zeit daran gekommen, und so würde sich niemand später wundern, wenn man keine Hinweise darauf auf Elizas Rechner oder Mobiltelefon finden würde. Mit verschreibungspflichtigen Schlaftabletten wäre das anders.

Er vergewisserte sich, dass sich niemand im Treppenhaus aufhielt, bevor er im Hotel in den dritten Stock hochstieg. Zügig schritt er dort den Flur zu ihrem Zimmer entlang. Da die gesamte Etage für das Brandstetter-Team reserviert war, begegnete ihm auch hier keine Menschenseele. Dass Eliza Stark sich in ihrem Zimmer aufhielt und dass sie dort allein war, hatte er natürlich überprüft.

Er atmete tief durch und betrat das Zimmer von Eliza Stark.

**

»Da vorne kannst du anhalten und mich rauslassen. Den Rest gehe ich zu Fuß.«

Basti kam dem Wunsch des Hauptkommissars nach. Er und Lisa befanden sich auf dem Weg zum Hotel an der Messe, um dort Brandstetters Alibis für die beiden Tatnächte erneut zu überprüfen, und Peter hatte sich ihnen angeschlossen, um sich vom Fortgang der Ermittlungen am zweiten Tatort ein Bild zu machen. Basti ließ ihn an der Abzweigung zur Straße in Richtung der Gartenkolonie aussteigen und bog dann nach rechts ab.

»Sag mal«, begann Lisa, als sie die Spittastraße entlangfuhren, »ist alles in Ordnung mit dir und Toni?«

»Alles okay«, antwortete Sebastian knapp.

»Ich habe halt zufällig mitbekommen, wie du mit Toni nach unserem Meeting gesprochen hast, und es wirkte eher angespannt …«

»Sie trifft sich wieder mit diesem eingebildeten Fatzke«, platzte es aus ihm heraus. »Gestern habe ich sie beobachtet.«

»Du hast was? Hast du in deiner Freizeit nichts Besseres zu tun, als deiner Ex nachzuspionieren?«

»Ich wollte mit ihr reden«, verteidigte sich Basti. »Sie kann sich doch nicht einfach mit einem Verdächtigen treffen. Noch dazu mit einem von der Zeitung.«

»Er ist kein Verdächtiger«, korrigierte Lisa ihn. »Aber ja, du hast recht. Während der Ermittlungen sollten Zeugen tabu sei.«

»Eben und deshalb …«

»Hör mal. Wenn einer deshalb mit Toni spricht, dann ist es Peter und der hat das, soweit ich weiß, bereits getan.«

»Hat offensichtlich nichts genützt.« Basti setzte den Blinker und bog in den Karl-Schurz-Weg ein.

Lisa gab ihm insgeheim recht. »Halt du dich da raus«, forderte sie trotzdem von ihrem Kollegen. »Sonst kriegen wir am Ende alle Ärger.«

Kurz darauf hielten sie in der Einfahrt vor der Tiefgarage des Hotels. Lisa stieg aus und ließ ihren Blick über die Häuser auf der anderen Straßenseite schweifen. Neben dem Wohnhaus von Chris, Peter und Socke erkannte sie eine graue Perserkatze, die auf der Mauer sitzend zu ihnen herübersah. Lisa lächelte. »Suleika, wenn du reden könntest, was würdest du uns wohl erzählen?«

»Mit wem sprichst du?«, wollte Basti wissen.

»Ach, das war bloß ein Selbstgespräch.«

Die beiden Kommissare betraten das Hotel, wo sie am Empfang nach Eliza Stark fragten.

Die Empfangsdame griff zum Hörer. »Sie scheint nicht da zu sein«, meinte sie kurz darauf mit einem bedauernden Achselzucken.

Sebastian runzelte die Stirn. »Komisch. Ich hatte uns vor etwa einer Stunde angekündigt. Sie müsste uns eigentlich erwarten.«

»Vielleicht ist sie gerade im Bad.« Die Hotelmitarbeiterin unternahm einen weiteren Versuch, sie zu erreichen. Vergeblich.

»Eigenartig, als ich mit ihr telefoniert habe, konnte es ihr gar nicht schnell genug gehen. Sie wollte unbedingt eine Aussage machen. Sie hat mich sogar gebeten, mich zu beeilen.« Basti zückte sein Mobiltelefon. »Mailbox.« Ratlos sahen sich die Kommissare an.

*

Zur gleichen Zeit folgte Peter der Straße Vor der Seelhorst, bis er auf der Höhe des Tatorts angelangt war.

»Wie läuft's? Irgendwas Neues?«, erkundigte er sich bei einer Mitarbeiterin aus Uli Zeitlers Team, die gerade eine Plastikbox mit Asservaten in den Kofferraum des bereitstehenden Wagens wuchtete.

»Bitte schön.« Sie entnahm einem neben der Box befindlichen Karton ein Paket und hielt es ihm entgegen. »Der letzte Satz Ausrüstung, falls du dich umschauen möchtest. Wir sind so gut wie fertig.«

Peter winkte ab. »Danke, ich bin eigentlich auf der Suche nach einem Kater. Der muss sich gestern in der Gegend aufgehalten haben.«

»Hä?«, ein Kollege trat näher und lachte. »Die meisten versuchen montags, ihren Kater loszuwerden, und der Herr Hauptkommissar ist auf der Suche danach.« Er verstaute ein Stativ nebst Fotokoffer im Dienstfahrzeug. »Soweit ich mitbekommen habe, wurden tatsächlich schwarze Katzenhaare bei der Leiche gefunden. Es sind aber außerdem noch Hinterlassenschaften von Mäusen und Kaninchen in der näheren Umgebung sichergestellt worden. Hat dir Uli das nicht erzählt?«

»Doch, ich hatte gehofft, ihr habt das zugehörige Tier gesichtet. Gestern am Vormittag?«

»Ist dir Socke mal wieder abhandengekommen?«

»Diesmal geht es um einen anderen Kater. Etwa so einer.« Der Hauptkommissar zeigte dem Tatortfotografen ein Bild von Panteras, das er im Netz gefunden hatte.

Eine dritte Kollegin sah ihm über die Schulter. »Ist das Panteras?«, fragte sie.

Peter wollte gerade antworten, als aus dem nahen Dickicht ein Aufschrei zu hören war. »Hey, was soll das Vieh hier?«

Es raschelte, und ein schwarzer Kater flitzte aus dem Gebüsch und auf die kleine Gruppe zu.

»Das ist er!«, rief Peter. »Haltet ihn fest. Er hat wichtige Beweismittel verschluckt.«

Ohne sich über diesen eigenartigen Ausruf zu wundern, stoben die Beamten auseinander und versuchten, den Kater zu ergreifen. Der schlug einen Haken und steuerte das Waldstück an.

»Schneid ihm den Weg ab«, rief der Fotograf, der das Verfolgertrüppchen anführte, einem Kollegen am Wegrand zu. Der warf sich direkt auf das Tier, doch es entschlüpfte ihm und verschwand zwischen den Sträuchern.

»Och, Leute!«, erschallte die Stimme eines SpuSi-Mitarbeiters aus dem Dickicht. »Könnt ihr mit euren Spielchen nicht noch ein paar Minuten warten, bis wir ganz fertig sind?«

Peter blieb am Straßenrand stehen, während die restlichen Anwesenden bereits durch den Wald stolperten. Unentschlossen schaute er auf das Paket mit der Schutzkleidung, das die Kollegin achtlos hatte fallen lassen.

»Ha, da ist er«, hörte er jemanden rufen. »Los, Zugriff!«

»Autsch! Mist, das Vieh hat mich gekratzt«, beschwerte sich gleich darauf ein Kollege.

Der Hauptkommissar angelte hastig einige Katzenleckerchen aus seiner Jackentasche, die er seit Sockes Einzug meistens bei sich trug, entschied sich dagegen, weitere Zeit beim Anlegen der Einmalkleidung zu verlieren, und stürzte sich ebenfalls ins Getümmel.

»Achtung, Reza, er kommt in deine Richtung«, brüllte der Tatortfotograf direkt neben ihm. »Schnapp ihn dir!«

Reza machte keine halben Sachen. Er unternahm einen beherzten Satz auf den Kater zu, beziehungsweise dahin, wo das Tier hätte sein sollen. Ein Fluch des Kollegen und ein Rascheln einige Meter entfernt zeigte nämlich, dass der Kater abermals entwischt war.

»Er rennt auf die Straße«, kam es von irgendwoher. Sämtliche Beteiligte wandten sich daraufhin dieser zu.

Peter meinte noch, einen schwarzen Schatten hinter einem der Sträucher am Wegrand zu erspähen, doch als er wie seine Kolleginnen und Kollegen auf den Asphalt trat, war weit und breit keine Spur mehr von dem schwarzen Kater.

Außer Atem sahen sich die Verfolger an und schüttelten ihre Köpfe.

»Hat er sich in Luft aufgelöst?«, fragte die SpuSi-Mitarbeiterin, mit der Peter sich ganz zu Anfang unterhalten hatte. Resigniert zuckte sie mit den Schultern, hob das weggeworfene Päckchen auf und ging zum Auto, um es zurück in den Karton zu legen. Doch sie hielt in ihrer Bewegung inne. »Peter! Komm mal! Schnell!«, zischte sie. Hastig schloss sie den Kofferraumdeckel und grinste ins Wageninnere.

Der Hauptkommissar folgte ihrem Blick. Durch die Scheibe entdeckte er den schwarzen Kater, der sich genüsslich in dem leeren Karton räkelte. Jetzt musste er ebenfalls schmunzeln. »Tja, da hätte ich auch gleich dran denken können: Katzen lieben Kartons.«

**

Basti war überzeugt. »Da stimmt was nicht.«

Die Dame am Empfang wirkte verunsichert. Immer noch hielt sie den Telefonhörer in der Hand. »Ich kann Sie doch nicht einfach in ihr Zimmer lassen. Was, wenn sie gerade Besuch hat und nicht gestört werden will?«

»Was, wenn sie Hilfe braucht?«, stellte der Kommissar eine Gegenfrage.

Unentschlossen versuchte die junge Frau, ein weiteres Mal ihren Chef zu erreichen. Ohne Erfolg. Mike Kammerfeld hatte, wie allgemein bekannt war, gerade andere Probleme.

Lisa wählte Peters Nummer. Ihr Instinkt sagte ihr ebenfalls, dass etwas nicht in Ordnung war. »Mailbox«, informierte sie den Kollegen. »Hallo, Peter melde dich bitte mal«, sprach sie dann in den Hörer und fügte ein »Dringend!« hinzu.

Sebastian zog sie ein Stück vom Empfangstresen weg. »Lisa, ich kann dir auch nicht sagen, warum, aber ich hab echt ein ungutes Gefühl. Vorher am Telefon war sie so durcheinander. So fahrig und nervös. Ganz anders als beim letzten Mal, als wir mit ihr gesprochen haben.«

»Okay.« Lisa straffte die Schultern und trat an den Tresen. »Geben Sie uns bitte die Zimmernummer und einen Schlüssel.« Sie streckte auffordernd die Hand aus. »Gefahr in Verzug.«

Es schien, als sei die Hotelmitarbeiterin erleichtert, dass ihr Entscheidung und Verantwortung abgenommen wurden.

»Dritter Stock, Zimmer 303. Wenn Sie aus dem Aufzug kommen, ist es die zweite Tür auf der rechten Seite.«

Basti war bereits am Fahrstuhl und drückte auf den Knopf.

**

»Schau mal, war das eine Maus?« Clooney blieb zwischen Washington- und Hooverweg stehen und schaute angestrengt in den Garten vor dem Häuserblock.

»Wo?« Fiete hechelte schwanzwedelnd.

»Da, an dem Baum.« Die Grautigerin ging in Lauerstellung.

Socke betrachtete ungeduldig ihr Hinterteil. »Los ihr zwei, wir müssen weiter.«

»Pssst, du verscheuchst sie noch.«

»Lass doch die Maus.«

»Ich habe aber Hunger! Ach, Katerkacke! Jetzt ist sie weg«, maulte Clooney. »Dabei bräuchte ich dringend einen kleinen Zwischenimbiss, sonst stehe ich diese Aktion nicht durch.«

»Schon wieder?«, staunte selbst Fiete. »Du hast doch eben bei uns zu Hause etwas gekriegt.«

»Das war nur eine Kleinigkeit. Weißt du, ich kann nichts dafür.« Sie sank seufzend zu Boden und erklärte mit schwacher Stimme: »Das sind die Entzugserscheinungen.«

»Ent...?«, wollte der Hund wissen.

»Zug!«, ergänzte Socke leicht genervt. Irgendwann mussten diese »Erscheinungen« doch verschwinden.

»Genau das. Ich habe deshalb etwas mehr Hunger als sonst. Das ist tierärztlich erwiesen.«

»Etwas?«, murmelte Socke.

»Sollen wir vorne beim ›Ela Market‹ vorbeigehen?«, schlug Fiete vor. »Der Besitzer ist echt nett. Wenn ich mit meinem Frauchen dort einkaufe, erhalte ich immer ein Leckerli.«

»Oh, das ist eine gute Idee.« In Windeseile war Clooney auf den Pfoten. »Schnell, bevor die zumachen.«

Hund und Katze wetzten die Straße entlang. Socke folgte den beiden in einigem Abstand. Immerhin kamen sie so voran. Angestrengt überlegte er, wo auf der geplanten Wegstrecke weitere Essensmöglichkeiten sein könnten, denn wie er Clooney kannte, würden die angeblichen Nachwirkungen ihres Rausches so schnell nicht verschwinden.

**

Geros Handy klingelte. Er grinste zufrieden, als er das Gespräch annahm. »Na?«, fragte er. »Was sagst du dazu? Ist das eins von deinen Fotos?«

»Definitiv.« Marvin betrachtete das Bild, auf dem die verwackelte Fassade des Hotels an der Messe zu sehen war. Laut eingeblendetem Zeitstempel war es am Freitag um 22:07 Uhr aufgenommen worden. Leider war von dem Balkon, von dem die Frau etwa um diese Zeit gestoßen worden war, lediglich der untere Teil des Geländers zu sehen. »Hast du die anderen Bilder ebenfalls?«, wollte er wissen.

»Leider nicht. Und ich komme da auch nicht ran.«

»Wo hast du dieses denn her?«

»Aus einem Papierkorb.«

»Geht es ein bisschen genauer?«

»Ganz einfach: Die Polizei hat das Handy von deinem Kumpel noch nicht gefunden und die Speicherkarte ebenfalls nicht.«

»Ja und?«

»In der Cloud waren sie nicht, also hat er sie, wenn überhaupt, wahrscheinlich bloß lokal auf seinem Telefon gespeichert, und das ist verschwunden. Bliebe die Speicherkarte …«

»… die ebenfalls weg ist.«

»Mit irgendwas muss er aber seinen Mörder geködert haben. Und wenn er ihm die Fotos nicht auf elektronischem Wege hat zukommen lassen, bleibt eigentlich nur eine Möglichkeit.«

»Er hat sie ausgedruckt«, ergänzte Marvin aufgeregt.

»So ist es. Na ja, ich hab mir überlegt, wo das gewesen sein könnte. Bei ihm zu Hause hat er es ja nicht getan, das hättest du sonst gemerkt. Tja, und du sagst, er hatte in seinem WhatsApp-Status am Nachmittag die Weihnachtspyramide vom Kröpcke.«

»Ja, klar, deswegen sind wir da ja gestern gewesen.«

»In der Nähe ist ›Photo Dose‹. Da kann man Bilder ausdrucken. Und dort hatte ich halt Glück, dass die den Papierkorb seither nicht geleert hatten. War wohl ziemlich viel los, und da sind sie noch nicht dazu gekommen. Mehr konnte ich leider nicht in Erfahrung bringen. Das ist nun Sache der Polizei.« Gero lachte vor sich hin. »Aber die werde ich höchstpersönlich informieren.« Er grinste. Toni würde Augen machen.

»Falls du doch an die anderen Bilder kommst …«

»Denk ich natürlich an dich«, vervollständigte Gero den Satz. »Sonst hätte ich dir jetzt nicht Bescheid gegeben.«

»Danke. Und wenn du bei den Bullen fertig bist, komm doch mal wieder in deiner Wohnung vorbei. Ich hab vielleicht was Interessantes über Brandstetter rausgefunden …«

**

»Sie liegt auf der Intensivstation und ist nicht ansprechbar«, beantwortete Sebastian Peters Frage nach dem Gesundheitszustand von Eliza Stark bei ihrer nachmittäglichen Zusammenkunft.

»Die Notärztin sagte, dass wir sie buchstäblich in letzter Minute gefunden haben«, ergänzte Lisa und ließ sich erschöpft am Besprechungstisch nieder.

Sofort schob Fritz ihr fürsorglich einen Teller mit Gebäck hin. »Kaffee?« Er deutete auf die Kanne.

Lisa schüttelte den Kopf. »Wenn Basti nicht darauf gedrängt hätte, zu ihr zu gehen … Ich mag es mir gar nicht ausmalen.«

Alle Blicke wandten sich dem Kollegen zu, der prompt rot wurde. »Ja, und wir hatten Glück, dass das leere Fläschchen mit den K.-o.-Tropfen neben dem Glas auf dem Tisch stand. So wusste die Notärztin gleich Bescheid, was zu tun war«, murmelte er.

»Also Suizid?«, wollte Toni wissen.

»Zumindest sah es so aus, aber wir haben trotzdem die SpuSi informiert«, ergänzte Lisa.

Basti straffte die Schultern. »Das passt meiner Meinung nach *zu* gut«, wagte er, Zweifel an einer Selbsttötung auszusprechen. »Als ich uns bei ihr angemeldet habe, hatte ich den Eindruck, sie wolle uns dringend etwas mitteilen. Sie meinte, wir sollten uns beeilen. Das sagt man doch nicht, wenn man sich umbringen will.«

»Na ja, auf dem Handy war so eine Art Abschieds-Whats-App an Brandstetter: ›Ich halt das nicht mehr aus‹. Die hatte er allerdings noch nicht gelesen.« Lisa knabberte nachdenklich an einem Keks. »Was, wenn Brandstetter die Nachricht sofort geöffnet und reagiert hätte? Dann hätte es nicht geklappt mit dem angeblichen Suizid. Andererseits, wenn es ein als Suizid getarnter Mord war: Brandstetter ist der Einzige, der sicher wissen konnte, dass die Nachricht nicht rechtzeitig gelesen wird.«

»Vielleicht hat Eliza Stark das aber auch genau so geplant«, dachte Fritz laut nach. »Möglicherweise hat Brandstetter Schluss gemacht, und sie wollte ihn emotional erpressen. Sie kannte seine Gewohnheiten, hat gehofft, dass er die Nachricht rechtzeitig lesen würde, und war so verzweifelt, dass sie den eigenen Tod sozusagen billigend in Kauf genommen hat.«

»Das kann ich mir nicht vorstellen«, widersprach Basti vehement.

»Was sagt denn Brandstetter dazu?«, wollte Fritz wissen.

»Er hat tatsächlich Schluss gemacht und sie war angeblich am Boden zerstört«, bestätigte Lisa. »Natürlich war er sehr betroffen von ihrem Selbstmordversuch. Und er hat uns direkt ein Alibi präsentiert.«

Toni, die bisher auffällig still gewesen war, sah von den verteilten Unterlagen auf. »Wieder mal ein Alibi von seiner Frau. Irgendwie erscheint mir das alles zu glatt.«

»Na ja, es muss ja nicht immer kompliziert sein.« Basti warf seiner Ex-Freundin einen vielsagenden Blick zu. »Aber du hast recht. Es könnte auch jemand ganz anderes hinter alldem stecken«, fuhr er fort. »Jemand, an den wir bisher noch gar nicht gedacht haben. Die Journalistenbranche soll ja ein ziemliches Haifischbecken sein, in der manche buchstäblich über Leichen gehen.«

Der Hauptkommissar runzelte die Stirn. »Sebastian, weißt du mehr als wir?«, wollte er wissen. »Wenn du etwas Konkretes hast, dann sag es bitte und mach nicht solche Andeutungen.«

Der Angesprochene verneinte und murmelte: »Nein. Das ist mehr so ein Gefühl.«

Lisa legte ihre Hand auf seinen Arm. »Manchmal können uns Gefühle auch in die Irre führen.«

»Hoffen wir, dass Frau Stark alles gut übersteht und uns bald sagen kann, wie es tatsächlich war«, beendete Peter die Diskussion und berichtete danach zur allgemeinen Erheiterung von der Kater-Fangaktion. »Das Tier hat uns richtig Freude gemacht, weil es auf dem Weg zur Tierärztin Durchfall bekommen hat. Und dann war es noch nicht einmal das, das wir gesucht haben.« Diese Geschichte würde ihn mindestens ein Frühstück fürs SpuSi-Team kosten. Der Kater war jetzt vorerst bei Chris in der Praxis untergebracht. »Das Tier vom Sonntag hatte einen kleinen weißen Fleck auf der Brust. Komisch, denn man hat fast den Eindruck, der Kater vom Leichenfundort hätte das Abführmittel bekommen, das Chris dem Mann für den anderen Kater am Sonntag mitgegeben hat.« Diese Vermutung hatte die Tierärztin geäußert, als das Tier sich bei der Untersuchung ein weiteres Mal erleichterte. Peter schüttelte sich bei dem Gedanken daran. Als er aufblickte, begegnete ihm Grinsen und Feixen. Sein »Missgeschick« hatte auf die Kollegen nach den ernsten Ereignissen im Hotel eine geradezu befreiende Wirkung. »Der Kater, den wir suchen, ist also vermutlich noch bei Jakob Becker.« Chris hatte Becker auf Fotos eindeutig als den Kunden von Sonntag wiedererkannt. »Gibt es zu ihm etwas Neues?«, fragte Peter an Toni gewandt.

»Nicht viel«, antwortete sie. »Er hat mal ein paar Semester in Hannover studiert. Das ist aber schon lange her, und wir wissen leider nicht, ob er noch Kontakt zu seinen Kommilitonen von damals hat.«

Toni seufzte. »Die Fahndung hat nichts ergeben. Taxiunternehmen sind informiert, genauso Bahnhof und Flughafen, alles bisher Fehlanzeige.«

»Die Auswertung des Navis im Kastenwagen, den er am Stadtfriedhof abgestellt hat, hat ergeben, dass er sich zwischen Freitagnacht und Sonntagfrüh nur im Umkreis von maximal zehn Kilometern um den Stadtfriedhof bewegt hat«, ergänzte Ulrich Zeitler.

Lisa haute mit der flachen Hand auf den Tisch. »Der Typ kann sich doch nicht in Luft aufgelöst haben. Und schon gar nicht, wenn er einen Kater mit sich herumschleppt.«

»Konzentriert euch auf mögliche Bekannte von ihm hier

in der Stadt«, ordnete der Hauptkommissar an. »Sonst noch was, Uli?«

»Nichts, was ihr nicht schon wüsstet.«

»Fritz, wie weit bist du mit den Wohnmobilhaltern? Immerhin ist das Fahrzeug am Seelhorster Friedhof genau zu dem Zeitpunkt verschwunden, als der Kastenwagen da aufgetaucht ist. Vielleicht gibt es da einen Zusammenhang.«

Der Senior der Truppe zog seine Notizen zu Rate. »Keiner von denen, die ich bis dato sprechen konnte, war am Freitagabend am Friedhof. Es fehlen noch drei, die ich noch nicht erwischt habe. Darunter ein gewisser Christian Kolbe aus Garbsen. Dort ist Brandstetter aufgewachsen. Das ist allerdings die einzige vage Verbindung zwischen den beiden. Vielleicht hat sich diese Zeugin ja doch vertan.«

»Möglich. Sein Bild geht ja durch alle Medien. Und sie ist nicht die Einzige, die Brandstetter in den letzten Tagen irgendwo gesehen haben will.« Peter dachte an seine Nachbarin. »Trotzdem sollten wir jedem Hinweis nachgehen.« Entmutigt betrachtete er die Landkarte an der Wand, an der so eine Art Bewegungsprofil des Magiers mit mutmaßlichen Uhrzeiten hing. Nicht alles, was darauf verzeichnet war, konnte stimmen, es sei denn Brandstetter konnte wirklich zaubern. Er seufzte und blickte in die Runde. »Wissen alle, was sie zu tun haben?« Allgemeines Nicken. »Dann an die Arbeit, Leute.«

Fritz stand als Erster auf und schnappte sich Kekse und Kaffee. »Wenn jemand noch etwas möchte, ich stelle es in die Kaffeeküche.«

Auch die restlichen Anwesenden erhoben sich und rafften ihre Unterlagen zusammen.

»Was sollte denn die Anspielung gerade?«, raunte Toni ihrem Ex zu.

Der zuckte die Schultern und wollte gehen.

»Basti!«, hielt Toni ihn zurück. »Du glaubst doch nicht im Ernst, dass Gero und dieser Möglinger zwei Morde auf dem Gewissen haben? Warum sollten sie den Kumpel von Möglinger ausgerechnet zu den Schrebergärten in Seelhorst locken, um ihn umzubringen?«

»Na, zum Beispiel, um Brandstetter zu belasten. Nachdem wir ihn wegen des Fenstersturzes nicht verhaftet haben, mussten sie halt nachlegen. Vielleicht hat der Kumpel, dieser Florian Küppersbusch, ja auch was mitgekriegt, und sie mussten ihn umlegen.«

Toni runzelte die Stirn »Und warum das alles? Bloß um eine Story zu kriegen?«

»Es ist schon für weniger als eine gute Schlagzeile gemordet worden. Gerade diesem Möglinger scheint ja finanziell das Wasser bis zum Hals zu stehen.«

»Gero würde nie …«, begann Toni, doch Basti unterbrach sie.

»Wie gut kennst du ihn denn wirklich?« Er strich ihr sanft über dem Arm. »Ich will doch nur, dass du vorsichtig bist.« Damit verließ er endgültig den Raum.

*

Die junge Kommissarin sah ihm hinterher, bis er verschwunden war, dann zückte sie ihr Handy und wählte Geros Nummer.

»Toni, was für eine schöne Überraschung«, meldete der Journalist sich direkt.

»Wo warst du heute Vormittag? Ich habe versucht, dich anzurufen.«

»Recherchieren«, war die vage Antwort.

»Und warum gehst du da nicht ans Telefon?«

»Ich hatte es leise gestellt. Hätte ich gewusst, dass du anrufst, hätte ich das selbstverständlich nicht getan. Sag mal, ist das ein Verhör?« Sie hörte förmlich sein Grinsen durch die Leitung. »Falls du mich in die Mangel nehmen möchtest, ich hätte jetzt Zeit.«

»Blödmann!«, entfuhr es ihr, bevor sie entnervt die Verbindung unterbrach.

*

Draußen im Flur schloss Lisa zu Peter auf. »Na, was machen die Vorbereitungen für eure Hochzeitsfeier?«

Der Hauptkommissar winkte ab. »Frag lieber nicht. Kennst du diese Logikrätsel? So nach dem Motto: A sitzt neben B und hat einen roten Hut. C hat keinen blauen Hut, mag gerne Schokolade und kann D nicht leiden. Wer von den vieren ist Vegetarier?« Er grinste. »So ähnlich ist das. Nur komplizierter.«

»Und C ist in deinem Denkspiel Toni, die auf keinen Fall neben D – gleich Basti – sitzen möchte?«

»Zum Beispiel. Und dann kommt noch X, dieser Journalist, dazu. Nicht, dass ich vorhätte, ihn zu unserer Hochzeitsfeier einzuladen. Aber Toni flirtet mit ihm und Basti passt das überhaupt nicht, deswegen haut er jetzt um sich. Eigentlich müsste ich ihn und Toni von dem Fall abziehen. Von beiden Fällen.«

Lisa brummte zustimmend. »Gero von Haberberg ist mindestens ein wichtiger Zeuge. Und außerdem von Berufs wegen ziemlich an unseren Ermittlungen interessiert. Das ist keine gute Mischung.«

»Eine toxische Mischung, wie man so schön sagt.« Peter

seufzte. »Aber solange wir keine zusätzlichen Leute kriegen ...« Sein Handy vibrierte und signalisierte damit das Eintreffen einer Nachricht. Er zog es aus der Innentasche seines Jacketts. Eine Sprachmitteilung von Chris, die er direkt abhörte.

Lisa sah ihn dabei aufmerksam von der Seite an. »Na? Zur Abwechslung mal gute Neuigkeiten?«

»Wie man's nimmt. Wenn ich Chris richtig verstanden habe, ist ein Hund aus der Nachbarschaft ausgerissen und nun vermutlich mit Socke und Clooney in Mittelfeld unterwegs. Das Frauchen von dem Hund hat Chris ganz aufgelöst angerufen und um Hilfe gebeten.«

»Meinst du, es sind wieder Drogen im Spiel?«, flachste Lisa.

»Bei Socke weiß man nie.« Peter lächelte. »So anstrengend er manchmal sein kann, ich könnte mir ein Leben ohne den kleinen Herzensbrecher nicht mehr vorstellen.«

»Wer würde dir dann auch helfen, all die Mörder zu fangen?« Sie waren vor Lisas Büro angelangt. »Also, lass uns Socke ein bisschen bei der Arbeit unterstützen.« Sie wandte sich zur Tür. »Und was die Sache mit Toni und Basti angeht ...«

»Ich werde noch mal mit beiden reden müssen«, vervollständigte Peter ihren Satz.

Ein paar Meter weiter trat gerade Sebastian aus dem Besprechungsraum und wollte sich in die entgegengesetzte Richtung entfernen. »Basti!«, hielt ihn der Hauptkommissar zurück. »Hast du einen Moment?«

Der Kollege setzte zu einer Antwort an, als einer der Beamten von der Pforte auf sie zustürmte. »Hallo!«, rief er von Weitem. »Könnt ihr bitte schnell mit zum Empfang kommen?« Schnaufend blieb er vor Peter stehen. »Ich denke, es ist wichtig: Da ist jemand, der euch sprechen möchte. Er heißt Jakob Becker. Ist das nicht der, nach dem gerade alle suchen?«

**

Mittelgroß, mittelschwer, mittelalt, kurze mittelbraune Haare. Jakob Becker war auf den ersten Blick ein Durchschnittstyp, ging es Lisa durch den Sinn. Wenn man seine Vita betrachtete, sah das allerdings anders aus. Mit seinen gerade mal 25 Jahren hatte er schon einiges erlebt. Während seines Studiums der Veterinärmedizin an der Tierärztlichen Hochschule Hannover hatte er sich als Barpianist in der Pelikan Bar, der Pianobar des im Pelikanviertel gelegenen Sheraton Hotels im hannoverschen Stadtteil List, etwas dazuverdient. Dort hatte er das Publikum unter anderem mit selbstkomponierten Stücken begeistert. Nach Abbruch des Studiums hatte er sich als Musiker bei Brandstetter beworben, der zu diesem Zeitpunkt vorgehabt hatte, sein Team um eine Band zu erweitern. Da dem Magier aber gerade mal wieder seine Tierbetreuerin abhandengekommen war, wie Jakob Becker es ausdrückte, bekam er zunächst deren Job. Immerhin hatte er auf diesem Gebiet, dank seines Studiums, eine gewisse Erfahrung.

»Ich durfte mich während der Amerika-Tournee um die Tiere kümmern. Das war eine tolle Erfahrung«, erzählte Becker, und er erlaubte sich ein gedankenverlorenes Lächeln. »Allerdings war Brandstetter nie einfach.«

»Die Tiere? Mehrzahl?«, hakte Peter nach und ihn beschlich eine Ahnung.

»Ja, für seine Show hatte Brandstetter längst nicht mehr nur den einen Kater. Das war vielleicht in der Anfangszeit so, aber als der erste Panteras starb, hatte er schon zwei potenzielle Nachfolger, die entsprechend ausgebildet worden waren. Dann kam ein dritter dazu. Die Zaubernummern wurden ja zunehmend spektakulärer, und Hans konnte in der Öffentlichkeit den Kater präsentieren, der gerade gute Laune hatte.«

Lisa nickte verstehend. »Und für die gute Laune der Tiere waren Sie zuständig.«

»Genau. Das war nicht gerade leicht. Außer wahrscheinlich zu seinem ersten Kater, sozusagen dem Ur-Panteras, hat Hans nämlich überhaupt keinen Draht zu den Tieren, was die natürlich gespürt haben. Im Gegenteil, manchmal hatte ich den Eindruck, er hat sie gehasst.«

»Haben Sie die Tiere deshalb entführt, wie er behauptet?«, fragte Peter.

Becker nahm sich einen Moment Zeit, ehe er antwortete. »Hans hat vor, seine Karriere zu beenden, und weil er das natürlich besonders medienwirksam ausschlachten will, sollte Panteras sterben. Sein Tod sollte der Auslöser für den berühmten Magier sein, die große Bühne für immer zu verlassen. Und ich sollte wieder mal die Drecksarbeit machen.« Der junge Mann lachte unfroh auf und trank einen Schluck Wasser. »Er hat dafür sogar K.-o.-Tropfen aus dem Internet besorgt.«

Die Kommissare wurden hellhörig. »K.-o.-Tropfen?«

»Ja, er hatte gelesen, dass das Zeug früher bei Pferden zur Narkose verwendet wurde.« Jakob Becker sah verlegen auf die Tischplatte vor sich. »Er hat mir 10.000 Euro überwiesen, damit ich es mache.«

»Und die haben Sie genommen und die Tiere gleich dazu?«

»Stolz bin ich nicht darauf, aber ich habe es als Schweigegeld betrachtet. Damit ich niemandem erzähle, wer in

Wirklichkeit den Titelsong für sein Musical komponiert hat.«

»Sie!«, schlussfolgerte Lisa.

Der junge Mann nickte. »Von der Toten im Hotel hab ich erst später gehört, ehrlich.«

»Wo waren Sie eigentlich die ganze Zeit?«, interessierte sich die Kommissarin.

»In einem Gartenhäuschen in der Seelhorster Kolonie. Das gehört dem Onkel eines ehemaligen Kollegen aus der Pelikan Bar.« Er leerte sein Wasserglas.

Lisa schob ihm die Flasche hin, und er schenkte nach, bevor er fortfuhr. »Das war nicht witzig. Ich hab mich nicht getraut, zu heizen oder Licht zu machen, damit mich keiner bemerkt. Und ich musste alles zu Fuß erledigen. Mit dem Kastenwagen konnte ich mich schließlich nicht blicken lassen, ohne aufzufallen.«

»Deswegen haben Sie den auf dem Friedhofsparkplatz abgestellt.« Lisa schenkte sich ebenfalls Wasser ein.

»Wann war das genau?«, erkundigte sich Peter.

»Samstagnacht. Das war bestimmt schon so gegen Mitternacht.«

»Und nachdem Sie ihn dort hingebracht haben …?«

»Bin ich zu Fuß zurückgelaufen.«

»Gibt es dafür Zeugen?«

»Eher nicht, das war ja der Sinn der nächtlichen Übung.« Becker rang nervös die Hände. »Und nein, ich habe nichts von dem Mord auf der anderen Seite der Straße gegenüber der Gartenkolonie gesehen. Ich bin zwar durch die Anlage gelaufen und habe Kaspar gesucht …«

»Kaspar?«, unterbrach Lisa.

»Kaspar, einer der Kater. Ich habe sie Kaspar, Melchior und Balthasar genannt. Sie mussten doch Namen haben.

Hans war das nicht so wichtig, also konnte ich sie bestimmen.«

»Und Kaspar war weggelaufen?«

»Ja. Er ist der frechste von den dreien, hat immer irgendwelchen Blödsinn im Kopf.« Jetzt lächelte Becker. »Als ich ihn gesucht habe, war es schon früher Morgen und die Polizei war vor Ort, also muss das nach dem Mord gewesen sein.«

»Den Kater haben Sie dann gefunden und zur Tierärztin gebracht«, stellte Peter fest.

»Hm. War klar, dass Sie das rausfinden. Ich hatte mir Sorgen gemacht wegen des vielen Bluts. Deswegen habe ich ein Taxi genommen und bin zur nächstgelegenen Tierarztpraxis gefahren. Er war bewusstlos, als ich ihn gefunden habe, da wollte ich keine Zeit verlieren und womöglich selbst an ihm rumdoktern.«

Lisa sah den jungen Mann nachdenklich an. So wie er über seine Angst um den Kater sprach, konnte sie sich nur schwer vorstellen, dass er einen kaltblütigen Mord begangen hatte.

»Und warum sind Sie jetzt freiwillig zu uns gekommen?«, fragte der Hauptkommissar, obwohl er meinte, die Antwort zu kennen.

Beckers Miene verdunkelte sich. »Sie sind weg«, murmelte er verzweifelt. »Abgehauen, alle drei.«

✳✳

»Habt ihr auch solchen Hunger?« Clooney ließ sich am Rande des Bolzplatzes hinter dem Nachbarschaftstreff Mittelfeld nieder und betrachtete ihre beiden Begleiter mit fragender Miene.

»Nö.« Unruhig folgte Fiete dem Ball mit den Augen, den ein Junge von vielleicht zehn Jahren auf das Tor zutrieb. Sein etwa gleichaltriger Freund zwischen den Pfosten fixierte das Leder, während er von einem Bein aufs andere trippelte.

Ein deutlich jüngeres Mädchen näherte sich nun von vorne dem Stürmer. Er versuchte, ihr auszuweichen, doch die Kleine war flink und wendig. Sie schlug einen Haken, brachte den Jungen damit ins Straucheln und übernahm den Ball.

»Foul!«, rief der Torwart.

Ohne sich um den Zwischenruf zu kümmern, rannte das Mädchen weiter.

Fiete hüpfte begeistert auf und ab. »Das ist Alina, sie ist die kleine Schwester von Darius, dem größeren der beiden Jungs. Ihr Bruder und sein Freund wollen sie nie mitspielen lassen.« Er kläffte übermütig, als Alina den Ball ins Tor schoss.

Alina hielt in ihrem Torjubel inne. »Fiete? Fiiiete!« Der Cocker-Malteser-Mischling sprang auf und winselte laut.

»Pssst!«, fauchte Socke. »Wenn sie uns sieht, können wir unsere Aktion vergessen.«

»Vielleicht hat sie was zu fressen dabei«, spekulierte Clooney. »Hab ich eigentlich schon gesagt, dass ich furchtbaren Hunger habe?«

»Du hast doch eben erst etwas gefressen.« Socke wurde ungeduldig. »Wenn wir Panteras finden wollen, dürfen wir keine Zeit verlieren. Es wird bald dunkel.«

»Wuff! Wuff!« Fiete hatte im Moment andere Prioritäten, er lief Alina fröhlich bellend entgegen.

»Hunde!«, schimpfte Socke entnervt.

Alina klatschte in die Hände und rannte ihrerseits auf den Hund zu. »Komm, Fiete, ich hab eine Überraschung.«

»Überraschung?«, jaulte der Cocker-Malteser-Mischling aufgeregt. »Ich liebe Überraschungen!«

»Sie hat bestimmt einen Snack für ihn dabei. Vielleicht fällt für mich auch was ab. Mir knurrt der Magen.« Eilig wetzte Clooney ihm hinterher.

»Ui, wer bist denn du?«, freute sich Alina, als sie die Grautigerin entdeckte. »Ist das deine Freundin Fiete?«

»Wuff!«

»Also, ich bin ja für jeden Blödsinn zu haben«, maunzte die Angesprochene. »Aber ich und ein Hund …? Ich heiße doch nicht Suleika.« Trotz dieser, ihrer Meinung nach, ungeheuerlichen Unterstellung strich sie dem Mädchen um die Beine. »Hast du ein Leckerchen für mich? Ich bin am Verhungern.«

Bei Alina kam das natürlich nur als ein Miauen an. Sie klatschte fröhlich in die Hände. »Kommt mit, ich muss euch etwas zeigen.«

Socke machte einen langen Hals. Es hätte ihn ja schon interessiert, was das für eine Überraschung war, von der die Kleine gesprochen hatte. Sie sah eigentlich ganz nett und harmlos aus, also wagte sich der Kater aus seinem Versteck. Die beiden Jungs bolzten am anderen Ende des Platzes weiter und hatten weder Augen für das Mädchen noch für ihre tierischen Begleiter.

Alina steuerte den Holzschuppen am anderen Ende des Platzes an, in dem Gartengeräte und diverse Spielsachen für draußen, wie Bälle, Frisbeescheiben und Springseile, aufbewahrt wurden. Sie schob den eisernen Riegel an der Tür zurück. Clooney und Fiete versuchten, sich gegenseitig den vordersten Platz beim Hineingehen streitig zu machen, und schafften es schließlich, sich gleichzeitig durch den schmalen Spalt zu drängeln.

Alina lachte, als sie hinter ihnen eintrat. »Dort.« Sie deutete auf die rückwärtige Wand, an der zwei hohe, offene Plastikbehälter standen. Einer davon war mit mehreren Fußbällen gefüllt, der andere schien leer zu sein. Als sie sich ihm näherte, war daraus allerdings ein Miauen zu hören.

Sofort waren Clooney, Fiete und Socke zur Stelle. Ihre Vorderpfoten nebeneinander auf den Rand des Behälters gestellt, starrten sie neugierig ins Innere.

Ein schwarzer Kater erwiderte verwirrt ihre Blicke. »Wer seid ihr? Wo ist Alina?« Letztere schaute nun über die Köpfe der drei ebenfalls in die Kiste. »Da staunst du, Miezi, das sind meine neuen Freunde.«

»Panteras?« Clooney hatte für den Moment ihren Hunger vergessen. »Du bist doch Panteras!«

»Panteras?« Der Kater schien immer noch durcheinander. Er dachte kurz nach. »Hm, stimmt. So werden wir genannt.«

»Äh, wir?«

»Ja, wir sind zu dritt.«

»Aha. Zu dritt.« Clooney sah sich suchend um. »Er hat bestimmt einen Schlag auf den Kopf bekommen«, wisperte sie Socke zu. Der hopste zu dem Kater in die Box und begann, ihn gründlich abzuschnuppern.

»Warum nennt sie dich Miezi?«, wollte Fiete derweil wissen.

»Sie denkt, ich bin eine Katze«, antwortete der Schwarze. »Sie hat mich vorher am Straßenrand gefunden und in den Schuppen gebracht.«

»Miezi ist verletzt, sie humpelt«, erklärte Alina, als habe sie das Gesagte verstanden. »Ich würde sie gerne mit zu mir nach Hause nehmen, aber ich muss erst meine Eltern fragen. Bis dahin habe ich sie versteckt. Wenn mein Bruder sie findet, dann nimmt er sie mir bestimmt weg, aber Miezi soll meine Katze werden.«

»Ich muss hier raus«, jammerte der schwarze Kater. »Ich muss die anderen suchen.«

Fiete entfuhr ein »Wuff!«, dann wollte er wissen: »Welche anderen?«

»Er muss einen Schlag auf den Kopf bekommen haben«, wiederholte Clooney, als sei damit alles klar.

»Meine Mutter kommt bestimmt gleich, um uns abzuholen. Dann kann ich sie fragen, ob ich sie behalten darf. Soll ich euch so lange etwas zu fressen holen? Ich habe Kekse draußen in meiner Tasche. Wartet!« Alina wandte sich zum Gehen.

»Kekse?«, jubilierte Clooney. »Das ist eine hervorragende Idee!«

»Wuff!«, freute sich Fiete. »Ich komme mit.« Schnell folgte er der Kleinen. »Wuff! Wuff!«

»Fiete!«, hörten die Katzen die Stimme einer Frau. »Da bist du ja! Alina, wie schön, du hast Fiete gefunden. Er ist von zu Hause weggelaufen.«

»Hallo, Mama, ich muss dir was erzählen …«, begann Alina.

»Gleich, mein Schatz. Erst bringen wir Fiete nach Hause. Sein Frauchen macht sich schon Sorgen. Darius! Adrian! Schluss für heute!«, rief die Frau nach den fußballspielenden Jungs. Die drei Tiere im Schuppen sahen zur Tür, die im gleichen Moment mit einem energischen Ruck und begleitet von Fietes aufgeregtem Kläffen geschlossen wurde.

Die Worte der Menschen waren nicht mehr zu verstehen. Ihre Stimmen wurden leiser. Fietes fortwährendes Bellen entfernte sich ebenfalls.

»Und nun?«, durchbrach die Stimme des schwarzen Katers die kurz darauf eingekehrte Stille.

»Sie sind weg. Wir sind eingesperrt«, konstatierte Socke.

»Ich hab Hunger!«, jammerte Clooney.

**

Die Medizinische Hochschule Hannover, kurz MHH genannt, ist als universitäre Einrichtung weit über die Stadtgrenzen der Leinemetropole hinaus bekannt. Nicht nur ihre Forschung und Lehre, auch die Krankenversorgung genießt einen guten Ruf, den selbst Sebastian als Nicht-Hannoveraner kannte, und das nicht erst seit er durch Toni eine engere Beziehung zu der Landeshauptstadt hatte. Allerdings war der gebürtige Osnabrücker trotzdem noch nie vor Ort gewesen und fühlte sich nun von der Größe des Gebäudekomplexes etwas überfordert, als er durch den Haupteingang trat.

»Besuchszeit: 14 bis 19 Uhr. Bitte melden Sie sich am Empfang«, stand auf einem Schild im Vorraum neben der Drehtür, die ins Innere des elfstöckigen Klinikums führte. Besagter Empfang befand sich direkt hinter der Drehtür.

»Ich möchte zu Eliza Stark«, brachte Sebastian dort sein Anliegen vor.

Ohne in seine Notizen zu blicken, erklärte der Klinikmitarbeiter hinter der Scheibe: »Tut mir leid, Frau Stark hat bereits Besuch, und es ist nur eine Person pro Tag erlaubt.«

»Ich bin dienstlich hier.« Basti zückte seinen Dienstausweis. »Wer ist denn bei ihr?« Nicht, dass das von Interesse für die Ermittlungen gewesen wäre, aber er war neugierig. Außer den buchstäblich »üblichen Verdächtigen« kannte

Frau Stark in Hannover niemanden, soweit er wusste. Die junge Frau tat ihm leid. Sie hatte sich in Brandstetter verliebt und für ihn ihr ganzes bisheriges Leben umgekrempelt. Das war natürlich etwas naiv gewesen, schließlich war Brandstetter verheiratet. Dennoch hatte Basti Mitleid mit ihr, weil Brandstetter sie abserviert hatte. Ein bisschen erinnerte Basti das an seine eigene Beziehung zu Toni. Einer der beiden Beteiligten investierte immer mehr als der oder die andere. Bei ihm und Toni war dieser eine er. Vielleicht hatte er deshalb so viel Empathie für sie.

Der Herr am Empfang betrachtete eingehend seinen Ausweis, bevor er auf seine Frage antwortete: »Hans Brandstetter. Frau Stark ist eine Mitarbeiterin von ihm.«

»Äh?«

»Ja. Sie wollten doch wissen, wer der Besucher von Frau Stark ist. Es ist dieser berühmte Magier, der momentan täglich in der Zeitung zu sehen ist. Er hatte zwar seinen Ausweis nicht dabei, aber ich habe ihn auch so erkannt.« Er gab Basti seinen Dienstausweis zurück. »Äh, einen Coronatest bräuchte ich dann noch, Herr Meyer.«

Der Kommissar zog das gewünschte Dokument aus der Innentasche seiner Jacke.

Wieso besuchte Brandstetter seine Ex-Geliebte? Plagte ihn etwa das schlechte Gewissen? Das passte so gar nicht zu dem Eindruck, den Basti von ihm hatte. Nun, er würde ihn fragen, wenn er ihn anträfe. Falls er jemals den Weg zur richtigen Station finden würde. Der Klinikmitarbeiter hatte ihm mit den Worten »Das ist ganz einfach …« eine komplizierte Wegbeschreibung gegeben.

Während er zum Aufzug ging, sah er auf die Uhr. Schon kurz nach halb sieben. Gleich war die Besuchszeit zu Ende und für ihn wäre normalerweise Feierabendzeit. Bei einem aktuellen Fall galt das natürlich nicht, da war man, wenn nötig, rund um die Uhr im Einsatz.

Heute allerdings hatte Peter ihm für den Rest des Abends freigegeben. »Sieh zu, dass du mal auf andere Gedanken kommst«, hatte er ihm in väterlichem Ton geraten, nachdem er ihn zuvor auf die Szene in der Dienstbesprechung angesprochen hatte. Basti hatte zugeben müssen, dass er für seinen indirekt geäußerten Verdacht gegen Gero von Haberberg keine Beweise hatte. »Allerdings auch nichts Entlastendes.« Er hatte den Journalisten überprüft, doch außer einigen Knöllchen wegen Falschparkens lag nichts gegen ihn vor. »Vielleicht könnten wir seine Fingerabdrücke mal mit denen auf dem Balkontürgriff im Hotelzimmer vergleichen und die von seinem Kumpel gleich mit. Nur um sicherzugehen«, hatte er vorgeschlagen. Peter hatte versprochen, die beiden am nächsten Tag einzubestellen. »Eine richterliche Anordnung bekomme ich auf deinen Verdacht hin zwar nicht, aber vielleicht überlassen sie uns die Abdrücke ja freiwillig.« Mehr könne er im Moment wirklich nicht tun, hatte der Hauptkommissar ihm erklärt und ihn dann nach Hause geschickt. »Und bitte versuche, dich mit Toni zu arrangieren, wenn es so nicht klappt, muss einer von euch beiden das Team verlassen.«

Basti hatte es ihm versprochen und vorgeschlagen, auf dem Heimweg noch in der MHH vorbeizuschauen. »Vielleicht ist Frau Stark mittlerweile vernehmungsfähig.« Bisher hatten sich die Ärzte zwar nicht bei ihnen gemeldet, doch so etwas konnte schon mal im täglichen Klinikstress untergehen.

»Etage vier«, verkündete die elektronische Stimme aus dem Lautsprecher des Aufzugs. Basti trat heraus und sah sich um. »Gleich rechts auf die Station«, folgte er den Anweisungen des Empfangsherrn, »und dort bitte im Schwesternzimmer melden. Ich werde Sie telefonisch ankündigen, damit die wissen, dass alles seine Richtigkeit hat.«

»Susanne Helbig«, stand auf dem Namensschild der freundlichen Krankenschwester. »Frau Stark liegt auf Zimmer sieben«, teilte sie Sebastian mit. »Wenn Sie wollen, können Sie gleich zu ihr.«

»Ist der andere Besucher schon weg?«

»Herr Brandstetter?« Auch sie hatte den prominenten Gast offensichtlich erkannt. »Er hat es sich anscheinend anders überlegt. Ich wollte ihn gerade auf ihr Zimmer bringen, da kam der Anruf von der Pforte. Als ich aufgelegt hatte, war er wieder weg.« Sie zuckte mit den Schultern. »Vielleicht dachte er, Sie wären von der Presse. Kommen Sie.«

Sie brachte Basti zu einem geräumigen Einzelzimmer. »Aber bitte nicht zu lange.« Damit überließ sie ihm das Feld.

Eliza Stark blickte ihm mit trüben Augen entgegen. Ihr schmales Gesicht war blass und hob sich kaum von dem weißen Kissen ab. Die blonden Haare lagen wie ein Heiligenschein ausgebreitet um ihren Kopf.

»Hallo«, grüßte er schüchtern. Er nahm auf einem der beiden Besucherstühle Platz und zückte Block und Kuli.

»Hallo, Herr Meyer.« Ihre Stimme war leise und ihre Aussprache klang verwaschen.

Erstaunt und ein bisschen geschmeichelt registrierte Sebastian, dass sie ihn erkannte und sich sogar an seinen

Namen erinnerte. Leider endete damit ihr Erinnerungs-
vermögen.

»Das Letzte, was ich weiß, ist, dass wir telefoniert haben.
Sie wollten doch kommen und mich wegen Samstagnacht
befragen«, sagte sie. »Danach ist alles weg.«

»Was war vor unserem Telefonat? Haben Sie mit jemandem gesprochen? Haben Sie vielleicht einen Anruf erhalten? Oder Besuch?«

Sie verneinte. »Außer dem Zimmerservice war da niemand. Ich hab mir Essen bringen lassen. Ich wollte Saskia,
Hans' Frau, nicht über den Weg laufen.«

»Warum?« Sebastian stockte, »Geben Sie ihr die Schuld
dafür, dass er mit Ihnen Schluss gemacht hat?«

Elizas Erstaunen wirkte echt. »Schluss? Aber nein. Er
hat doch nicht Schluss gemacht.« Sie versuchte, sich in
ihrem Bett aufzurichten. »Hat er das behauptet?«

»Äh. Also, so was in der Art«, wand sich Basti.

Eliza sah ihn fassungslos an, dann senkte sie den Blick.
»Das war es also«, murmelte sie. »Seit wir in Hannover
angekommen sind, war er so komisch. War abwechselnd
abweisend und wieder total lieb und fürsorglich. Ich dachte,
es liegt an seiner Frau. Er wollte ihr das von uns endlich
erzählen. Das hat er mir zumindest gesagt.«

»Und Sie haben weder ihn noch seine Frau im Laufe
des Tages gesehen?«

»Nein, ich sag doch, ich habe mein Hotelzimmer nicht
verlassen. Seit wir in der Stadt sind, geht es mir nicht so
gut. Dieser Blackout heute war nicht der erste. Sie wollten mich doch wegen der Nacht zum Sonntag befragen,
da hätte ich Ihnen auch nicht viel berichten können. Das
Letzte, was ich davon weiß, ist, dass Hans und ich Champagner getrunken haben. Danach ebenfalls: Filmriss.«

Basti horchte auf. Das war ja interessant. Damit war Brandstetters Alibi für diese Nacht wertlos.

»Am Freitag genauso. Bloß, dass ich da nur ein Glas Sekt auf dem Empfang getrunken habe. Danach bin ich auf mein Zimmer gegangen.« Sie atmete tief durch. »Allein, aber das habe ich Ihnen ja schon gesagt. Dort hab ich nur noch eins von den kleinen Weinfläschchen aus der Minibar zu mir genommen und trotzdem war ich irgendwie weggetreten.« Sie schüttelte ungläubig den Kopf und fasste sich gleich darauf stöhnend an die Schläfe. Wenn das überhaupt möglich war, schien sie noch blasser zu werden. Mit sichtlicher Anstrengung in der Stimme fuhr sie fort: »Gut ich hatte kaum etwas gegessen, abgesehen von der Vorspeise bei der Gala und später ein paar Keksen. Trotzdem ist das doch nicht normal!«

Basti wurde erneut hellhörig. »Kekse?«

»Weihnachtsgebäck, ein Geschenk des Hotels.« Ihr Blick wanderte zu dem Essenstablett auf ihrem Nachttisch, darauf befand sich eine kleine Schale mit Plätzchen. »Meinen Sie, es will mir jemand an den Kragen? Vielleicht Hans' Frau? Die hat Haare auf den Zähnen, die sollten Sie vielleicht mal unter die Lupe nehmen. Das wollte ich Ihnen eigentlich gestern sagen.« Sie gähnte. »Ich bin jedenfalls froh, dass ich hier in Sicherheit bin. Ich bin so unendlich müde.« Sie schloss die Augen und war kurz darauf eingeschlafen. Ihre Züge entspannten sich.

In der Tür stieß Sebastian mit der Nachtschwester zusammen, die wohl gerade ihren Dienst angetreten hatte und ihn ans Ende der Besuchszeit erinnern wollte. »Ihre Freundin hat großes Glück gehabt, dass sie rechtzeitig gefunden wurde«, vertraute sie ihm auf dem Flur an. »Aber keine Sorge, bei uns ist sie in guten Händen.«

Sie tätschelte beruhigend seinen Arm. Offenbar hatte ihr die Kollegin bei der Übergabe nicht gesagt, dass er von der Polizei war.

Basti bedankte sich, ohne das Missverständnis aufzuklären, und verließ nachdenklich das Krankenhaus. Was sollte er jetzt mit dem restlichen freien Abend anfangen? Die Vorstellung, in seine Wohnung zu fahren, in der sich nach wie vor Umzugskartons stapelten, war nicht besonders verlockend. Bisher hatte er es nicht übers Herz gebracht, mehr als das Nötigste auszupacken. Er beschloss, irgendwo noch eine Kleinigkeit essen zu gehen.

**

»Habt ihr auch solchen Hunger?«, drang Clooneys Stimme aus einer Ecke des Schuppens. »Fußbälle, Grillkohle, Werkzeugkasten«, zählte sie auf. »Hier gibt es alles Mögliche, bloß nichts Essbares.«

»Du hast doch eben erst gegessen«, gab Socke seine heutige Standardantwort. Er saß noch immer in der Kiste bei dem verletzten Kater und beschnupperte diesen gründlich. »Ich wusste gar nicht, dass du tätowiert bist, davon ist auf den Fotos und im Fernsehen nichts zu sehen«, murmelte er, um dann hinzuzufügen: »Du riechst nach Tierarzt.«

»Mein Tattoo wird für die Auftritte überschminkt«, erklärte der andere.

»Panteras!«, wandte sich Clooney an ihn. »Du bist doch ein berühmter Zauberer, kannst du uns nicht was Leckeres zu essen herbeizaubern?«

»Wenn ich zaubern könnte, wären wir schon lange nicht mehr hier drin.«

»Hm, da hast du auch wieder recht. Aber du *bist* doch Panteras?« Die Grautigerin hopste zu den beiden in die Kiste. »Rück mal ein bisschen.«

»Teilweise«, war die verwirrende Antwort. »Eigentlich heiße ich Kaspar.«

Socke hatte die olfaktorische Leibesvisitation des schwarzen Katers beendet. »Warst du gestern bei einer Tierärztin? Ziemlich groß, dunkelblonde, unordentliche Frisur und eine Brille?«, wollte er wissen.

»Woher weißt du das?«, fragte Kaspar-Panteras erstaunt.

»Frag lieber, wen das interessiert. Wir sind schließlich am Verhungern!«, maulte Clooney.

Der schwarze Kater maß sie von der Ohrspitze bis zur Pfote. »So schnell verhungert man nicht. Außerdem scheinst du ziemlich gut genährt zu sein.«

»Das liegt an meinem Fell. Diese Tigerstreifen lassen einen fülliger wirken, als man in Wirklichkeit ist. Und ich kann ja nichts dafür, dass ich eine Tigerkatze bin«, gab die Angesprochene beleidigt zurück. »Ihr seid beide schwarz, das macht schlank. Da kann man sich natürlich über Minderheiten wie mich lustig machen.«

»Getigerte Katzen sind ziemlich häufig. Du gehörst keiner Minderheit an!«, gab der Schwarze zu bedenken.

»Trotzdem ist es nicht richtig, eine Katze wegen ihres Fells zu benachteiligen«, beharrte Clooney.

»Oder wegen einer Behinderung«, ergänzte Socke. »Sonst wären wir ja nicht besser als manche Menschen!«

»Ich wollte niemanden diskriminieren.« Kaspar-Panteras leckte entschuldigend über Clooneys Flanke.

Die schnurrte besänftigt.

Socke interessierten derweil andere Dinge. »Du warst bei meiner Menschin in der Praxis. Sie sagt, du warst voller Blut. Weißt du, noch wo das herkam?«, wollte er von dem Kater wissen.

»Genau weiß ich es leider nicht. Irgendjemand hat mich getreten und ich habe die Besinnung verloren. Aber ich bin mir inzwischen fast sicher, dass der Böse etwas damit zu tun hat.« Er fuhr fort, Clooneys Seite abzuschlecken. »Hm, du riechst gut.«

»Der Böse?«

»Ja, er hat mich und zwei weitere Kater gefangen gehalten. Wir mussten ihm rund um die Uhr zu Diensten sein. Und dann hat er den Befehl gegeben, uns zu töten.«

»Das ist ja furchtbar«, kam es von Clooney.

»Es hat lange gedauert, bis wir uns mithilfe unseres Futtersklaven befreien konnten. Doch uns war klar, dass der Böse uns suchen und möglicherweise den Sklaven anstiften würde, uns zu töten«, erzählte Kaspar-Panteras. »Der geht über Leichen. Und er ist sehr reich und mächtig.«

Die Grautigerin fauchte entsetzt auf. »Du Armer!«

»Dieser Böse«, fragte Socke nach, »meinst du Hans Brandstetter, den Magier, der seit Freitag in Hannover ist?«

»Genau den. Hannover, diese Stadt ist furchtbar, sie hat sein wahres Gesicht zutage gefördert. Seit wir da sind, ist er besonders schlimm.«

Da war Clooney allerdings anderer Meinung. »Also so kannst du das auch nicht sagen. Hannover ist eine sehr schöne Stadt! Wenn wir aus diesem Schuppen raus sind, werde ich sie dir zeigen.«

Kaspar-Panteras schnurrte. »Da freue ich mich drauf.«

Socke war noch nicht zufrieden. »Bevor du ohnmächtig geworden bist, hast du da etwas gefressen?«

»Gefressen?«, horchte Clooney auf.

238

»Keine Ahnung, ich glaube nicht. Wieso willst du das wissen?«

»Meine Menschin hat behauptet, du hattest so etwas wie einen Chip im Magen.«

»Chips? Das knabbert unsere Menschin manchmal vorm Fernseher«, mischte Clooney sich ein. »Uns gibt sie nie etwas ab. Sie behauptet es wäre ungesund, aber sie selber futtert eine ganze Tüte leer.«

»Hm, hast du … also …«, wand sich Socke, »hast du zwischenzeitlich …? Also ein Häufchen …? Du weißt schon.«

»Du meinst, ob ich auf dem Katzenklo war?«

»Hä?«, kam es von der Grautigerin. »Was habt ihr denn für komische Themen?«

Socke ging nicht auf sie ein. »Ja, das wollte ich wissen. Und wenn ja, wo?«

»Tja, das ist mir jetzt ein bisschen peinlich. Ich musste tatsächlich mal. Das war ganz in der Nähe. Kurz bevor Alina mich hergebracht hat.«

Socke wurde aufgeregt. »Wir müssen unbedingt hier raus, und dann musst du uns die Stelle zeigen.«

»Äh, Socke, alles klar bei dir?« Clooney tippte ihm mit der Pfote an den Kopf. »Hast du einen Lagerkoller?«

»Nein, aber in dem Häufchen könnte sich ein wichtiges Beweismittel befinden«, beharrte Socke, hopste aus der Kiste und inspizierte eingehend die verschlossene Tür.

»Häufchen? Beweismittel? Ich glaube, er ist übergeschnappt. Ich hätte nicht gedacht, dass ihn das alles so mitnimmt«, wisperte Clooney dem Kater neben sich zu.

»Ja, nicht jeder kommt mit Extremsituationen zurecht«, gab der leise zurück. »Ich wiederum habe schon mal eine ganze Nacht auf einem Baum verbringen müssen. Es war eine stürmische Nacht. Ein bissiger Hund hatte mich verfolgt und …«

**

»Eine schwarze Katze?«, vergewisserte sich Oberkommissar Konrad Sauer auf dem Polizeikommissariat Hannover-Döhren. Dass dort gelegentlich verzweifelte Mitmenschen auf der Suche nach ihrem entlaufenen Liebling vorbeikamen, passierte hin und wieder. Doch dass ein Hauptkommissar der Kripo ein solches Anliegen vorbrachte und ihm zur Bekräftigung noch einen Dienstausweis von der Mordkommission unter die Nase hielt, war ein Novum.

»Kater«, verbesserte Peter. »Und es sind zwei.«

Der Mitdreißiger sah den Besucher stirnrunzelnd an und sich anschließend vorsichtig um. War irgendwo eine versteckte Kamera? Erlaubten sich seine Kolleginnen und Kollegen einen Scherz? Normalerweise war er derjenige, der den anderen Streiche spielte, vielleicht wollte ihm jemand das heimzahlen?

»Eigentlich sind es sogar drei, einen haben wir allerdings inzwischen.« Jetzt zeigte der Mann ihm auch noch mehrere Fotos auf seinem Handy. Wenn es sich tatsächlich um drei Katzen oder – wie der Hauptkommissar betont hatte – drei Kater handelte, dann sahen die sich ziemlich ähnlich.

»Einer hat vorne auf der Brust einen winzigen weißen Fleck und eine Tätowierung im Ohr. Das wurde für die Fotos überschminkt«, erklärte der angebliche Kripo-Mann.

»Äh, ja, neee, ist klar!« Das *musste* ein Scherz sein. »Sehr lustig! Ha! Ha! Ha!« Konrad Sauer klatschte langsam in die Hände. »Und nun ist gut.«

»Hören Sie, das klingt vielleicht komisch, aber …« Das Handy, das er ihm gerade unter die Nase gehalten hatte, klingelte. »Hallo, Schatz, was gibt's?«

Konrad Sauer grinste, als sich der Besucher ein paar Schritte entfernte, um mit seiner Frau oder Freundin zu telefonieren. Wahrscheinlich fehlte noch was fürs Abendessen.

»Mann, einen Moment bin ich wirklich auf deine Show reingefallen«, gab er zu, als der andere sein Gespräch beendet hatte und sich ihm wieder zuwandte. »Aber ein geschminkter Kater, das war doch ein bisschen dick aufgetragen. Im wahrsten Sinn des Wortes.« Er grinste. »Der Ausweis sieht wirklich täuschend echt aus. Lass dich damit bloß nicht erwischen.«

»Der Ausweis ist echt. Und ich bin es auch.« Peter musste ebenfalls grinsen. »Du kannst ja im Dienstrechner nachschauen. Ich heiße übrigens Peter.« Er hielt dem verdutzten Kollegen die Hand entgegen. »Ich weiß, das klingt schräg. Und es wird noch besser.«

»Konrad«, murmelte Oberkommissar Sauer und ergriff Peters Hand. »Noch besser? Das kann ich mir kaum vorstellen.«

»Äh, ja, also, das ist jetzt mehr so privat. Es sind noch zwei weitere Tiere abgängig. Eine etwas fülligere Tigerkatze und ein schwarzer Kater mit weißen Pfoten. Hier.« Wieder zeigte er ein Bild auf seinem Mobiltelefon.

Konrads Miene hellte sich auf. »Ist das Kater Socke?«

Nun war es an Peter, verdutzt dreinzuschauen. »Ja.«

»Dann bist du Peter Flott, klar. Sorry, den Namen in deinem Ausweis habe ich gar nicht so genau gelesen. Dass ich dich nicht gleich erkannt habe.« Er schlug sich mit der

flachen Hand auf die Stirn. »Aber ohne deinen Kater ...«
Er lachte lauthals.

Peter stimmte verhalten mit ein.

»Wie geht es dem beliebtesten Polizeimitarbeiter Hannovers?«

»Danke gut, glaube ich. Er ist verschwunden.«

»Waaaas? Ich informiere sofort alle Streifen in der Gegend«, aufgeregt griff Konrad nach dem Telefonhörer. »Was sagtest du? Da sind noch mehr Katzen abgängig? Keine Sorge, die sind schon so gut wie gefunden.«

** **

Als Peter kurze Zeit später vor seiner Haustür stand, trat die Nachbarin aus der Dunkelheit auf ihn zu.

»Guten Abend, Frau Bilgur. Wie geht es Ihnen?«

»Ach, Sie haben es ja vielleicht bereits gehört. Clooney ist wieder verschwunden.«

Peter nickte.

»Diesmal ist Socke auch weg. Ich mache mir solche Sorgen. Womöglich sind Katzenfänger unterwegs.« Sie sah ihn mit Tränen in den Augen an. »Der Kater von diesem berühmten Magier wird doch auch vermisst. Was, wenn das eine organisierte Bande ist, die es auf das Fell unserer Lieblinge abgesehen hat? Clooney hat so ein schönes, dichtes und glänzendes Fell. Ich gebe ihr immer eine Mischung aus Quark und Eigelb, das frisst sie besonders gern.« Sie wühlte in ihrer Jackentasche und zog schließlich eine zerknautschte Leckerlitüte heraus, bevor sie beim zweiten Anlauf ein Papiertaschentuch zutage förderte und sich damit geräuschvoll die Nase putzte.

»Machen Sie sich keine Gedanken. Die gesamte hannoversche Polizei sucht Ihre Clooney und natürlich Socke und die anderen Katzen«, versuchte Peter, sie zu beruhigen.

»Welche anderen Katzen?«

»Ach, das ist eine längere Geschichte. Gehen Sie am besten nach Hause. Falls Clooney heimkommt.«

»Wenn Sie meinen.« Frau Bilgur wandte sich ihrer Haustür zu, drehte sich jedoch gleich wieder um. »Sagen Sie, stimmt das, was die im Radio über Brandstetter berichten? Er soll die Frau vom Balkon gestoßen haben?«

»Wir wissen es noch nicht genau«, versuchte Peter, möglichst vage zu bleiben.

»Also, ich kann mir das gar nicht vorstellen. Jemand, der Tiere so liebt wie er. Haben Sie seine Biografie gelesen? Er hat seit vielen Jahren einen Kater an seiner Seite. Natürlich ist das nicht immer derselbe, aber sowohl der erste Panteras war ausgesprochen klug und der zweite ist es jetzt auch«, schwärmte die Nachbarin. »Und gut dressiert, sonst könnte Brandstetter nicht solche Zauberkunststücke mit ihnen machen. In einem wird der Kater zum Beispiel in eine Kiste gesteckt, die vor den Augen des Publikums mit einer Stahlkette umwickelt wird. Er legt ein Tuch drüber und Sekunden später taucht Panteras in einem Vogelkäfig hoch in der Luft auf.«

»Kein Wunder, wenn es mehrere Kater gibt«, murmelte der Hauptkommissar.

»Aber nein, bevor der Kater in die Box kommt, lässt Brandstetter jemanden aus dem Publikum eine Mini-Lottokugel mit einer Nummer auswählen, die er dem Kater in die Schnauze steckt.«

Peter erinnerte sich an die Nummer, die in einer Sendung über Brandstetter gezeigt worden war. Er verzichtete darauf zu erklären, dass solche Kugeln bestimmt keine Unikate waren. Ebenso wenig wie Panteras.

»Und das ist ja nur ein Beispiel von vielen«, schob Frau Bilgur nach, bevor sie mit den Worten »Hoffentlich tauchen die vermissten Katzen bald wieder auf« durch die Haustür verschwand.

Peter tat es ihr ein Haus weiter gleich. Es war ein komisches Gefühl, nicht von einem scheinbar verhungernden Kater in Empfang genommen zu werden. Er deponierte Jacke und Winterschuhe an der Garderobe und ging ins Wohnzimmer.

Chris grübelte wie so oft über der Hochzeitssitzordnung. »Na, gibt's was Neues?«

»Leider nein. Außer dass mich jetzt vermutlich die gesamte niedersächsische Polizei für verrückt hält, weil ich mehrere Katzen zur Fahndung ausschreibe.« Peter gab seiner Frau einen Kuss auf die Wange. »Und bei dir? Wie macht sich der Gast in eurer Praxis?«

»Dem geht es hervorragend. Der Durchfall ist weg und er hat einen gesegneten Appetit.« Chris nahm einen Post-it vom Rand des Plans auf dem Couchtisch. »Und wenn wir Toni zu Sven und Robert setzen?«

»Keine gute Idee. Toni ist doch Vegetarierin und wenn ›Bob, der Grillmeister‹ mit seinem Tischherrn über Fleischqualitäten der verschiedensten Anbieter fachsimpelt, ist das vermutlich suboptimal.«

»Okay. Dann soll halt Basti sich über Fleisch unterhalten.« Sie tauschte zwei Zettel. »Und Toni kommt zurück an den Kripo-Tisch.«

**

Obwohl draußen Minusgrade herrschten, hatte Frau Bilgur ihre Haustür einen Spalt breit aufgelassen, damit Clooney sofort ins Haus könnte, falls sie zurückkäme.

Deshalb wiederum konnte Gismo unbemerkt nach draußen schlüpfen, wo gerade Suleika von *ihrer* Mauer herab einer ziemlich niedergeschlagenen Mimi Vorhaltungen machte. »Warum musstest du Socke überreden, diesen Panteras zu suchen? Da draußen treibt sich mindestens ein gefährlicher Mörder herum.«

»Nun, nun.« Der ebenfalls anwesende Revierchef Mikey leckte der Glückskatze tröstend über den Kopf. »Sie hat es doch nicht böse gemeint. Jetzt lass gut sein, Suleika.«

Doch die keifte weiter. »Die Menschen sind in heller Aufregung, weil Socke und Clooney noch nicht zu Hause sind. Und ich mache mir ebenfalls Sorgen.«

Mimi hielt die Augen auf den Boden gerichtet. »Ich dachte halt, wir sollten etwas unternehmen. Immerhin hieß es, Panteras sei verschleppt worden.«

»Und da muss natürlich ausgerechnet Socke ihn suchen?«, ließ Suleika nicht locker, was ihr einen warnenden Blick von Mikey einbrachte.

»Socke ist ein sehr kluger Kater«, mischte sich Gismo ein. »Er hat schon mehrere Mordfälle gelöst.«

»Beim letzten Mal hätte er seine Einmischung beinahe mit dem Leben bezahlt. Irgendwann hat er nicht so viel Glück!«

»Es reicht, Suleika!«, versuchte Mikey, sie zum Schweigen zu bringen.

Mimi maunzte traurig vor sich hin.

»Es hat keinen Sinn rumzujammern«, versuchte der Jungkater, Hoffnung zu verbreiten. »Wir sollten uns lieber beruhigen und überlegen, was wir tun können.«

Aber Suleika wollte sich nicht beruhigen: »Und dann ist auch noch diese unvorsichtige Clooney bei ihm«, schimpfte sie. »Die hat mit ihrem Leichtsinn ja schon für so manchen Ärger gesorgt, diese Luftikatze!«

»Na, hör mal! Du redest hier immerhin von meiner Mutter«, entrüstete sich Gismo. Er wollte etwas hinzufügen, doch ein Rascheln ließ ihn innehalten. Er sah zu dem Ligusterstrauch im Vorgarten von Peters Haus.

»Sie ist eine ordinäre …«, setzte die Perserin an.

»Pssssst!«, brachte der Kater sie zum Schweigen und deutete mit der Pfote auf das Gebüsch.

Die plötzliche Stille ließ selbst Mimi aufsehen. Alle vier Katzen richteten ihre Blicke auf den Busch, aus dem ihnen zwei glühende gelbe Punkte entgegenleuchteten.

Auf Samtpfoten pirschte sich Gismo in geduckter Haltung heran.

Die Punkte fixierten ihn nun direkt. Ein eisiger Lufthauch bewegte die Blätter darum herum. Mimi, Mikey und Suleika hielten den Atem an.

Gismos Sinne waren vollständig auf das Wesen im Ligusterstrauch gerichtet. Er schob seinen Oberkörper dicht am Boden entlang vorwärts, wackelte kurz mit dem Hinterteil und setzte mit einem Kampfschrei zum Sprung an. »Miau, krchhhh!«

»Lass mich los. Ich hab nichts getan«, hörten sie eine weinerliche Stimme.

Dann tauchte der Jungkater wieder aus dem Grün auf, einen schwarzen Katzenkopf im Schwitzkasten.

Der dazugehörige Kater jammerte laut: »Ich bin unschuldig. Lass mich frei!«

»Panteras?«, tönte es von der Mauer.

»Panteras!«, echoten Mimi und Mikey.

Letzterer setzte hinzu: »Lass ihn los, Gismo. Das ist Panteras!«

»Oh, nichts für ungut, Kumpel.« Der Jungkater ließ den anderen frei.

Der schnaufte mit hängender Zunge durch. »Puh! Du hast einen richtig festen Griff.«

»Panteras, sind Sie das wirklich?« Suleikas Stimme klang beinahe ehrfürchtig.

Mimi sah erstaunt zu ihr hinauf.

»Panteras? So sagen die Menschen zu mir. Aber meine beiden Stubengenossen nennen mich Melchior.«

»Du hast zwei Stubengenossen?«, wollte Gismo wissen.

»Ja, ich bin auf der Suche nach ihnen. Ich bin schon den ganzen Tag auf den Pfoten.« Er gähnte.

»Wir sind auch auf der Suche – nach unserem Freund Socke und nach meiner Mutter. Sie heißt Clooney. Vielleicht hast du sie gesehen?«

»Hmmm.« Melchior schloss die Augen und schien nachzudenken.

»Zwei Stubengenossen? Noch mehr verschwundene Katzen? Wir sollten besser alle nach Hause gehen und die Suche den Menschen überlassen«, äußerte die Perserin wie gewohnt Bedenken.

»Vielleicht hast du ausnahmsweise, äh, ich meine mal wieder recht. Wir sollten heimgehen und morgen weitersuchen«, pflichtete Mikey ihr bei.

»Nach Hause?« Melchiors Augen öffneten sich ein kleines bisschen.

»Möchten Sie heute bei mir nächtigen?«, bot Suleika ihm an.

Drei Augenpaare schauten sie überrascht an.

Gismo fing sich als Erster. »Ach was, du kommst mit

zu mir.« Er machte eine elegante Drehung. »Die Tür steht schon offen für dich. Komm!«

»Pffff!«, kam es von der Mauer.

**

»Ist da noch frei?«

Sebastian sah widerwillig von seinem Auflauf hoch. Das hatte ihm gerade noch gefehlt. Tonis Verehrer und der Zeuge bei ihren aktuellen Ermittlungen stand vor seinem Tisch.

Ohne eine Antwort abzuwarten, nahm der Typ ihm gegenüber Platz. »Ich bin Gero«, stellte er sich vor. »Aber das weißt du wahrscheinlich.«

Basti runzelte die Stirn.

»Es ist doch okay. wenn wir uns duzen? Plaudert sich leichter.«

»Kein Bedarf an Plauderei«, knurrte Basti, »und schon gar nicht mit der Presse.«

»Hey.« Gero hob beschwichtigend die Hände. »Ich bin privat hier. Schau doch, weder Diktiergerät noch Kamera. Bringst du uns zwei große Pils?«, rief er dann in Richtung Bedienung.

»Ich unterhalte mich auch nicht mit einem …«, Basti machte absichtlich eine kleine Pause, »Zeugen.« Er schob sich bedächtig den letzten Bissen Lachs mit Blattspinat in den Mund.

Die Bedienung brachte das Bier. »Erst mal Prost!« Gero griff nach einem Glas und bedeutete Basti mit einer Geste, es ihm gleichzutun.

»Willst du mich bestechen? Oder aushorchen?«

»Bleib locker.« Gero trank einen großen Schluck. »Woher hätte ich denn wissen sollen, dass ich dich treffe?

Gesehen hab ich dich hier in der Fiedel jedenfalls bisher noch nicht.«

Da hatte er recht. Basti war das erste Mal in der gemütlichen Kneipe gelandet. Toni, das wusste er, kam öfter her, und da er seit Kurzem gleich um die Ecke der Jakobistraße wohnte, war er heute ebenfalls dort gelandet. Wenn er ganz ehrlich war, hatte er ein kleines bisschen gehofft, seine Ex zufällig zu treffen. Ihn beschlich ein unguter Gedanke. »Du bist doch nicht etwa verabredet mit …?«

»Toni? Keine Sorge. Ich gebe zu, ich wollte zu ihr, doch sie wollte nicht mit mir reden.« Er erhob erneut sein Glas. »Also, was ist jetzt? Prost?«

Zögernd griff Basti nach dem Bier. »Prost!«

Einen Moment tranken sie schweigend.

»Was willst du von Toni?«, fragte Basti schließlich.

»Also heute wollte ich ihr etwas zeigen. Aber ich denke, das meintest du nicht.« Er trank sein Getränk aus und gab dem Kneipenpersonal ein Zeichen für Nachschub. »Ich mag Toni. Klar, ich gebe zu, dass ich von Berufs wegen ihren Job bei der Kripo interessant finde. Wäre gelogen, wenn ich was anderes sagen würde.« Er spielte mit seinem Bierdeckel. »Sie würde mir jedoch genauso gefallen, wenn sie beispielsweise Fleischereifachverkäuferin wäre.«

»Toni ist Vegetarierin.«

»Stimmt. Dann von mir aus, wenn sie …«, er nahm das Glas entgegen, das die Bedienung soeben brachte und prostete Basti zu, »… wenn sie Kellnerin wäre«, beendete er den Satz.

»Willst du, äh, meinst du es ernst mit ihr?«

Gero lachte laut auf. »Ernst? Ach, Kleiner, das Leben ist doch ernst genug.«

»Tu nicht so, als wäre ich ein Baby«, begehrte Basti auf.

»In drei Jahren werde ich 40. Ich bin kein kleiner Junge, der ein bisschen Räuber und Gendarm spielt.«

»Apropos.« Der Journalist legte ein zerknittertes Stück Papier vor ihn hin.

Bastis Ärger war augenblicklich wie weggeblasen. Er griff nach dem Blatt, auf dem die Fassade des Hotels an der Messe und ein Teil eines Balkons zu sehen waren. Desjenigen Balkons, von dem am Freitag die Frau gestoßen worden war, und zwar, wenn er dem Zeitstempel glauben konnte, ziemlich genau zu der Zeit, als das Foto geschossen worden war. Er starrte Gero an. »Wo hast du das her?«

»Das ist eine längere Geschichte. Willst du sie hören?«

»Wenn du mir vorher sagst, ob du noch mehr von der Sorte hast? Aufnahmen, auf denen der Balkon und das, was sich darauf abgespielt hat, zu sehen ist.«

»Leider nein.« Gero zuckte bedauernd die Schultern.

Basti musterte ihn aus halb zugekniffenen Augen. »Und das ist die Wahrheit? Wenn ich die Fotos morgen in der Zeitung sehe, findest du dich schneller in einer Gefängniszelle wieder als du ›Beweismittel zurückhalten‹ sagen kannst.«

»Beruhig dich. Um an die restlichen Fotos zu kommen, braucht man wohl einen Polizeiausweis. Und Glück.« Er berichtete dem Jüngeren, wie und wo er das Bild gefunden hatte. »Die bei ›Photo Dose‹ haben an ihren Geräten doch sicher einen Speicher, der hoffentlich nicht jeden Tag bereinigt wird. Wenn schon dieser Marvin so blöd war, den seiner Kamera sofort zu löschen«, endete er. In dem Moment klingelte sein Handy. Er zog das Gerät aus der Halterung an seiner Gürtelschlaufe und blickte aufs Display. »Wenn man vom Teufel spricht«, murmelte er und nahm das Gespräch an. »Marvin, was gibt's?«

Basti betrachtete ihn nachdenklich und gähnte. Der ungewohnte Alkoholkonsum machte ihn müde.

»Hm, ja.« Gero suchte mit den Augen die Kneipe ab und winkte schließlich der Bedienung. »Zahlen«, formte er lautlos mit den Lippen, während er weiter in sein Mobiltelefon lauschte.

»Zusammen?«, fragte der Kellner.

Gero nickte.

»Du brauchst mich nicht einzuladen«, protestierte Basti, als Gero sein Gespräch beendet hatte.

»Schon gut. Ein Bier, das ist noch keine Beamtenbestechung.« Der Ältere grinste. »Und ich verrate es auch niemandem.« Er erhob sich. »Ach, und was Toni angeht, ein guter Rat von einem alten Hasen: Flirte mit einer netten Kollegin. Schwärme von deiner neuen Nachbarin, mit der du dich kürzlich unterhalten hast. Zeig ihr, dass du ohne sie Spaß hast. Sie mag dich ja eigentlich, aber sobald es zu ernst wird, zieht sie die Reißleine.«

KAPITEL 5 - DIENSTAG, 29. NOVEMBER 2022

Normalerweise sorgte Kater Socke dafür, dass seine Menschen morgens spätestens um 6 Uhr aufstanden, um ihn vor dem sicheren Hungertod zu bewahren. Seit Socke bei ihm wohnte, hatte Hauptkommissar Peter Flott nie wieder verschlafen. Aber obwohl er an jenem Morgen nicht von einem durchdringenden »Miau« geweckt wurde und auch kein Kater Weitsprung in seinem Bett trainierte, war er bereits um halb sechs hellwach. Chris schien es genauso zu gehen, sie hatte den Versuch, weiterzuschlafen, schon vor einer guten Viertelstunde aufgegeben und werkelte nun in der Küche. Peter griff nach seinem Handy auf dem Nachttisch. Keine verpassten Anrufe. Hätte ihn sowieso gewundert, denn er hatte den Klingelton extralaut eingestellt. Über WhatsApp hatte ihm Konrad Sauer, sein neuer Freund von der Polizeiwache in Döhren, mehrere Fotos von Katzen geschickt, die er bei seiner nächtlichen Streife gesehen hatte. Leider waren weder Socke noch Clooney unter den unfreiwilligen Fotomodellen. Und vom dritten schwarzen Kater fehlte ebenfalls jede Spur. Ein auf den ersten Blick vollkommen schwarzes Tier hatte bei näherer Betrachtung einen weißen Hinterlauf, ein anderes einen schwarz-rot geringelten Schwanz, wie Konrad erst im Näherkommen festgestellt hatte.

Ein Kollege von ihm hatte sogar eine schwarze Katze festgesetzt und erst auf der Wache bemerkt, dass sie einen großen weißen Fleck auf ihrem Bauch hatte. Also hatten sie das Tier wieder an die Fundstelle zurückgebracht. Peter seufzte. Socke, Clooney und der dritte schwarze Kater waren also nach wie vor wie vom Erdboden verschluckt.

Immerhin befand sich Kater Nummer zwei jetzt nebenan. Frau Bilgur hatte am gestrigen Abend geklingelt und von einem tierischen Freund berichtet, den »Gismo zum Essen mitgebracht« hatte, wie sie sich ausdrückte. Chris hatte sich den Kater sofort angesehen. Es war nicht der vom Sonntag, aber eindeutig einer der drei Vermissten aus Brandstetters Zauberertruppe, denn dieser Kandidat war gechipt und konnte so als Melchior identifiziert werden.

Jakob Becker sagte also die Wahrheit, wenn er von *drei* Katern sprach. Ob der Rest von seiner Aussage ebenfalls stimmte, blieb unklar. Allerdings hatte er kein Motiv und sich außerdem freiwillig bei der Polizei gemeldet. Und selbst wenn er tatverdächtig wäre, bestünde keine Fluchtgefahr, weshalb sie ihn nach der Befragung hatten gehen lassen. Als vorläufige Adresse hatte Becker ihnen ein Hotel in der Innenstadt genannt, in das er sich einquartiert hatte. »Wenn das alles vorbei ist, würde ich den drei Katern gern ein neues Zuhause bei mir geben«, hatte er den Ermittlern zum Abschied mitgeteilt.

Peter stand auf. An Schlafen war sowieso nicht mehr zu denken.

✷✷

»Ich hab Hunger!«, verkündete Clooney statt eines Guten-Morgen-Grußes.

»Du hast doch eben erst ...«, begann Socke, bevor ihm einfiel, dass seine Standardantwort nicht mehr passte. Die letzte Mahlzeit war eine beträchtliche Weile her, und ihm knurrte inzwischen ebenfalls der Magen. »Es kann nicht mehr lange dauern, bis wir befreit werden«, versuchte er deshalb, Clooney, Kaspar und vor allem sich selbst zu beruhigen. »Irgendwann kommt Fiete mit seinem Frauchen in den Nachbarschaftstreff zur Arbeit, und er wird bestimmt dafür sorgen, dass sie uns rauslässt.« Der kleinen Alina war es offenbar nicht gelungen, ihre Mutter auf die Katzen im Schuppen aufmerksam zu machen. Socke hatte so etwas schon öfter erlebt, Kinder wurden von den Erwachsenen nicht immer ernst genommen. Besonders wenn sie eine lebhafte Fantasie hatten.

Dabei wäre es manchmal wirklich besser, auf die Kleinen zu hören, dachte der Kater, oder auf uns Katzen, aber das war ja noch komplizierter, da sich die Menschen generell schwertaten, die Sprache der Tiere zu verstehen. Dabei könnten sie von ihnen so viel lernen.

»Ich muss mal«, unterbrach Clooney seine Gedanken. »Meinst du, ich kann dafür die Kiste benutzen? Die mit dem Zeug, das die Menschen immer auf die Straße schmeißen, damit keiner ausrutscht?«

Die besagte Kiste mit Rollsplitt stand vorne neben der Tür, bereit für den Winterdienst mit bereits geöffnetem Deckel.

»Wenn es nicht anders geht.« Socke verspürte ebenfalls das Bedürfnis, sich zu erleichtern, hoffte aber, so lange durchzuhalten, bis sie hier raus waren.

Die Grautigerin kam auf die Pfoten und streckte sich.

Durch die Bewegung erwachte neben ihr nun auch Kaspar. »Wa... was?« Es schien einen Moment zu dauern, bis sich seine Augen an das Zwielicht in dem Holzverschlag gewöhnten, und einen weiteren, bis er wusste, wo er war.

»Guten Morgen«, grüßte er in die Runde und gähnte herzhaft. »Was für eine Nacht.«

Da konnte Socke nur zustimmen.

»Ich habe fast gar nicht geschlafen«, beschwerte sich der Schwarze.

»Weil du Schmerzen in deiner verletzten Pfote hast?« Clooney leckte ihm mitfühlend übers Gesicht.

»Nein, weil du so geschnarcht hast.«

»Ich? Das kann nicht sein. Ich habe vor Hunger kein Auge zugetan.«

»Du hast Geräusche von dir gegeben wie ein tollwütiger Hund.«

»Pah, das war mein Magen, der geknurrt hat. Ich war die ganze Zeit wach.«

»Wenn das stimmt, dann weißt du bestimmt noch, in welcher Stadt es war, in der mich der Böse nach der Vorstellung in einer dunklen Box auf der Bühne vergessen hat? Erst unser Futtersklave hat mich mitten in der Nacht daraus befreit. Ich habe es dir erzählt.«

»Äh …?«

»Siehst du! Du hast also doch geschlafen. Und geschnarcht.«

Socke musste grinsen. Die beiden klangen wie ein altes Ehepaar. Dabei kannten sie sich erst ein paar Stunden. Aber so eine gemeinsam verbrachte Nacht verband natürlich.

Nachdem sie gestern festgestellt hatten, dass sie aus eigener Kraft nicht hier herauskämen, hatten sie sich die Zeit damit vertrieben, sich gegenseitig ihre Lebensgeschichten zu erzählen. Irgendwann waren sie dabei eingeschlafen, und nun hatten sie hoffentlich die längste Zeit in diesem Holzschuppen verbracht. Er inspizierte zum wiederholten Mal die Tür, die nicht verschlossen war. Trotzdem konnte er sie nicht öffnen, denn der simple Knauf bot leider gar keine Angriffsfläche für seine Pfoten, wie er schon mehrfach hatte feststellen müssen.

Clooney und Kaspar hatten inzwischen ihr Wortgefecht beendet und die Grautigerin verrichtete ihre Notdurft in dem provisorischen Katzenklo.

»Nicht gucken«, forderte sie die Kater auf. Die schlossen folgsam ihre Augen.

Clooney scharrte eifrig. Kleine Steinchen flogen umher. »Autsch!«, maunzte sie plötzlich auf. »Ich hab mich geschnitten. Huch, was ist denn das?«

Kaspar machte einen langen Hals. Socke landete neben Clooney im Rollsplitt. Die Grautigerin zeigte ihm anklagend ihre Pfote. Aus einem Schnitt im Ballen quoll Blut. »Ich wusste gar nicht, dass Steine so scharfkantig sind. Das ist ja lebensgefährlich.«

Der Kater schnüffelte und schob vorsichtig etwas Splitt zur Seite. »Das waren nicht die Steine. Schau mal, da ist … ein Messer!«

Clooney miaute entsetzt auf. Im selben Moment war ein lautes Kläffen auf der anderen Seite der Holzwand zu hören.

»Fiete, was hast du denn?«, hörten sie nun die näherkommende Stimme von Fietes Frauchen. »Ist da ein Tier im Schuppen?«

Der Cocker-Malteser-Mischling bellte weiter und kratzte außen an der Tür.

Die drei Katzen setzten zu einem ohrenbetäubenden Gemaunze an.

»Was ist denn das? Geh mal zur Seite, Fiete. Da ist doch was.« Die Tür wurde geöffnet.

Socke und die Grautigerin drängten hinaus.

»Socke! Clooney! Und …?« Die Mitarbeiterin des Nachbarschaftstreffs sah fassungslos auf den schwarzen Kater. Dann fiel ihr Blick auf die Rollsplittkiste und das Messer. »Meine Güte!« Sie zückte ihr Handy.

»Wurde auch Zeit, dass ihr kommt«, maulte Clooney Fiete an.

»Es war gar nicht so leicht«, verteidigte sich der. »Alina hat den Erwachsenen von euch erzählt, aber die wollten ihr nicht glauben. Vor allem weil ihr dusseliger großer Bruder nichts von euch mitbekommen hat und behauptet hat, sie wolle sich bloß wichtigmachen.«

**

»Gute Arbeit«, lobte Peter. »Ich denke, da sollten wir Herrn Brandstetter bald einen Besuch abstatten.«

»Danke!«, freute sich Sebastian, der heute den freien Platz neben Toni verschmäht hatte und zwischen Lisa und Ulrich Zeitler saß. Der Kommissar hatte, seine Ex-Freundin demonstrativ ignorierend, erwartungsvoll in die Runde gesehen und zunächst das Bild des Hotels auf den Tisch gelegt, um gleich danach weitere Fotos von Freitagnacht hinterherzuschieben, die er sich in den frühen Morgenstunden von dem Fotogeschäft in Hannovers Innenstadt besorgt hatte.

»Wo hast du die her?«, hatte nicht nur Peter wissen wollen, und Basti hatte die Geschichte von Gero erzählt, ohne dessen Namen zu nennen.

»Genial«, äußerte Uli sich anerkennend. »Darauf muss man erst einmal kommen.«

»Damit sind von Haberberg und Marvin Möglinger als Verdächtige raus. Soll ich ihren Termin heute wegen der erkennungsdienstlichen Behandlung absagen?«, wollte Fritz wissen.

Peter nickte. »Ja, bitte. Das wäre sowieso alles auf freiwilliger Basis gewesen.«

Lisa deutete auf die Fotos. »Also, wenn das nicht für einen Haftbefehl reicht, weiß ich auch nicht.«

Der Hauptkommissar wollte etwas erwidern, aber Basti kam ihm zuvor. »Ich hab noch etwas, das euch als Argument beim Staatsanwalt helfen könnte. Brandstetters Alibi für den Mord an Florian Küppersbusch ist mehr als wacklig. Frau Stark, bei der er laut eigener Aussage gewesen sein will, hatte in der Nacht einen Blackout. Würde mich nicht wundern, wenn der Gute dabei nachgeholfen hätte.« Zufrieden verschränkte Basti die Arme vor der Brust und wagte jetzt doch einen Blick zu Toni. Die presste die Lippen aufeinander und schwieg.

»Hat uns Jakob Becker nicht erzählt, dass Brandstetter K.-o.-Tropfen besorgt hatte, um die Kater umzubringen?«, erinnerte sich Lisa. »Was, wenn er die anderweitig genutzt hat? Dann wäre der Suizid von Eliza Stark tatsächlich ein weiterer Mordversuch gewesen. Das kann kein Zufall sein, dass sie sich ausgerechnet mit K.-o.-Tropfen das Leben nehmen wollte.«

Basti wurde blass und schlug sich mit der flachen Hand gegen die Stirn. »Brandstetter hat Frau Stark gestern in der MHH besuchen wollen. Er ist aber laut der Stationsschwester abgehauen, als er hörte, dass die Polizei im Anflug ist.«

»Ach du Sch…«, entfuhr es Fritz.

»Ruf bitte gleich dort an«, bat Peter Basti. »Und fahr anschließend hin und sorg dafür, dass vorerst keiner zu ihr reinkommt. Für den Fall, dass wir den Herrn nicht erwischen.« Er wandte sich an Lisa: »Und wir machen uns schleunigst auf den Weg ins Hotel zu einem Überraschungsbesuch, sobald wir mit Dr. Breithaupt gesprochen haben. Der wird bestimmt nichts mehr gegen einen Durchsuchungsbeschluss von Brandstetters Suite haben.«

»Also los, an die Arbeit.« Uli Zeitler stemmte sich aus seinem Stuhl hoch.

Das war das Signal für die anderen, ebenfalls aufzustehen.

»Toni«, ordnete Peter im Hinausgehen an, »kannst du dir bitte noch mal Brandstetters Frau vornehmen? Mich würde interessieren, ob sie unter den gegebenen Umständen ihre Aussage von Freitag aufrechterhält. Sie hat diesbezüglich ja schon mal ihre Meinung geändert.«

»Wird erledigt«, murmelte die Angesprochene unkonzentriert und ließ ihren Ex nicht aus den Augen. Basti hatte sein Handy gezückt und wischte mit einem Lächeln auf dem Display herum. An der Tür hielt sie ihn auf. »Na, hast du neuerdings eine Dating-App?«

»Äh, wie kommst du darauf?«

Statt einer Antwort imitierte Toni sein Wischen und den versonnenen Gesichtsausdruck.

»Und wenn's so wäre? Darf ich?« Mit diesen Worten schob er sich an ihr vorbei und eilte den Flur entlang, ohne sie eines weiteren Kommentars zu würdigen.

Verdattert sah sie ihm hinterher.

Fritz trat neben Toni und folgte ihrem Blick. »Langsam wird es mit ihm.«

»Streber.«

Der Ältere betrachtete sie von der Seite. »Was hast du erwartet? Dass er gleich wieder abhaut, nur weil du es dir mit ihm anders überlegt hast?«

»Ich ...« Toni verstummte.

»Du weißt nicht, was du willst, und machst damit nicht nur dir, sondern auch anderen das Leben schwer«, schlug Fritz ungewohnt kritische Töne an. »Ja, ich weiß, du hast es nicht leicht, aber dafür können wir nichts. Und vor allem kann Basti nichts dafür. Er hat sich wegen dir nach Hannover beworben. Und kaum ist seine Versetzung genehmigt, kriegst du kalte Füße und lässt ihn sitzen, anstatt endlich mal Verantwortung zu übernehmen.«

»Du redest fast wie mein Vater.«

»Komm mir nicht damit. Dein Vater ist bestimmt kein Heiliger, trotzdem kannst du ihm nicht für alles die Verantwortung geben!«, redete der Ältere sich in Rage. »Und vor allem lass deine Launen nicht an Basti aus.«

»Ist doch wahr! Wie der sich plötzlich wichtigmacht. Erst rettet er der Stark das Leben, dann kommt er auf einmal mit den Fotos an. Wahrscheinlich wird er bald befördert.«

»Zu Recht. Und nur kein Neid. Deiner Karriere täte es ebenfalls gut, wenn du dich weniger mit deinen eigenen Befindlichkeiten beschäftigen würdest.«

»Pffff!«, schnaubte Toni.

»Vielleicht solltest du mal in Ruhe drüber nachdenken.« Er legte ihr väterlich den Arm um die Schultern. »So, jetzt komm, zurück an die Arbeit. Sonst wird das nie was mit der Beförderung.«

**

»Habt ihr das Gewitter auch gehört?«, empfing Suleika die anderen Katzen mit Leidensmiene.

»Gewitter?« Mimi sah sie erstaunt an. »Das habe ich gar nicht mitbekommen.«

»Ein lauter Donner in den frühen Morgenstunden. Ich bin so erschrocken, dass ich danach kein Auge mehr zutun konnte, und der Appetit fürs Frühstück ist mir auch vergangen.«

»Das war kein Gewitter. Meine Menschen sagen, es war eine Fehlzündung«, wusste Mikey es besser. »Oder hast du es blitzen gesehen?«

»Geregnet hat es ebenfalls nicht«, pflichtete Melchior ihm bei, der heute Gismo begleitete.

Letzterer hatte eine ganz andere Theorie. »Ich glaube ja eher, das war eine Schießerei.«

»Du schaust eindeutig zu viel fern«, kam es von der Mauer. »Wer sollte sich denn hier eine Schießerei liefern? Das ist eine ruhige Gegend.«

Wie aufs Stichwort bogen mehrere Streifenwagen in den Karl-Schurz-Weg ein und fuhren auf das Hotel zu. Binnen kürzester Zeit herrschte geschäftiges Treiben rund um dessen Einfahrt. Ein Absperrband wurde gezogen, diesmal um den Bereich der Garageneinfahrt.

»So viel zur ruhigen Gegend«, murmelte Gismo.

»Hoffentlich ist nichts mit Socke!«, sorgte sich Mimi, als nun Peter und seine Kollegin angefahren kamen.

»Keine Sorge«, beruhigte Suleika sie, »wenn die so ein Theater machen, dann ist mindestens ein Mensch tot.«

**

»Das ist aber schön. Frau Kleinschmidt bekommt so gut wie nie Besuch«, freute sich die nette Dame in der Seniorenresidenz, »Kelle«, stand auf ihrem Namensschild. »Früher waren ab und zu ehemalige Schüler von ihr da, aber das ist schon länger her. Ich dachte inzwischen, sie hat gar keine Verwandtschaft mehr. Seit das mit Corona so schwierig geworden ist, war gar niemand mehr da.« Sie sah die beiden Männer fragend an. »Sie haben doch einen Test?«

»Selbstverständlich.« Der Ältere zeigte ihr in rascher Abfolge beide Dokumente auf seinem Handy.

»Danke.« Frau Kelle lächelte entschuldigend. »Das ist leider immer noch Vorschrift.«

»Eine gute Sache. Es ist ja zum Besten meiner Tante. Sie war bereits früher besonders anfällig für Viruserkrankungen. Wenn irgendwo eine Grippe oder Darmgrippe rumging, Tantchen hatte sie.«

»Oh!« Frau Kelle schien erstaunt. »Also hier hatte sie eigentlich nie etwas Derartiges.«

»Vielleicht lag es daran, dass sie als Lehrerin so viel Kontakt mit Menschen hatte. Die jungen Leute schleppen doch dauernd was an. Würden Sie uns jetzt bitte zu ihr bringen?«

»Aber gerne.« Frau Kelle trat hinter der Scheibe des Empfangs hervor. »Kommen Sie bitte mit. Frau Kleinschmidt ist leider ein wenig verwirrt«, erklärte sie, während sie den Männern voranging. »Seien Sie nicht enttäuscht, wenn sie Sie nicht gleich erkennt. Haben Sie Geduld mit ihr. Wir haben festgestellt, dass sie sich an länger zurückliegende Ereignisse besser erinnert. Es dauert nur eine gewisse Zeit.«

»Das ist perfekt für uns«, wisperte Gero von Haberberg. »Dann brauchen wir uns nicht noch mehr Storys auszudenken.« Er stieß Marvin Möglinger mit dem Ellbogen an.

»Musste das sein?«, beschwerte der sich, ebenfalls im Flüsterton. »Der Neffe aus Amerika mit seinem Ehemann?«

»Wieso? Hat doch wunderbar geklappt. Ich bin gespannt, was uns Brandstetters alte Lehrerin zu erzählen hat.«

Frau Kelle, die den leisen Wortwechsel bemerkt hatte, wandte sich zu ihnen um. »Haben Sie noch Fragen?«

»Nein, nein.« Gero bedachte sie mit seinem charmantesten Lächeln. »Mein Mann ist bloß ein bisschen aufgeregt, weil er meine Tante ja lediglich von alten Fotos kennt.«

»Ach, keine Sorge. Ihre Tante ist eine ganz liebe Person. Man hat das ja leider nicht immer. Manche Demenzpatienten werden aggressiv, aber Frau Kleinschmidt nicht. Sie ist hier bei allen beliebt.« Damit setzte sie den Weg durch die Flure fort. »Dort ist das Stationszimmer.« Sie deutete auf eine halbgeöffnete Tür, an der sie gerade vorbeigingen.

Endlich hatten sie das Zimmer von Frau Kleinschmidt erreicht. »Ich stelle Sie kurz vor und lasse Sie dann mit Ihrer Tante allein. Und wie gesagt, haben Sie etwas Geduld mit ihr.« Frau Kelle lächelte den beiden Männern aufmunternd zu und klopfte an die Tür. »Und wenn Sie etwas brauchen, können Sie klingeln oder jemanden vom Pflegepersonal ansprechen.« Sie deutete auf einen kräftigen, jungen Mann, der gerade an ihnen vorbeiging.

»Vielen Dank! Ich bin sicher, Tantchen wird sich freuen.«

**

»Der Zauberer ist tot?«, fragte Mimi ungläubig und leckte Socke liebevoll übers Gesicht.

»Mutmaßlich«, verwendete Socke das Wort, das er bei Peter gehört hatte. Der Hauptkommissar war nach dem Anruf von Fietes Frauchen direkt zum Nachbarschaftstreff gefahren, um das gefundene Messer sicherzustellen und die Katzen dort wegzuholen. Doch kaum war er da, klingelte sein Handy und jemand erzählte ihm von einem Toten im Hotel an der Messe. Das erfuhr der Kater, weil sein Mensch direkt Chris angerufen hatte und sie bat, zum Nachbarschaftstreff zu kommen, um die Tiere mitzunehmen. »Er hat erzählt, dass er wegmuss, weil dieser Herr Brandstetter erschossen worden ist.«

»Siehst du! Es war also doch eine Schießerei!«, rief Gismo und blickte Suleika dabei an.

Da es inzwischen im gesamten Karl-Schurz-Weg von Polizei und Presse nur so wimmelte, glaubte nun auch die Perserin an ein Gewaltverbrechen.

Chris hatte Kaspar, Clooney und Socke zunächst mit in ihre Praxis genommen, und nachdem sie alle untersucht und die Schnittverletzung an der Pfote der Grautigerin verarztet hatte, hatte sie Clooney und Socke nach Hause gebracht.

»Kaspar ist noch in der Praxis, aber es geht ihm gut. Und Balthasar ist ebenfalls dort«, erklärte Socke gerade dem erleichterten Melchior.

»Ich habe übrigens die Mordwaffe gefunden.« Clooney hob die verbundene Pfote. »Um ein Haar hätte ich mir dabei eine lebenswichtige Schlagader verletzt. Chris hat übrigens zu unserer Menschin gesagt, sie soll mir besonders viel gekochten Schinken geben. Das ist gesund und gut bei Blutverlust.«

»Äh …« Gismo blickte sie irritiert an. »Das habe ich gar nicht mitbekommen.«

»Das wäre mir neu, dass Schinken gesund für Katzen sein soll«, äußerte auch Suleika skeptisch.

»Du weißt eben nicht alles.« Clooney wandte sich an Socke. »Wollen wir uns drüben am Tatort mal umsehen? Ohne uns lösen die Menschen den Fall bestimmt nicht.«

»Hört das denn nie auf? Ich habe euch doch gesagt, es ist gefährlich, sich in Menschensachen einzumischen.«

**

Saskia Werblow presste ihre Hand fassungslos auf ihren Mund. Ihre Nasenflügel bebten.

Lisa tätschelte ihr den Arm. »Möchten Sie ein Glas Wasser?« Sie und Peter saßen mit der Ehefrau des Toten durch mehrere Whiteboards abgeschirmt in einem Besprechungsraum, den ihnen die stellvertretende Hotelmanagerin zur Verfügung gestellt hatte. Frau Werblow lehnte dankend ab. Sie selbst hatte ihren Mann in der Tiefgarage des Hotels gefunden und direkt einer Befragung zugestimmt.

»Ihre Kollegin hat heute Morgen angerufen und mich zu einer weiteren Vernehmung einbestellt«, erklärte sie mit gepresster Stimme. »Ich dachte, ich nehme den Wagen von Frau Stark. Das ist eines der Dienstfahrzeuge von uns, und sie braucht es ja im Moment nicht. Deshalb bin ich runter in die Tiefgarage und ... da saß er an der Wand, der Kopf war nach vorn weggesackt.« Sie schluchzte auf. »Zuerst dachte ich, er wäre ohnmächtig geworden. Erst als ich mich über ihn gebeugt habe, hab ich die Pistole in seiner Hand bemerkt.«

»Hatte er die in der Hand?«, vergewisserte Lisa sich.

»Ich ... ich glaube.« Sie sah die beiden Kommissare mit großen Augen an. »Nicht?«

Keiner äußerte sich dazu.

»Vielleicht lag sie auch neben ihm. Ich war so aufgeregt. Ich wollte ihn aufrichten, dabei ist er dann vollends zur Seite gekippt. Da hab ich erst bemerkt, dass er im Gesicht ...« Sie brach ab und biss sich auf die Unterlippe.

»Frau Werblow, wann haben Sie Ihren Mann das letzte Mal lebend gesehen?«

»Das war heute Nacht oder besser am frühen Morgen.« Sie dachte nach. »So gegen fünf. Ich hatte Kopfschmerzen. Und weil ich Hans nicht wecken wollte, habe ich in seinem

Kulturbeutel eine Tablette gesucht und stattdessen zwei Fläschchen aus braunem Glas und mit rotem kindersicherem Verschluss gefunden. Vorne waren chinesische Schriftzeichen drauf. Ich hab gleich an K.-o.-Tropfen gedacht und ihn zur Rede gestellt. Es hieß ja, dass Eliza …« Sie stockte. »Und Hans war gestern den ganzen Vormittag unterwegs.« Sie schlug die Augen nieder. »Am Freitagabend übrigens genauso. Er hatte mich gebeten, für ihn zu lügen. Wissen Sie, nachdem er mir seine Affäre mit Eliza gestanden hatte und auch, dass er mit ihr Schluss machen würde, wollte ich ihm eine letzte Chance geben. Aber heute Nacht haben wir uns ziemlich gestritten.« Jetzt verbarg sie ihr Gesicht in ihren Händen.

Die Ermittelnden warteten, bis sie sich wieder etwas beruhigt hatte.

Im vorderen Teil des Besprechungsraumes hatte man inzwischen begonnen, das Hotelpersonal zu befragen.

»Wissen Sie etwas über die Waffe?«, fragte Peter.

Saskia Werblow nickte. »Das ist seine eigene. Die hat er sich irgendwann zugelegt. Als Promi mit besonderem Schlag bei der Damenwelt hat man nicht nur Freunde.«

Ein Streifenbeamter trat neben die Raumtrenner. »Entschuldigung, dass ich störe. Die Polizeipsychologin ist da.«

Fragend sah Brandstetters Witwe den Hauptkommissar an. »Kann ich gehen?«

»Selbstverständlich, wenn Sie dem Kollegen sagen würden, wie wir Sie gegebenenfalls erreichen können.«

Frau Werblow war bereits aufgesprungen und verschwand mit dem Beamten.

»Glaubst du, Brandstetter hat sich das Leben genommen?«, fragte Lisa.

Der Hauptkommissar nickte. Prof. Dr. Kremski, Chef der Rechtsmedizin, hatte sich anlässlich des prominenten Toten heute höchstselbst herbemüht und ihn über seine ersten Eindrücke in Kenntnis gesetzt. Denen zu Folge hatte der Tote selbst »Hand an sich gelegt«, wie der Rechtsmediziner sich ausgedrückt hatte.

»Das sieht nach einem Schuldeingeständnis für zwei Morde und einen Mordversuch aus.«

Peter wiegte nachdenklich den Kopf. »So könnte man es interpretieren. Aber um das zu beweisen, kommt noch einiges an Arbeit auf uns zu.«

** **

»Es war wieder da«, sagte die Anruferin.

»Was war wieder da?«, wollte Toni wissen.

»Na, das Wohnmobil am Stadtfriedhof.«

»Sie sind?«

»Gerlinde Hornbach, wie der Baumarkt, jedoch nicht verwandt.«

Jetzt erinnerte sich Toni. Das war eine der älteren Damen, die am vergangenen Freitag das Wohnmobil der Marke Eura Mobil und angeblich auch Hans Brandstetter am Seelhorster Friedhof beobachtet hatten.

»Den Zauberer habe ich auch gesehen. Der kam aus dem Wohnmobil und ist zu einem parkenden Auto gelaufen. Da saß jemand drin und hat auf ihn gewartet. Glaube ich jedenfalls, denn die Innenbeleuchtung war aus.«

»Wann ist Ihnen das Wohnmobil nun wieder aufgefallen? Ist es jetzt noch da?«

»Gestern spätabends, als ich die letzte Runde mit meinem Lumpi gedreht habe. Als ich zu Hause war, hat Lumpi gehumpelt. Er hatte einen Dorn in seiner Pfote, den ich ihm rausziehen musste. Deshalb habe ich ganz vergessen, bei Ihnen anzurufen.« Frau Hornbach klang nur wenig zerknirscht ob dieses Versäumnisses. »Gerade eben, als ich mit Lumpi seinen Verdauungsspaziergang gemacht habe, ist es mir wieder eingefallen. Aber jetzt ist es weg. Also das Wohnmobil.«

Toni, die sich erheben hatte wollen, sank in ihren Bürostuhl zurück. »Sie sind sich allerdings schon sicher, dass es gestern Nacht da war?«

»Na, hören Sie mal. Ich bin doch nicht dement«, entrüstete sich die Seniorin. »Außerdem habe ich mir dieses Mal die Autonummer notiert. Dann können Sie die Leute selber fragen.«

**

»Kommst du mit zur Spätbesprechung?«, fragte Fritz seine Bürogenossin.

»Gleich. Ich muss nur noch diesen Satz zu Ende schreiben«, antwortete Toni, ohne aufzusehen, und tippte eifrig in ihren PC.

Nachdem der Ältere ihr am Vormittag den Kopf gewaschen hatte, hatte zunächst Funkstille zwischen den beiden geherrscht. Fritz, der eine derart angespannte Stille normalerweise nicht lange aushielt, hatte sich zunächst demonstrativ in die Arbeit gestürzt. Schließlich war Toni es gewesen, die das Schweigen brach. »Ich bin wohl eine ziemlich egoistische Zicke?«

»Sag nichts gegen die lieben Zicklein«, knurrte Fritz. »Doch ja, du bist manchmal etwas anstrengend.«

Toni legte ihre Hand auf seinen Arm. »Ich kann nicht versprechen, dass ich mich von einem Tag auf den anderen komplett ändere, aber ich denk darüber nach. So, und jetzt hole ich uns ein Stück Marzipanstollen aus der Cafeteria.«

Beide hatten lachen müssen, mit Essbarem kriegte man Fritz fast immer.

Der Stollen war längst gegessen und der Abend fortgeschritten, als nun der Hauptkommissar seine Leute zum Meeting bat.

»Peter hat Pizza bestellt. Essenszeit ist ja längst rum.« Fritz erhob sich. »Ich gehe schon mal vor.«

Ein verführerischer Duft nach Pizza lag in der Luft. Peter saß am Besprechungstisch und ging die Unterlagen durch, die er eben aus der Rechtsmedizin erhalten hatte.

Lisa verteilte Teller und Servietten. »Hallo, Fritz, nimm Platz und greif zu.«

Das ließ sich der Ältere nicht zweimal sagen. Er schnappte sich ein mit Schinken belegtes Stück und legte es auf einen der Teller. »Hm, riecht lecker.«

»Fang ruhig an, solange es noch warm ist«, sagte Peter in die Notizen versunken.

Nach und nach trudelten die anderen ein.

Als der erste Hunger gestillt war, eröffnete der Hauptkommissar den dienstlichen Teil. »Beginnen wir vorne, heute Morgen wurde die Tatwaffe für den Mord an Küppersbusch gefunden.« Er legte ein Foto neben die Pizzakartons und blickte Ulrich auffordernd an.

»Ja«, ergriff der das Wort, »neben dem Messer haben wir noch Einzelteile eines Handys in der Rollsplittkiste gefunden. Die Daten darauf sind leider zerstört, es konnte jedoch eindeutig Florian Küppersbusch zugeordnet werden. Damit können wir mit ziemlicher Sicherheit davon ausgehen, dass der mit dem gefundenen Messer getötet wurde. Es ist zwar abgewischt worden, allerdings nicht besonders gründlich, der Täter hatte es wohl eilig. Wir konnten jedenfalls noch Spuren von Blut daran feststellen. Und zwar frisches …«

»Das stammt wahrscheinlich von Clooney, meiner Nachbarskatze, die hat sich an der Klinge geschnitten«, schob der Hauptkommissar erklärend ein.

»Außerdem das Blut von mindestens zwei weiteren Personen, vermutlich Opfer und Täter. Die DNA-Analyse läuft noch.«

»Der Täter?«, fragte Toni.

»Ja«, begann Peter, als es klopfte. Ohne auf ein »Herein« zu warten, trat der Staatsanwalt ein, murmelte eine Entschuldigung und setzte sich. Dabei gab er dem Hauptkommissar ein Zeichen, sodass der fortfuhr. »Wir gehen davon aus, dass es sich um Hans Brandstetters DNA handelt.«

»Der sich durch Suizid der Strafe entzogen hat«, ergänzte Dr. Breithaupt. »Es war doch Suizid? Oder was sagt die Gerichtsmedizin?«

»Es könnte einer gewesen sein«, relativierte Peter. »Die Verletzungen im Gesicht deuten darauf hin, dass die Waffe zwar ganz nah am Mund abgefeuert wurde, er den Lauf aber nicht mit den Lippen umschlossen hat, wie bei Selbsttötungen üblich.«

»Es könnte also auch jemand anderes gewesen sein?«

»Könnte. Wir haben es mit einer Beretta 3032 Tomcat zu tun.« Peter legte eine Abbildung der besagten Pistole auf den Tisch. »Wie ihr seht, hat sie einen ziemlich kurzen Lauf, und wenn man dann den Rückstoß mit einberechnet, kann es auch ohne direkten Körperkontakt durchaus eine Selbsttötung gewesen sein.« Er wiegte den Kopf.

»Was ist mit Schmauchspuren?«, wollte Toni wissen.

»Er hat Handschuhe getragen«, kam es von Lisa.

»Und daran haben wir Spuren festgestellt«, ergänzte Uli Zeitler. »Allerdings kann ihm der Täter die Handschuhe auch nach dem Mord übergestreift haben.«

»Oder die Täterin«, mischte Toni sich ein. »Wer zieht sich denn Handschuhe an, um sich umzubringen?«

»Na ja, es ist kalt draußen. Er hatte außerdem einen Mantel und Winterstiefel an«, meldete der SpuSi-Mann sich wieder zu Wort.

»Also«, fasste Dr. Breithaupt zusammen, »ist es nicht endgültig geklärt, ob wir es mit einem Suizid zu tun haben.«

»Wir müssen erst alle Spuren auswerten. Und ein paar Werte aus dem Labor stehen auch noch aus.« Ulrich checkte sein Handy auf eventuell eingegangene Nachrichten und zuckte bedauernd mit den Schultern.

»Dem Professor ist bei der Leichenschau noch was anderes aufgefallen.« Peter legte ein weiteres Foto vor. »Der Tote hatte dieses sorgfältig überschminkte Tattoo am linken Handgelenk.«

»Eine Uhr?«, wunderte sich Fritz.

»Ohne Zeiger«, ergänzte Peter.

»War Brandstetter mal im Knast?«, wollte Basti wissen. Alle außer dem Hauptkommissar sahen ihn fragend an. »Eine Uhr ohne Zeiger lassen sich Gefängnisinsassen manchmal tätowieren, als Zeichen dafür, dass die Zeit in Haft für sie stillsteht.«

Fritz, der sich gerade das letzte Achtel Champignonpizza hatte nehmen wollen, hielt inne. »Also in seiner Biografie steht nichts von einem Gefängnisaufenthalt.«

»Na ja, damit geht man ja nicht so gerne hausieren. Check doch bitte mal unsere Datenbank und seinen Lebenslauf, ob es irgendwelche Lücken darin gibt. Längere Pausen, in denen er keine Auftritte hatte«, bat Peter ihn. »Also vor Corona. Er lebte im Ausland, deshalb findet sich möglicherweise nicht alles in unseren Akten. Und du, Toni, sprich noch mal mit seiner Frau, vielleicht weiß die etwas dazu.«

»Das muss allerdings nichts mit seiner Selbsttötung zu tun haben.« Fritz biss herzhaft in das inzwischen kalte Pizzastück.

»Muss nicht«, gab der Staatsanwalt dem Senior der Truppe recht, »aber es könnte. Und wenn es doch Fremdverschulden war, liegt darin womöglich der Schlüssel.«

»Ich habe noch was dazu.« Toni berichtete von der Anruferin, die das Wohnmobil auf dem Parkplatz des Stadtfriedhofs gesehen hatte. »Brandstetter muss noch mal dort gewesen sein, sie hat gesehen, wie er ausgestiegen ist. Vielleicht hat ihn der Fahrer erpresst oder sonst etwas gesagt oder getan, was ihn veranlasst hat, sich umzubringen.«

»Konnte die Frau dieses Mal mehr über das Fahrzeug sagen?«, erkundigte sich Dr. Breithaupt und zeigte damit, dass er sämtliche Berichte kannte.

»Ja, sie hat sich sogar das Kennzeichen gemerkt. Der Halter ist ein gewisser Christian Kolbe aus Garbsen. Er wurde im vergangenen Jahr bei einer Routinekontrolle mit Hasch erwischt. Das Verfahren wurde wegen geringer Menge eingestellt. Vielleicht war er ein Kunde von Mike Kammerfeld. Wie Brandstetter da reinpasst«, Toni zuckte mit den Schultern, »keine Ahnung. Leider habe ich Kolbe bisher nicht erreicht.«

»Sofort hinfahren!«, übernahm der Staatsanwalt das Kommando. »Und Sie, Herr Meyer, begleiten die Kollegin.«

**

»Kaspar, wie schön dich zu sehen!« Melchior überschlug sich fast vor Freude, als er seinen Kumpel erspähte. Er ging auf ihn zu und wollte ihm ein Nasenküsschen geben.

Kaspar drehte schnell seinen Kopf zur Seite, sodass Melchior sein Ohr erwischte. »Hey, Alter!«, versuchte er, sich cool zu geben. »Give me five.« Er fuchtelte mit der Pfote durch die Luft.

Melchior schaute ihn irritiert an und wandte sich dann Clooney und Gismo zu, die zusammen mit ihm nach draußen gekommen waren. »Es fällt ihm manchmal schwer, seine Gefühle zu zeigen«, erklärte er.

»Hallo«, begrüßte Socke seinerseits die Neuankömmlinge. Mimi schloss sich mit einem freundlichen Blinzeln an.

»Na, auch hier?«, war gleich darauf eine Stimme von oben zu hören. Alle legten ihre Köpfe in den Nacken. Auf der Mauer neben Suleika saß Balthasar und sah auf die Katzen herab.

Die Perserin setzte eine selbstzufriedene Miene auf. »Panteras, ach, ich meine natürlich Balthasar ist bei mir zu Hause zu Gast.«

»Chris hat Kaspar und Balthasar aus der Praxis mitgebracht«, erklärte Socke denen, die es noch nicht wussten. »Suleikas Mensch hat sich bereit erklärt, Balthasar vorübergehend bei sich aufzunehmen, Kaspar wohnt bei mir. Spätestens nächste Woche sollen sie alle drei zu ihrem Menschen zurück.«

»Diesem Magier?«, wunderte sich Gismo. »Ich dachte, der ist tot. Die Nachrichten haben kein anderes Thema als seinen Selbstmord.«

»Suizid«, verbesserte Suleika ihn. »Ein Mord ist immer durch fremde Hand und somit gibt es streng genommen gar keinen Selbstmord. Das wäre ein …«

»Schon gut«, fiel der Jungkater ihr ins Wort, »im Fernsehen nennen die das halt so.«

»Weil die meisten Menschen keine Ahnung haben …«
Diesmal war es Clooney, die die Perserin unterbrach. »Vielleicht war es ja auch ein richtiger Mord! Socke, wir müssen unbedingt wieder die Polizei unterstützen, alleine finden die nie den Mörder.« Sie wandte sich an Melchior. »Weißt du, ich und Socke haben bereits mehrere Morde aufgeklärt. Socke war deshalb sogar in der Zeitung. Ich halte mich da eher im Hintergrund, aber in Wirklichkeit trage ich viel zur Lösung der Fälle bei.«

»Pffff, wer's glaubt«, kam Suleikas obligatorischer Einwand.

»Zu wem ziehen denn jetzt die drei Panterasse?«, wollte Mimi wissen.

»Zu unserem Futtersklaven«, antwortete Kaspar, »der hat in den vergangenen Jahren für unsere Verpflegung gesorgt und ist eigentlich ziemlich in Ordnung für einen Menschen.«

»Also, ich könnte mir durchaus vorstellen, dass jemand den Bösen umgebracht hat«, meldete Balthasar sich wieder zu diesem Thema zu Wort. »So bösartig wie der war.«
Suleika musterte ihn indigniert von der Seite.

»Sag ich doch. Socke, wir müssen umgehend die Ermittlungen aufnehmen.« Clooney tippte ihren Nachbarn mit der Pfote an. »Da läuft ein irrer Mörder frei herum. Der hat diese Frau vom Balkon geschubst und den Mann im Wald gemeuchelt, und jetzt hat er auch noch den Zauberer umgebracht. Wer wird der Nächste sein?

Socke war skeptisch. »Warum hätte er das tun sollen?«

»Weil er irre ist. Das ist ein Massenmörder. So wie dieser Haarmann, der war aus Hannover und hat ganz viele Menschen getötet.« Sie schluckte. »Und aufgegessen. Wir müssen unbedingt etwas unternehmen! Los!«

»Hm, vielleicht solltet ihr mal das Fernsehprogramm wechseln«, schlug Mikey Gismo, dem Hüter der Fernbedienung, vor.

»So einfach ist das nicht«, dämpfte Socke Clooneys Tatendrang. »Du hast doch gehört, was Kaspar gesagt hat: Der Geruch, den wir an dem Messer erschnüffelt haben, stammt von dem Zauberer. Und es gibt angeblich Fotos, auf denen zu sehen ist, wie er die Frau vom Balkon stößt. Er hat sich selber umgebracht.«

»Und warum? Aus Versehen? Weil ihm die Opfer ausgegangen sind?«, maulte die Grautigerin.

»Nein, weil er seine Taten bereut hat.«

»Das passt gar nicht zu ihm«, meldete Balthasar sich wieder zu Wort. »Ich kenne ihn schon so lange. Er hat anderen dauernd und ohne schlechtes Gewissen geschadet, aber sich selber nie.«

**

Das Ziffernblatt der Wanduhr war die einzige Lichtquelle in der kleinen Stube. Seit über zwei Stunden saß er nun bereits auf dem hässlichen braunen Sofa hier in der Dunkelheit und vermochte sich nicht zu regen. Als es an der Tür geklingelt hatte, hatte er sich gerade im fensterlosen Badezimmer befunden. Einem Impuls folgend hatte er das Licht gelöscht und war im Dunkeln ins Wohnzimmer geschlichen, dessen Fenster auf die Straße ging. Er hatte sofort den Streifenwagen gesehen. Natürlich hatte er gewusst, dass sie früher oder später bei ihm aufkreuzen würden, aber er hatte auf später gehofft. Im Moment fühlte er sich nicht in der Lage, mit ihnen zu sprechen. Deswegen hatte er sich gesetzt, gelauscht und gewartet. Kurz nach einem weiteren Klingeln hatte er ein Motorengeräusch gehört und angenommen, dass die Besucher verschwunden waren. Zwei Stunden waren seither verstrichen, die er reglos verharrt hatte. Endlich raffte er sich auf und stolperte zum Fenster. Die Straße lag wie ausgestorben da. Er schloss die Vorhänge in allen Räumen, bevor er Licht machte. Im Flur blinkte der Anrufbeantworter, die Kripo bat ihn um Rückruf. Dringend! Was genau wussten die? Er wählte ihre Nummer, doch niemand meldete sich. Irgendwie beschlich ihn ein ungutes Gefühl.

**

Resigniert legte Peter den Telefonhörer auf. »Keiner zu erreichen, nur der Anrufbeantworter.«

Lisa, die mit einem Becher Tee in den Händen an seinem Sideboard lehnte, zuckte die Achseln. »Bei so alten Fällen kommt es halt nicht auf einen Tag an«, verteidigte sie die Kollegin aus dem Archiv. »Soll ich versuchen, sie unter ihrer Privatnummer zu erreichen? Karen unterbricht bestimmt ihren Feierabend, wenn sie nicht gerade in der Oper sitzt.«

Der Hauptkommissar winkte ab. »Wahrscheinlich hat es wirklich Zeit bis morgen. Toni und Basti haben diesen Herrn Kolbe sowieso nicht angetroffen, obwohl sein Wohnmobil auf der Straße stand.«

»Das muss ja nichts heißen.« Lisa stieß sich von dem Schränkchen ab und machte einen Schritt auf Peters Schreibtisch zu. »Ich war übrigens ganz erstaunt, wie einträchtig die beiden vorher zurückgekommen sind. Vielleicht hat Dr. Breithaupt unbeabsichtigt für eine Aussprache gesorgt.« Sie zwinkerte ihm zu. »Fürs Betriebsklima wäre es nicht schlecht, wenn sie sich wieder vertragen würden.

»Für die Tischordnung bei unserer Hochzeit ebenso«, schmunzelte Peter und erhob sich. »Morgen ist auch noch ein Tag. Wir machen für heute Schluss.«

Er ging zum Nachbarbüro. »Feierband!«, verkündete er dort so laut, dass Sebastian im Nebenraum ihn durch die geöffnete Tür ebenfalls hören konnte.

»Wie zu erwarten, war im Archiv niemand mehr«, wandte er sich dann leiser an Fritz. Dessen Recherche war es zu verdanken, dass sie von Kolbes Beteiligung an einem Unfall im Jahr 1987 erfahren hatten, bei dem Brandstetter als Zeuge ausgesagt hatte. »Wir kriegen die Akte von dem Vorfall frühestens morgen.«

»Schade, es würde mich sehr interessieren, was damals genau passiert ist«, bedauerte Fritz. »Wenn man den Internetseiten von Brandstetters Schule glauben kann, waren die beiden in einem Jahrgang, und Kolbe hat ihm bei seinen ersten Auftritten sogar assistiert, das stand in einem Zeitungsartikel der Schülerzeitung. Den hat jemand abfotografiert und dort hinterlegt.«

»Klar, bei einem so berühmten Ehemaligen.« Toni raffte die Unterlagen auf ihrem Schreibtisch zusammen und verstaute sie in der obersten Schublade. »Gibt es dort Fotos aus der Zeit?«

»Von Brandstetter jede Menge, der war schon immer eine Rampensau, sein damaliger Kumpel dagegen war eher kamerascheu.« Fritz schaltete seinen Rechner aus. »Wir sehen uns morgen um acht zur Frühbesprechung. Bis dann!«

»Falls ich etwas später komme, fangt ohne mich an. Ich versuche vorher noch, die Unfallakte aufzutreiben.« Mit diesen Worten verabschiedete Peter sich ebenfalls.

Gerade mal eine Viertelstunde später stellte er seinen Wagen auf dem Parkplatz vor seinem Zuhause ab. Alles war ruhig. Nichts deutete darauf hin, dass es in der Gegend vor einem halben Tag von Polizei und Presse gewimmelt hatte. Die Beleuchtung des Hotel-Außenbereichs war ausgeschaltet, und auch die Häuser des Karl-Schurz-Wegs waren nur schwach von einer der Straßenlampen angestrahlt. Als er sich der Eingangstür seines Heims näherte, raschelte es im Ligusterstrauch, und eine Katze huschte vor ihm über den schmalen Fußweg. Er erhaschte einen Blick auf ein schwarzes Hinterteil. »Socke?«, fragte er leise in die Dunkelheit. Keine Reaktion. Während er seine Schlüssel zückte, ging das automatische Licht über dem Eingangsbereich an. Ein Geräusch in seinem Rücken ließ ihn vermuten, dass das Tier, das er eben gesehen hatte, sich in Richtung Park entfernte.

Vielleicht ging Socke auf nächtliche Mäusejagd? Als er die Tür öffnete, empfing ihn ein lautes Maunzen und belehrte ihn eines Besseren. Ungeduldig tanzte Kater Socke um ihn herum und erschwerte seine Versuche, sich seiner Jacke und Winterschuhe zu entledigen.

»Miau!«

»Ist ja gut. Hat dir Frauchen wieder nichts zu fressen gegeben?«

»Glaub ihm kein Wort«, hörte er Chris' Stimme. »Er lügt! Er hatte eine opulente Mahlzeit.«

»Miau!«

»Außerdem: Frauchen oder Herrchen, das ist was für Hunde. Ich bin sicher, wir werden von Katzen als ›Personal‹ bezeichnet.«

Socke wandte den Kopf und schien Chris einen Moment anerkennend zu betrachten, bevor er sich mit einem weiteren »Miau« erneut Peter zuwandte.

»Opulente Mahlzeit?«, fragte der gutgelaunt, »na komm, das wollen wir doch mal überprüfen.« Er machte sich auf den Weg zum Futterplatz des Katers. »Ich hätte übrigens schwören können, Socke draußen gesehen zu haben, aber das muss wohl eine andere dunkle Katze gewesen sein.«

»Da haben wir seit heute Nachmittag reichlich Auswahl. Kaspar, Melchior und Balthasar wohnen vorübergehend hier und in der Nachbarschaft.«

»Und ich dachte schon Socke hätte einen Doppelgänger.« Inzwischen waren sie alle drei bei Sockes Napf angekommen. »Da ist ja noch jede Menge leckeres Futter drin. Hmmmm!«, wandte sich Peter mit schmeichelnder Stimme an den Kater.

Der sah ihn einen Moment lang an und es lag eindeutig Befremden in seinem Gesichtsausdruck. Schließlich wandte er sich sichtlich angewidert ab und stolzierte hocherhobenen Hauptes aus dem Raum.

Chris lachte. »Wenn er sprechen könnte, würde er jetzt sagen: ›Dann iss es doch selber!‹ Apropos Essen. Hast du Hunger? Ich habe noch ein paar Nudeln übrig.«

Peter verneinte und seine Frau lotste ihn ins Wohnzimmer, wo auf einem großen roten Kissen ein schwarzer Kater saß und ihn erwartungsvoll ansah.

Chris grinste. »Darf ich vorstellen? Das ist Kaspar alias Panteras. Ein Illusionist im Ruhestand.«

»Ah, einer von dreien. Der mit der Tätowierung im Ohr.« Peter betrachtete den schwarzen Kater eingehend. »Sein Herrchen, äh Pardon, Personal, also Hans Brandstetter hatte auch eine Tätowierung. Am Handgelenk. Wusstest du das?«

»Woher sollte ich? So genau schaue ich mir die Zeitschriften in meinem Wartezimmer nicht an.« Chris machte es sich auf dem Sofa gemütlich.

Peter setzte sich zu ihr. »Ich dachte bloß. Hast du nicht seine Biografie gelesen?«

»Nicht mal das. Ich hatte in letzter Zeit anderes zu tun. Zum Beispiel die Planung unserer Hochzeit.« Sie legte die Arme um Peters Hals. »Übrigens, ich fürchte, wir müssen uns eine neue Location suchen. Frau Bilgur hat mir erzählt, dass das Hotel geschlossen werden soll.«

»Na prima.« Peter warf einen Blick auf den Sitzplan, der nach wie vor auf dem Couchtisch lag. »Am besten, wir mieten uns ein Zelt, bestellen ein Buffet und jeder sitzt oder steht, wo er will.«

KAPITEL 6 – MITTWOCH, 30. NOVEMBER 2022

»Das war dann wohl das Ende einer Freundschaft.« Toni blickte von der Aktenkopie auf, die Peter zu Beginn der Besprechung an alle verteilt hatte, und streifte wie zufällig Bastis Blick.

»Brandstetter hat seinen Kumpel schwer belastet. Denn wenn er geschwiegen hätte, wäre er womöglich selber dran gewesen«, meinte der Hauptkommissar. »Immerhin waren damals jede Menge Fingerabdrücke von ihm im Unfallwagen.« Er bediente sich an den Zimtsternen, die Fritz spendiert hatte.

Der Ältere tat es ihm gleich. »Kunststück, der gehörte Brandstetters Eltern«, meinte er genüsslich kauend.

Brandstetters Eltern waren es auch gewesen, die im Jahr 1987 die Polizei verständigt hatten, als sie Schäden an ihrem Auto bemerkt hatten und zudem aus der Zeitung erfuhren, dass ein silbergrauer Opel Kadett Kombi im Zusammenhang mit einem tödlichen Unfall gesucht wurde.

»Wahrscheinlich haben sie daraufhin ihren Sohn zur Rede gestellt. Auf den hat schließlich die Beschreibung des Fahrers gepasst«, mutmaßte Lisa. Als Mutter konnte sie sich besonders gut vorstellen, was in den Eltern vorgegangen sein musste.

»Und Sohnemann hat ihnen eröffnet, dass er das Auto an seinen besten Kumpel Christian Kolbe verliehen hat«, ergänzte Toni. »Was das Ende dieser Freundschaft bedeutet hat.«

»Wenn Kolbe wenigstens gleich gestanden hätte.« Fritz schüttelte verständnislos den Kopf. »Aber nein, da erklärt er, er könne sich an nichts erinnern.« Er nahm sich einen weiteren Keks. »Dabei war gar nicht so viel Alkohol im Spiel.«

»Das behauptet wiederum Hans Brandstetter«, kam es von Toni.

»Na ja, die Unfallzeugin hat das indirekt bestätigt. Der Fahrer ist nach dem Unfall ausgestiegen und hat das Opfer kurz angeschaut. Dabei hat er nicht geschwankt und hatte einen sicheren Gang. Das steht da.« Lisa deutete auf die Papiere vor sich.

»Ich weiß! Und sie hat Kolbe dann bei einer Gegenüberstellung identifiziert.«

Fritz fegte mit der Hand die Krümel von seiner Aktenkopie. »Wahrscheinlich hat Kolbe seinen Kumpel dafür verantwortlich gemacht, dass er eingefahren ist.«

»Und während er im Knast schmort, legt sein ehemals bester Freund eine Weltkarriere hin und streicht ihn komplett aus seinem Lebenslauf, wie er es spätestens seit Erscheinen von Brandstetters Biografie schwarz auf weiß nachlesen kann«, ereiferte sich Basti. »Das klingt nach einem astreinen Mordmotiv.«

»Du meinst, es war doch kein Suizid?« Lisa rieb sich nachdenklich das Kinn.

»Immerhin wurde Kolbes Wohnmobil am Friedhof gesehen und laut der Zeugin war Brandstetter gleichzeitig dort. Vielleicht haben sie sich da gestritten«, überlegte Basti, »und er hat Brandstetter später im Hotel aufgelauert, um ihn umzubringen.«

Peter runzelte die Stirn. »Mit Brandstetters eigenen Waffe?«

»Was, wenn Kolbe die schon vorher geklaut hat? Zum Beispiel in der Nacht vom Freitag?«, spann der junge Kommissar seinen Gedanken weiter. »Da ist ihm der Fenstersturz dazwischengekommen, und er hat sich zunächst zurückgezogen, um gestern früh sein Werk zu vollenden.«

»Hm, das könnte sein.« Der Hauptkommissar warf ihm einen anerkennenden Blick zu. »Seine Frau, äh, ich meine, die Witwe hat sich für heute Morgen angekündigt, da können wir sie gleich nach der Waffe fragen. Und das Hotelpersonal müssen wir sowieso noch mal interviewen.« Er nickte Toni und Basti aufmunternd zu. »Könntet ihr das übernehmen? Gestern hat es ja wieder ganz gut geklappt mit euch beiden. Vielleicht hat vom Hotel jemand Kolbe beobachtet.« Er wandte sich an Fritz. »Haben wir ein aktuelles Foto von ihm? Das in der Akte ist nicht besonders gut und über die Jahre nicht besser geworden.«

»Fehlanzeige. Der Typ taucht nirgendwo auf. Ist wohl zeit seines Lebens kamerascheu gewesen.«

**

Saskia Werblow war, zumindest was ihre Kleidung anging, das Abbild einer trauernden Witwe.

Wo hat sie bloß so schnell diesen Hut mit dem Schleier aufgetrieben, überlegte Lisa, die das Outfit eine Spur übertrieben fand.

»Meine Mandantin würde gerne nach Hause fliegen«, eröffnete Christina Gerold-Friedrichs, die sie bereits als Anwältin von Hans Brandstetter kennengelernt hatten, das Gespräch. »Und wenn es geht, möchte sie ihren Mann gleich mitnehmen oder baldmöglichst nachholen.«

»Wir haben noch ein paar Fragen an Sie, Frau Werblow, danach können Sie selbstverständlich ausreisen.« Es passte Peter zwar nicht, denn ihre Heimatadresse lag in den USA, doch er konnte nichts dagegen tun. »Ihren Mann müssen wir allerdings etwas länger dabehalten. Seine Leiche ist noch nicht freigegeben.« Auch das war sicher nur eine Frage von wenigen Tagen.

»Dann bitte ich meine Anwälte, alles zu regeln.« Frau Werblow hatte es spürbar eilig, aus Hannover wegzukommen. »Ich selbst möchte keine Minute länger als nötig an diesem traurigen Ort bleiben.«

Lisa schnaufte tief durch. Das war nun wirklich etwas dick aufgetragen. »Also fangen wir am besten gleich an. Die Waffe, mit der ihr Mann getötet wurde ...«

»Mit der er sich selbst getötet hat«, verbesserte Saskia Werblow irritiert.

»Ja, das meine ich. Diese Waffe, seine Waffe, wann haben Sie die zuletzt gesehen?«

»Am Abend vor seinem Tod«, kam es wie aus der Pistole geschossen.

»Sind Sie sicher?«

»Selbstverständlich. Sie haben ja mitbekommen, dass mein Mann sich bedroht gefühlt hat.« Ihr Blick wanderte zu Peter. Der nickte. »Deshalb hat er sie jeden Abend neben sich auf den Nachttisch gelegt.«

»Das ist nicht Ihr Ernst. Ihr Mann hatte eine geladene Waffe neben seinem Bett liegen?«

Die Anwältin räusperte sich. »Meiner Mandantin ist bewusst, dass das gegen das deutsche Waffengesetz verstößt, aber sie hatte diesbezüglich keinen Einfluss auf ihren Mann.«

»Schon gut«, lenkte Lisa ein. »Sie sind sich also sicher, dass Sie am Abend vorher noch da war.«

»Ja, das sagte ich doch.«

»Christian Kolbe«, begann Peter. »Ist Ihnen der Name ein Begriff?«

»Nie gehört.« Die Antwort folgte ein bisschen zu schnell. Sie lügt, dachte Lisa.

»Denken Sie nach, er ist ein ehemaliger Schulfreund Ihres Mannes.«

»Tut mir leid.« Die Witwe schüttelte den Kopf. »Haben Sie vielleicht ein Foto von ihm?«

Der Hauptkommissar verneinte bedauernd.

»In diesem Fall kann ich Ihnen nicht weiterhelfen. Haben Sie weitere Fragen oder darf ich jetzt gehen?«

»Ja.« Peter blätterte seine Unterlagen durch. »Eine Sache noch. Ihr Mann hatte am Handgelenk eine Tätowierung. Wissen Sie, wann und wo er sich die hat stechen lassen?«

Mit dieser Frage schien Frau Werblow nicht gerechnet zu haben. Ihr Blick irrte unruhig durch den Raum, bevor er an ihrer Anwältin hängenblieb, die mit den Schultern zuckte. »Ja, lassen Sie mich nachdenken«, begann sie langsam. »Die …«, sie machte eine Pause, »die hatte er schon, als ich ihn kennengelernt habe.«

»Hat er mal etwas dazu gesagt? Es war ja ein eigentümliches Motiv, eine Uhr ohne Zeiger.«

»Da haben Sie recht.« Das Lächeln der Witwe wirkte so falsch wie ihre Trauer. »›Dem Glücklichen schlägt keine Stunde‹. Das hat er immer gesagt, wenn ich ihn darauf angesprochen habe. Aber wann er sich das hat stechen lassen, weiß ich nicht. War wohl eine Jugendsünde.«

**

»Und der weiße Fleck auf seiner Brust wird für die Auftritte überschminkt«, erklärte Clooney soeben der gebannt lauschenden Mimi.

»Redest du von mir?«, wollte Kaspar wissen, der sich zusammen mit Socke zu der kleinen Katzengruppe gesellte.

»Ja«, beantwortete Mimi die Frage, »sie hat erzählt, wie sie dich im Schuppen des Nachbarschaftstreffs gefunden und sich um dich gekümmert hat. Wie geht es deiner verletzten Pfote?«

»Schon viel besser«, antwortete Socke für ihn.

Kaspar sah zwischen ihm und Mimi hin und her. »Ja«, bestätigte er dann seinerseits Sockes Worte.

»Das macht bestimmt deine gute Pflege.« Zärtlich leckte Mimi Socke übers Gesicht.

»Wessen Pflege?« Nacheinander landeten Suleika und Balthasar auf der Mauer.

»Sockes«, antwortete Mimi. »Er und Clooney haben Panteras', äh, Kaspars verletzte Pfote versorgt.«

Sofort begann Suleika, über diverse Behandlungsmethoden von unterschiedlichsten Verletzungen zu dozieren.

»Da hast du was gesagt«, flüsterte Clooney Mimi zu. »Du musst noch viel lernen.« Laut fuhr sie fort: »Und das Tattoo in seinem Ohr musste für die Auftritte immer überschminkt werden, nicht wahr, Kaspar?«

Suleika verstummte und sah erbost ob der Störung auf die Grautigerin herab.

»Zeig mal.« Mimi begutachtete eingehend die verblasste Nummer in Kaspars Ohr. »Was hat das für eine Bedeutung?«

»Die Tätowierungen im Ohr dienen der Registrierung von Haustieren. Sie wurden allerdings fast vollständig durch den Transponder abgelöst«, referierte Suleika prompt.

»Transponder?«

»Sie meint den Chip, den du beim Tierarzt bekommen hast«, erklärte Socke.

»Genau«, bestätigte die Perserin. »Tätowierungen sind nur noch selten.«

»Das stimmt nicht«, widersprach Gismo. »Neulich gab es eine Fernsehsendung darüber. Tattoos werden immer beliebter. Sie werden mit Nadeln in die Haut gestochen.«

Mimi sah Kaspar bewundernd an. »Oh, hat das sehr wehgetan?«

»Äh, ich weiß es nicht so genau.«

Als Socke Mimis fürsorglichen Blick bemerkte, wurden seine Augen schmal. »Ach, das ist doch harmlos«, spielte er herunter. »Hinten in der Thaerstraße ist seit Kurzem ein Tattoostudio, da gehen dauernd Menschen rein, sogar ganz junge, und die sind alle fröhlich, wenn sie wieder rauskommen. Das ist nichts Dramatisches. Wir können da ja mal zusammen hingehen und uns das anschauen, Mimi.«

»Au ja«, freute sich Kaspar, »das würde mich interessieren. Ich kann mich nämlich wirklich nicht mehr erinnern, wie das damals bei mir war.«

»Ich komme mit!«, schloss Gismo sich an. »Nachdem ich es im Fernsehen gesehen habe, möchte ich wissen, wie es in Wirklichkeit ist.«

»Ich auch!«, konnte Clooney da natürlich nicht zurückstehen.

Verlegen kratzte Socke sich hinterm Ohr. Eigentlich hatte er einen netten Spaziergang allein mit Mimi unternehmen wollen. »Tja, also. Wenn wir so viele sind, sollten wir vielleicht lieber abwarten, bis es dunkel ist. Nicht, dass sie uns da verjagen.« Er hoffte inständig, bis dahin hätten die anderen es vergessen.

»Abgemacht, wir treffen uns wieder, wenn die Straßenlampen angehen«, verkündete Gismo prompt.

»Das passt gut«, freute sich seine Mutter, »dann kann ich vorher noch eine kleine Stärkung zu mir nehmen.«

**

Endlich rief sie ihn an. »Das wird langsam auch Zeit«, meldete er sich.

»Wir haben ein Problem«, hielt sie sich nicht mit einer Begrüßung auf.

»Das war nicht das, was ich von dir hören wollte.«

»Die Polizei stellt Fragen.«

Er lachte leise. »Bleib locker, das ist ihr Job.«

»Aber die Fragen gefallen mir nicht. Du musst herkommen.« Sie erklärte ihm, was sie vorhatte.

»Mist! Daran hatte ich nicht gedacht. Und du hast alles arrangiert? Brav!« Er wusste, dass sie das nicht aus Sympathie zu ihm getan hatte. Nein, er hatte sie in der Hand. Ohne ihn würde ihr schöner Plan nicht aufgehen.

»Er war mir noch einen Gefallen schuldig.«

»Und du bist sicher, er hält den Mund?«

»Darüber machen wir uns hinterher Gedanken.«

**

»Nick, was geht?«

Der muskulöse Mittvierziger hinter dem Tresen des Tattoostudios in der Thaerstraße sah den Besucher stirnrunzelnd an. Erst als der sein Basecap abnahm, dämmerte es ihm. »Mike, ich hätte dich fast nicht erkannt ohne deinen schicken Anzug. Wie geht es dir? Wir haben uns ja ewig nicht gesehen.« Dem Gesichtsausdruck des Inhabers von »Nicks Ink Dreams« nach zu urteilen, hätte dieser Zustand gerne weiter andauern können. Sein Lächeln wirkte gezwungen, als er Mike Kammerfeld einen Kaffee anbot.

Der winkte ab. »Du hast es ja wahrscheinlich schon gelesen.«

»Ja, Mensch, das ist wirklich blöd für dich gelaufen.« Nick verschränkte die vollständig mit Tätowierungen versehenen Arme vor der Brust. »Das mit dem Gras im Keller war echt ne blöde Idee. Musste das sein?«

»Es war eine bombensichere Sache.«

»Das hat man ja gesehen.«

»Letztendlich waren da so Katzenviecher aus der Gegend. Die müssen das gerochen haben. Ich sag dir, die sind schlimmer als Drogenspürhunde.«

»Und was hast du jetzt *hier* vor? Willst du dich als Katzenfänger betätigen?«

»Von wegen fangen. Wenn mir so ein Biest zwischen die Finger kommt, mach ich kurzen Prozess. Aber nein.« Kammerfeld drehte sich um und sah durchs Schaufenster nach draußen auf die Thaerstraße. »Können wir vielleicht in dein Büro?«

Nick war nicht begeistert. »Wenn's sein muss.« Er deutete mit dem Kopf in Richtung des Nebenraums. »Ich muss allerdings die Tür auflassen, falls Kundschaft kommt.«

»Ist nicht viel los bei dir?«

»Nee, die Leute haben alle kein Geld. Weißt doch selber, wie es ist.«

Die Männer traten ins Büro.

»Wie wäre es dann damit?« Kammerfeld zog einen zer-knitterten 500-Euro-Schein aus der Hosentasche und warf ihn auf den Schreibtisch.

Nick hob die Hände. »Keine krummen Sachen.«

»Keine Sorge. Ich will bloß, dass du heute um halb sechs Feierabend machst und mir den Laden für ein paar Stunden überlässt.«

»Du willst doch nicht …?« Nicks Blick wanderte zur Verbindungstür ins eigentliche Studio.

»Genau das.«

»Du hast gar keine Übung mehr.«

»Das bisschen schaff ich noch. Ist ein simples Motiv. Nur ein etwas lichtscheuer Kunde.«

Der Tattoostudiobetreiber konnte den Blick nicht von dem Geldschein lösen. »Ich warn dich, wenn die Bullen hier auftauchen, hab ich von nichts gewusst.« Seine Hand schnellte vor und schnappte sich das Geld. »Und wenn es sein muss, dann häng ich dich hin.«

»Ist mir klar. Es wird nichts passieren.«

**

»Glaubst du ihr?«, wollte Lisa Peters Meinung zu Sas-kia Werblow wissen. Die beiden genehmigten sich nach dem Gespräch mit der Witwe und der anschließenden Berichterstattung beim Staatsanwalt einen Cappuccino in der Cafeteria. »Dass sie Christian Kolbe nicht mal dem Namen nach kennt, kommt mir sehr unwahrscheinlich vor. Immerhin waren sie und Brandstetter mehr als zwölf Jahre ein Paar, und sie hat ihn sogar beim Schreiben seiner Biografie unterstützt. Zumindest wenn man der Danksa-gung Glauben schenken kann.«

»Aber im ganzen Buch wird Kolbe mit keinem Wort erwähnt«, erwiderte der Hauptkommissar.

»Was ja besonders komisch ist, da sie mal zusammen aufgetreten sind.« Lisa rührte Zucker in ihr Heißgetränk. »Und als du mit dem Tattoo angefangen hast, wurde die Werblow richtig nervös.«

»Stimmt«, musste Peter ihr recht geben, »das ist eigenartig, dass sie nicht weiß, wann und wo er sich das hat stechen lassen. Zumal sie ihm, wie du ja bereits gesagt hast bei seiner Biografie geholfen hat.«

»Ach, hier seid ihr.« Ulrich Zeitler näherte sich zusammen mit einer Kollegin aus dem Labor ihrem Tisch. »Dürfen wir?« Er stellte sein Tablett mit zwei Kaffee und zwei Stücken Christstollen ab und zog Stühle für sie heran. »Es gibt Neuigkeiten.«

Lisa rückte ein wenig zur Seite.

»Also, die DNA auf dem Messer, das deine Katze gefunden hat, stammt einmal vom Opfer Florian Küppersbusch und die andere stimmt mit der überein, die uns Brandstetter überlassen hat«, begann Zeitler.

Die Kollegin aus dem Labor grinste. »Katze? Die Story hat mir Uli ja noch gar nicht erzählt. Hatte da wieder Kater Socke seine Pfoten im Spiel?«

»Der Kater ist bekannt wie ein bunter Hund«, beschwerte sich Peter mit gespielter Entrüstung.

»Seine Aufklärungsquote ist ja auch sensationell. Alle Fälle, an denen er beteiligt ist, werden gelöst. Wie beispielsweise dieser«, flachste Lisa. »So wie die Spurenlage im Moment aussieht, hat Brandstetter also zwei Morde verübt. Den Fenstersturzmord vom Freitag und die Messerattacke von Samstagnacht. Nicht zu vergessen den mutmaßlichen Mordversuch an seiner Geliebten.«

»Den werden wir ihm wohl nie zweifelsfrei nachweisen können, wenn sich das Opfer nicht erinnern kann.«

»Und am Ende hat er sich aus Reue selbst umgebracht?« Uli biss herzhaft in den Stollen. »Britta hat übrigens das Ergebnis seiner Haaranalyse«, fuhr er mit vollem Mund fort. »Der Typ war scheinbar seit einiger Zeit nicht mehr so recht in der Spur.«

»Ja, sieht so aus. Brandstetter hat seit mindestens einem halben Jahr regelmäßig Cannabis konsumiert.«

Uli spülte seinen Bissen mit Kaffee hinunter. »Für jemanden, der als Zauberkünstler auf Fingerfertigkeit angewiesen ist, ist das eher ungewöhnlich. Für den ging es den Bach runter.«

»Vielleicht hat er während Corona damit angefangen«, versuchte Britta eine Erklärung. »Laut Obduktionsergebnis spricht allerdings alles für einen längerfristigen Konsum.«

»Das überrascht mich jetzt doch.« Nachdenklich löffelte Peter den restlichen Milchschaum aus seiner Tasse. »Er wirkte nicht wie ein Junkie, als ich mit ihm gesprochen habe. Irgendwie passt das alles nicht zusammen. Ich glaube, wir sollten seine Frau noch mal dazu befragen.«

»Wenn die nicht bereits abgereist ist«, unkte Lisa. »Sie hatte es ja ziemlich eilig, hier wegzukommen, ob mit oder ohne ihren Mann.«

Fritz Eberhard hatte die Cafeteria betreten und näherte sich ihrem Tisch. »Welchen Mann?«, wollte er von Lisa wissen.

»Wen wohl, unseren Zauberkünstler.«

»Pass bloß auf, dass der nicht plötzlich aus seinem Kühlfach verschwindet und woanders wieder auftaucht. Wie seine Katzen«, warnte der Ältere scherzhaft. »Apropos verschwinden, heute gibt es Apfelkuchen, ich muss mich ranhalten, solange noch was da ist.« Mit diesen Worten eilte er zum Tresen.

»Wir müssen los.« Uli räumte die leeren Tassen und Teller aufs Tablett.

Lisa wandte sich an ihren Chef. »Kommst du, Peter?«

»Gleich, geh schon mal vor, ich muss nachdenken.«

**

»Sag mal«, wandte sich Socke leise an Kaspar. »Stimmt es, dass der böse Zauberer auch eine Tätowierung hatte?«

»Nicht dass ich wüsste. Das hat mich gestern gewundert, als dein Mensch davon erzählt hat. Der hatte kein Tattoo.«

Die Katzen waren auf dem Weg zum Tattoostudio. Leider war es Socke nicht gelungen, heimlich zu entwischen, um mit Mimi einen romantischen Spaziergang zu unternehmen. Die hübsche dreifarbige Katze lief ihnen voran zwischen Clooney und Gismo in die Thaerstraße. Der Rest der Katzen war im Karl-Schurz-Weg geblieben.

»Beeilt euch«, rief Clooney den zwei Katern zu, »die schließen bestimmt gleich. Außerdem ist bald Abendessenszeit.«

**

Als Peter von der Cafeteria zurückkam, fand er das gesamte Team in seinem Büro versammelt.

»Da bist du ja endlich«, empfing Lisa ihn. »Christian Kolbe hat sich gemeldet.«

»Wir hatten ihm doch gestern eine Nachricht hinterlassen«, fuhr Toni fort. »Und daraufhin hat er angerufen. Er klang heiser, sagt, er sei ziemlich erkältet und könne erst in den nächsten Tagen vorbeikommen.«

»Komisch, denn als wir am Nachmittag noch mal zu seiner Wohnung gefahren sind, hat keiner aufgemacht«, ergänzte Basti.

»Vielleicht war er beim Arzt?«, schlug Fritz vor.

»Oder er will nicht mit uns sprechen.«

Peter blieb mitten im Raum stehen und drehte sich einmal um die eigene Achse, um mit jedem kurz Augenkontakt zu haben. »Leute, ich hab da eine ganz abenteuerliche Theorie. Fritz, du hast mich mit deiner Bemerkung vorhin draufgebracht – und natürlich war es auch«, er gestattete sich ein Schmunzeln, »Kater Socke.«

Allgemeines Grinsen.

Lisa nickte ihm ungeduldig zu. »Also, raus mit der Sprache.«

**

Das Schaufenster des Tattoostudios bestand lediglich aus einer schmalen, eher unscheinbaren Glastür. Das einzig Auffällige hier war der kleine Weihnachtsbaum neben dem Eingang mit einer kitschig bunten Lichterkette. Die Katzen drängten sich nebeneinander vor der Scheibe und lugten hinein. Das Innere des Geschäfts lag im Dunkeln.

»Wir sind zu spät«, maulte Clooney.

Mimi sah erst die Tür und danach Socke mit großen Augen an. »Was sind denn das für komische Bilder? Ein Totenkopf und Schlangen?« Sie schüttelte ihre linke Vorderpfote.

»Das sind Motive«, wusste Gismo. »Die Menschen lassen sich das in die Haut stechen. Manche lassen sich auch den Namen ihrer Freunde tätowieren oder den ihrer Kinder.«

»Und was ist mit dem Namen ihrer Katze?«, wollte Clooney wissen. »Unsere Menschin könnte sich ja meinen Namen tätowieren lassen.«

Bei dieser Vorstellung musste Socke schmunzeln.

»Schaut mal, da tut sich was«, brachte Kaspar ihn in die Realität zurück.

An der gegenüberliegenden Wand wurde eine Tür geöffnet und jemand trat in den Vorraum. Leider war nur eine Silhouette zu erkennen, aber die Person kam Socke bekannt vor. Als der Mann sich der Tür näherte, wusste er es. »Das ist der Manager vom Hotel, den Peter wegen des Rauschgiftes verhaftet hat.«

»Nix wie weg, der ist nicht gut auf uns zu sprechen.« Clooney schlug sich in den Busch direkt hinter dem bunt beleuchteten Tannenbaum. Die anderen Katzen taten es ihr gleich.

Der Mann öffnete die Tür und trat auf den Gehweg, wo er sich abwechselnd umschaute und auf seine Uhr blickte.

»Er wartet auf jemand«, wisperte Kaspar.

»Was treibt der überhaupt dort? Ich dachte, der arbeitet im Hotel?«, raunte Clooney ihm zu.

»Die haben ihn bestimmt rausgeschmissen«, mutmaßte Gismo.

»Und was will er dann hier?«

Ein Kleinwagen fuhr langsam die Straße entlang und hielt direkt neben den Katzen. Ganz offensichtlich hatte der Hotelmanager auf das Auto gewartet, denn er machte ein paar Schritte in ihre Richtung. Die fünf kauerten eng zusammen und versuchten stillzuhalten, was besonders

Clooney schwerfiel. »Das ist ein konspiratives Treffen. Der verkauft bestimmt Drogen«, flüsterte sie.

»Pssst.« Socke reckte seinen Hals und witterte.

Aus dem Auto war eine dunkle Gestalt in einem ebenso dunklen Mantel gestiegen, einen schwarzen Hut hatte sie tief ins Gesicht gezogen.

»Da sind Sie ja endlich, kommen Sie«, begrüßte der Hotelmanager ihn.

Sein Gegenüber brummte nur mit tiefer Stimme und lief mit wehendem Mantel an den Katzen vorbei auf den anderen zu.

Kaspars Nackenhaare stellten sich auf. »Hast du das gerochen?«

Socke nickte. »Ja, das ist ...«

»Der Böse. Ich dachte, der wäre tot.« Der Schwarze konnte den Blick nicht abwenden.

Auch Clooney hatte den Geruch von dem Messer wiedererkannt. »Er ist von den Toten auferstanden«, meinte sie mit unheilschwangerer Stimme.

»Ein Zombie!« Gismo war hin- und hergerissen zwischen Grusel und Faszination.

Mimi drängte sich zitternd an Socke. »Da stimmt was nicht«, meinte er und tippte Kaspar mit der Pfote an. »Wir müssen ihn im Auge behalten.«

Kaspar löste sich aus seiner Erstarrung.

»Holt Peter«, instruierte Socke Clooney, Gismo und Mimi. »Kaspar und ich beobachten den Bösen unauffällig und halten ihn wenn nötig in Schach, bis die Polizei eintrifft.« Mit einer leichten Kopfbewegung bedeutete er seinem Kumpel, ihm zu folgen, und schlich voran an der Hauswand entlang. Durch ihr überwiegend schwarzes Fell verschmolzen sie mit der Dunkelheit. Außerdem waren die beiden Männer mit anderen Dingen beschäftigt, sodass es den beiden Katern gelang, hinter ihnen in den unbeleuchteten Vorraum des Tattoostudios zu schlüpfen.

»Und nun?«, fragte Clooney, als die Tür des Geschäfts ins Schloss gefallen war.

**

Peter legte den Hörer auf und alle Blicke richteten sich auf ihn. »Das Labor hat den Verdacht bestätigt. Die DNA unseres mutmaßlichen Suizidtoten ist nicht identisch mit der, die wir von Brandstetter bekommen haben. Irrtum ausgeschlossen!«

»Das gibt es doch nicht!«

»Er sieht aber genauso aus.«

»Nicht zu fassen!«

Alle redeten durcheinander.

»Der tote Doppelgänger in der Rechtsmedizin könnte also Christian Kolbe sein?«

Peter nickte.

»Du meinst, dann habe ich vorher mit Brandstetter telefoniert?«, fragte Toni.

»Möglich.«

»Deswegen hat er mir den heiseren Erkälteten vorgespielt. Und der Tod seines Doubles war kein Suizid?«

»Davon müssen wir ausgehen. Die Witwe ist demnach auch nicht so unschuldig und unwissend, wie sie tut. Selbst wenn sie unter Schock gestanden hat, hätte sie merken müssen, dass der Tote nicht ihr Mann ist. Zumal Kolbe sich schon länger im Hotel rumgetrieben hat und für das, was er da getan hat, hatte er garantiert einen Helfer beziehungsweise eben eine Helferin«, erklärte Peter weiter. »Die noch nicht zugeordneten Fingerabdrücke aus dem Hotelzimmer stammen nämlich von ihm.«

Fritz hob erstaunt die Augenbrauen. »Also hat Kolbe die Frau vom Balkon geschubst? Aber warum?«

»Um Rache an seinem ehemaligen Kumpel zu nehmen. Dem gab er schließlich die Schuld an seinem Gefängnisaufenthalt.«

»Und wir sollten denken, dass Brandstetter die Frau gestoßen hat.«

Peter nickte. »Damit der mal erlebt, wie es ist, wenn man von der Öffentlichkeit zum Mörder abgestempelt wird. Die Journalisten wurden als Zeugen benutzt und vielleicht hat Kolbe sogar darauf gehofft, dass Fotos entstehen. Es passt alles. Brandstetters Fingerabdrücke wurden nur an dem einen Glas gefunden. Die Spur war fingiert. Kolbe war jedoch unvorsichtig mit den eigenen Abdrücken. Er dachte wohl, wir schießen uns auf Brandstetter ein.«

»Haben wir ja tatsächlich zunächst«, gab Lisa zu.

»Und dann ist alles aus dem Ruder gelaufen«, fuhr der Hauptkommissar fort. »Küppersbusch hat Brandstetter mit den Bildern erpresst, der hat kurzen Prozess mit ihm gemacht und seine Geliebte als Alibi für den Mord benutzt.«

»Und danach kalte Füße bekommen und versucht, die Geliebte ebenfalls zu töten? Und als die überlebt hat, hat er den eigenen Selbstmord inszeniert. Wie kaltblütig.« Basti schüttelte fassungslos den Kopf.

»Und die Witwe steckt mit drin. Todsicher!«, war Toni überzeugt. »Wohnt sie noch im Hotel an der Messe?«

»Wir haben keine andere Information. Sie wollte ja sowieso abreisen, also warum vorher eine neue Bleibe suchen?« Peter sah Lisa an. »Wir müssen sie unbedingt vor ihrer Abreise erwischen. Und ihr«, er nickte Toni und Basti zu, »fahrt zur Wohnung von Christian Kolbe. Wenn Brandstetter nicht öffnet, verschafft euch Zugang. Ich kläre das mit dem Staatsanwalt. Und nehmt Verstärkung mit. Der Typ hat mindestens zwei Menschen auf dem Gewissen.«

**

»Und jetzt?« Frustriert deutete Marvin auf die Auswahl an Zeitungen vor sich auf dem Tisch. Brandstetters Suizid war das beherrschende Thema. »Da können wir mit unserer Story einpacken.«

»Hm, eigentlich schade, aber du hast recht. Fürs Erste.« Gero lehnte am Türrahmen und rührte nachdenklich in seiner Espressotasse. »So ist halt unser Job. Mal hast du Glück und triffst mit deinem Thema den Nerv der Zeit, und ein anderes Mal läuft es halt nicht so.«

»Bei mir läuft es seit Jahren nicht so«, jammerte Marvin. »Sag mal, hast du jemals einen Kettenbrief bekommen?«

»Kettenbrief?« Gero schlürfte Espresso. »Du meinst so was wie: ›Schicken Sie diese Nachricht an mindestens sieben andere Personen oder Sie haben sieben Jahre Pech‹?«

»Ja, so in der Art.«

»Das gibt es immer mal wieder. Früher waren es die Zettel auf dem Schulhof, die einem jemand heimlich in die Jackentasche gesteckt hat. Oder wenn es seriöser sein sollte«, er rümpfte die Nase, »die Briefe, die anonym mit der Post kamen. Heute nutzt man gerne das Internet. Das ist doch alles Blödsinn.«

»Sag das nicht«, ereiferte sich Marvin. »Vor drei Jahre hatte ich eine steile Karriere vor mir und plötzlich ist alles schiefgegangen.«

Gero lachte. »Und du glaubst, das läge an einem Kettenbrief?«

»Lach nicht. Das war, als hätte jemand einen Schalter umgelegt. Freundin weg, Jobangebot zurückgezogen, kein Geld, keine Wohnung, Corona … Das kann doch kein Zufall sein.«

Der Ältere trank nachdenklich seine Tasse leer. »Also«, begann er dann, »es gibt die komischsten Zufälle. Aber …« Er machte eine Pause. »Hast du den Brief noch?«

»Nee, das war eine Mail, die hab ich direkt gelöscht. Ich weiß trotzdem bis heute, was drinstand.«

»Hm. Kennst du andere, denen es genauso ging?«

»Also wirklich, meinst du, ich gründe eine Selbsthilfegruppe für Kettenbriefopfer?«

»Klingt gar nicht schlecht. Eigentlich will ich auf was anderes raus. Du kennst doch den Spruch ›Wenn dir das Leben Zitronen gibt, mach Limonade draus‹.«

»Was soll das denn?«

»Mensch, Marvin, du musst noch viel lernen. Übertragen auf unseren Beruf heißt das: ›Wenn du schon am Arsch bist, verkauf die Story wenigstens meistbietend‹. Also an die Arbeit. Ach, und die Geschichte mit dem Doppelgänger von Brandstetter werden wir auch irgendwann unterbringen.«

**

Socke und Kaspar kauerten hinter einem klobigen Ledersofa im Hinterzimmer des Tattoostudios. Nachdem der

Hotelmanager den linken Handrücken und Arm des Bösen rasiert und desinfiziert hatte, bereitete er nun verschiedene Utensilien auf einem Beistelltisch vor.

»Das sieht fast so aus wie beim Tierarzt vor der Behandlung«, raunte Kaspar Socke zu.

Jetzt machte sich der Manager mit einem metallenen Stift am Handgelenk des anderen zu schaffen. Als er mit dem Gerät dessen Haut berührte, sog der scharf die Luft ein. »Wird ein bisschen wehtun«, murmelte der Tätowierer daraufhin.

»Ein bisschen? Das ziept gewaltig.«

»Stell dich nicht so an!«

»Hey, seit wann duzen wir uns?«, maulte der Böse.

Der Tätowierer reagierte nicht auf seine Frage, stattdessen füllte er eine Karaffe mit Wasser und schenkte ein wenig davon in ein Glas. »Trink, du bist ganz blass.«

Der Böse nahm einen Schluck, seine Hand zitterte leicht dabei.

»Es dauert nicht lang.« Der Tätowierer griff erneut nach dem silbrig glänzenden Stift. »Also, stillhalten!«

»Was machen wir jetzt?«, fragte Kaspar indessen.

»Warten, bis Peter kommt. Ich hoffe, die anderen schaffen es, ihn herzulotsen.«

»Was, wenn Peter heute wieder so spät nach Hause kommt?«

»Dann müssen wir uns etwas einfallen lassen. Vielleicht können wir einen anderen Menschen auf uns aufmerksam machen. Der da«, Socke nahm den Bösen ins Visier, »darf auf keinen Fall abhauen.« Er betrachtete nachdenklich das sirrende Gerät in der Hand des Tätowierers.

**

»Was ist denn hier los? Katzenversammlung?« Amüsiert betrachtete Lisa das Trüppchen von vier Tieren am Straßenrand des Karl-Schurz-Wegs und zwei weiteren auf der Mauer des anliegenden Hauses. Sie steuerte den Wagen in die Zufahrt des Hotels an der Messe. Sofort setzten sich die Katzen in Bewegung auf das Fahrzeug zu. »Sieht fast aus, als führten sie was im Schilde.«

»Das tun sie garantiert.« Peter stieg aus und war augenblicklich umringt. Er erkannte Mimi, Clooney und Gismo, außerdem war einer der drei schwarzen Kater von Jakob Becker dabei. Er konnte sie nicht unterscheiden. »Wenn wir nur wüssten, was«, fügte er hinzu, als Clooney ihn mit der Pfote antippte.

»Wo habt ihr denn Socke gelassen?«, fragte Lisa die Tiere.

Clooney drehte sich ihr zu und sah ihr direkt ins Gesicht. »Miau!«

Die Kommissarin ging in die Hocke und strich der Grautigerin übers Köpfchen. »Na, bist du nicht die Drogenfahnderin?«

»Miau!« Clooney rieb ihren Kopf am Knie der Kommissarin.

»Ach, ist die süß! Und man könnte meinen, sie versteht mich«, sagte sie zu Peter.

»Miau!«

»Ich wette, das tut sie auch«, antwortete Peter, der nun Mimi am linken und Gismo am rechten Bein hängen hatte.

»Die wollen was von uns. Meinst du, sie haben Hunger?«

Lisas Mutmaßung wurde von Clooney mit einem besonders lauten »MIAU!« kommentiert.

»Immer.« Peter schmunzelte. »Oder wohl eher Appetit, denn zu fressen haben sie genug. Lass uns erst mit Frau

Werblow sprechen, danach versuchen wir rauszufinden, was sie wollen.« Er schob die beiden Katzen von sich weg.

Lisa versuchte, es ihm gleichzutun, doch Clooney war anhänglicher. Sie hatte ihr mehrere Fäden aus der Jeans gezogen, bis Lisa endlich etwas Abstand zwischen sich und die Katze gebracht hatte. Eilig folgte sie Peter zum Hoteleingang. Die Katzenschar blieb ihnen auf den Fersen.

**

Das Tattoo nahm beunruhigend schnell Form an.

»Sieht aus wie eine Uhr«, beschrieb Kaspar das Motiv.

Socke hatte das ebenfalls erkannt. Die Uhr als Symbol für die Zeit, die jetzt langsam knapp wurde. »Wir können nicht mehr länger warten«, entschied er.

Der Tätowierer tupfte überschüssige Farbe vom Handgelenk des Bösen. »So, einmal noch, dann ist es geschafft.« Er griff wieder zu dem sirrenden Stift.

Der Böse biss sich auf die Lippe. Die Knöchel der Finger, mit denen er das Wasserglas umschloss, wurden weiß.

»Meine Güte, was für ein Weichei«, kommentierte Kaspar.

»Los. Auf drei springst du auf seine Beine und ich auf die Hände«, gab Socke das Kommando.

»Eins.« Beide Kater nahmen ihr Ziel ins Visier.

»Zwei.« Sie duckten sich sprungbereit.

»Drei!«

»MIAU!« Kaspar hüpfte mit einem eleganten Schwung auf die rechte Wade des Bösen und biss beherzt zu.

Socke landete in der Körpermitte des Mannes. Seine Krallen gruben sich in Hände, der sirrende Stift entglitt dem Tätowierer und landete im Wasserglas. Der Böse machte eine erschrockene Bewegung und die Karaffe flog in hohem Bogen laut polternd vom Beistelltisch. Der schwankte und fiel krachend um.

Die Männer schrien auf. Wasser spritzte und ergoss sich über allerlei Gerätschaften. Das Licht flackerte und erlosch mit einem Zischen.

**

»Ich möchte einen Einbruch melden«, sagte eine aufgeregte Stimme.

»Guten Abend.« Oberkommissar Konrad Sauer, der den Anruf im Polizeikommissariat in Döhren entgegengenommen hatte, bemühte sich um einen ruhigen Tonfall. »Wie ist Ihr Name und wo befinden Sie sich?«

»Ach, entschuldigen Sie. Ich heiße Karin Ziezalka und ich stehe in der Thaerstraße, in Hannover-Mittelfeld. Vor dem Tattoostudio dort.« Sie nannte die Hausnummer.

»Ich schicke einen Streifenwagen.« Konrad Sauer veranlasste alles Nötige, während er die Dame weiter ausfragte. »Was ist passiert?«

»Ich war auf der abendlichen Gassirunde mit meinem Fiete«, berichtete die Frau, jetzt begleitet vom aufgeregten Kläffen eines Hundes, der wohl seinen Namen verstanden hatte. »Vor dem Tattoostudio steht so ein kleiner Weihnachtsbaum mit Lichterkette, von dem konnte ich Fiete nicht wegbewegen. Der muss irgendwie interessant gerochen haben. Und während wir da stehen, höre ich aus dem Laden ein lautes Poltern und Klirren, und plötzlich sind die Lichter an dem Baum ausgegangen. Die Einbrecher müssen immer noch da drin sein. Es ist zwar dunkel drinnen, aber da sind Geräusche, und ich habe jemanden schreien gehört.«

»Vielen Dank für Ihren Anruf, Frau Ziezalka. Halten Sie sich bitte abseits, unternehmen Sie nichts. Die Kollegen sind gleich da. Wenn Sie wollen, können wir so lange am Telefon in Verbindung bleiben.«

KAPITEL 7 - DONNERSTAG, 1. DEZEMBER 2022

Mörderischer Magier.

Hannover. Gestern noch betrauerte die ganze Welt seinen Freitod, heute sitzt er höchst lebendig hinter Gittern. Hans Brandstetter, einer der berühmtesten Söhne der Stadt, wurde am frühen Mittwochabend in einer spektakulären Aktion in Hannover-Mittelfeld festgenommen. Dem weltbekannten Magier werden mindestens zwei kaltblütige Morde und ein Mordversuch zur Last gelegt. Lediglich der tödliche Fenstersturz der Hotelangestellten Kyra P. geht laut Staatsanwaltschaft nicht auf das Konto des prominenten Magiers. Verantwortlich dafür sei Brandstetters zweites Mordopfer, Christian K., ein ehemaliger Schulkamerad von ihm. Die zwei Männer haben sich ihre Ähnlichkeit bei ersten gemeinsamen Auftritten in ihrer Jugendzeit mit einer Illusionsnummer zunutze gemacht. Doch dann wurde K. Ende der 1980er-Jahre wegen Fahrerflucht mit Todesfolge zu mehreren Jahren Haft verurteilt, und Brandstetter setzte seine Karriere alleine fort.

Inzwischen ist nicht mehr klar, ob Mini-Roy, wie er wegen seiner Katzennummern genannt wurde, nicht auch dieses Verbrechen begangen hat. Seine Ehefrau, Saskia Werblow, belastet ihn diesbezüglich schwer.

Werblow, die sich ihrer Verantwortung durch Flucht hatte entziehen wollen, wurde in der Nacht am Flughafen Langenhagen festgenommen. Sie hat gestanden, zusam-

men mit Christian K. den Mord vom Freitagabend geplant zu haben. Kyra P. als Opfer war allerdings ein Versehen, eigentlich hatten die beiden es auf Eliza Stark, die Geliebte Brandstetters, abgesehen. Während das Motiv K.s eindeutig Rache war, scheint Werblow aus verletzten Gefühlen heraus gehandelt zu haben. Inwieweit die Ehefrau des Magiers in die weiteren Morde involviert war, konnte noch nicht abschließend geklärt werden. Die Eheleute beschuldigen sich gegenseitig. Beide sitzen in Untersuchungshaft.

Gibt es bei derartigen Fällen oft Kinder, die unter den Umständen zu leiden haben, sind im vorliegenden Fall drei schwarze Kater die Verlierer. Sie wurden vorübergehend in Privathaushalten untergebracht. Laut nicht bestätigten Quellen soll es aber ein Mitglied aus Brandstetters Team geben, das sich um die Übernahme der Katzen bemüht.

»Da steht ja schon alles drin.« Toni legte die Zeitung zurück auf ihren Schreibtisch.

»Kürzel GeHa ist das …?«, wollte Fritz wissen.

Toni zuckte mit den Schultern. »Könnte sein. Doch wenn du jetzt denkst, ich hätte ihm irgendwas Neues verraten, dann hast du dich getäuscht. Das steht inhaltlich genau so in allen Blättern. Das sind Infos aus der Pressekonferenz.«

»Wenn Gero einen von uns ausgefragt hätte, wäre außerdem nicht die Rede von einer unbestätigten Quelle, was das«, Basti malte Anführungszeichen in die Luft, »›Sorgerecht‹ der Kater angeht.«

»Gero, so, so«, ließ Toni verlauten. »Hat man sich miteinander bekannt gemacht?«

Ihr Ex zuckte geheimnisvoll mit den Schultern.

Lisa kicherte. »Und von dem Massaker, das Socke und sein Katerkumpel im Tattoostudio angerichtet haben, steht auch nichts drin. Leute, ich sag euch, Brandstetter war direkt froh, dass die Polizei ihn aus den Fängen dieser Bestien gerettet hat.«

Peter schmunzelte. »Ja, manchmal ist Socke etwas übereifrig. Ich bin froh, dass wir eine Tierhalterhaftpflichtversicherung haben. Brandstetters Anwältin hat schon mit einer Anzeige wegen Körperverletzung gedroht.«

»Brandstetter soll sich mal nicht so anstellen«, meinte Ulrich Zeitler. »Bei dem Mord an Küppersbusch war er genauso wenig zimperlich. Die Schuhe, die wir im Müllcontainer bei Kolbes Wohnung in Garbsen gefunden haben, lassen keine Zweifel daran. Brandstetter hat zugestochen und ordentlich nachgetreten.«

»Ich glaube, was ihn selber betrifft, da ist der feine Herr Magier ein ziemliches Weichei.« Lisa zwinkerte. »Das bleibt aber unter uns.«

Fritz deutete auf die Knabbereien und machte sich an der Sektflasche zu schaffen, die Peter vorher auf den Tisch gestellt hatte. »Leute, greift zu. Wir haben den Abschluss eines Falls zu feiern – oder besser gesagt mehrerer Fälle.«

»Wie geht es eigentlich Eliza Stark?«, erkundigte sich Lisa bei Basti.

»Ganz gut. Die Arme ist da zwischen die Fronten geraten.«

Brandstetter hatte zugegeben, seiner Geliebten die K.-o.-Tropfen verabreicht zu haben. Angeblich, weil seine Frau ihn dazu angestiftet hatte. Den neuerlichen Besuch in der MHH stritt er ab. »Das muss Kolbe gewesen sein«, hatte Brandstetters Ehefrau behauptet. »Er war besessen davon, Hans ins Gefängnis zu bringen, so wie der ihn damals.«

»Deswegen Kolbes Besuch als Brandstetter in der MHH«, bestätigte Peter. »Wenn Basti nicht dort aufgetaucht wäre, hätte er Eliza Stark umgebracht und seinem Widersacher die Tat in die Schuhe geschoben.«

Der junge Kommissar griff nach dem Glas, das Fritz ihm reichte. »Ja, das ist gerade noch mal gutgegangen. Frau Stark wird heute entlassen. Sie wollte in den nächsten Tagen bei uns vorbeikommen und sich bedanken.« Er wurde rot. »Sie meint, ohne unser beherztes Eingreifen wäre sie nicht mehr am Leben.«

»Das ist auch so«, bekräftigte Peter und erhob sein Glas. »Unter anderem dank deiner Hartnäckigkeit wurde sie rechtzeitig gefunden. Das habe ich dem Kriminalrat gegenüber ebenfalls erwähnt.«

Toni räusperte sich. »Klasse, Basti!«

»Darauf trinken wir!« Fritz prostete den anderen zu. »Auf uns!«

**

»Auf uns!«

Die neun Katzen saßen im Kreis um einen Teller mit Keksen, die Frau Bilgur für sie auf den Fußweg vor ihrer Haustür abgestellt hatte.

»Das sind die guten mit Käsegeschmack«, Clooney schluckte, »also los.« Sie schnappte sich einen Keks.

»Wo ist eigentlich Melchior?«, wollte Suleika wissen.

»*Ich* bin Melchior«, antwortete der schwarze Kater neben ihr.

»Ach? Und wo ist dann Balthasar?«

»Hier!« Alle Blicke wandten sich der Mauer zu, auf der ein schwarzer Kater saß.

»Lasst euch nicht an der Nase herumführen«, ertönte eine Stimme hinter dem Ligusterstrauch. »Das ist Kaspar, er hat seinen weißen Fleck mit Kohle übermalt.«

Sämtliche Köpfe drehten sich erst in die Richtung, aus der die Stimme kam, dann zurück zu der Stelle, an der der vermeintliche Kaspar eben noch gesessen hatte.

»Ich bin Melchior«, erklärte der Schwarze neben dem Keksteller. Der Platz von Kaspar war jetzt leer. Oder war das Balthasar gewesen?

»Wo seid ihr?«, fragte Clooney und ein Kekskrümel fiel ihr aus der Schnauze.

»Hier!«, rief jemand hinter ihr. Alle sahen sich um.

»Nein, hier«, kam es von der anderen Seite, wo die Mülltonnen standen.

Sieben Köpfe wandten sich von links nach rechts und wieder nach oben. Der Platz auf der Mauer war leer.

»Hm, lecker die Kekse«, klang es vom Keksteller.

Drei schwarze Kater verputzten soeben die letzten Reste Käsegebäck.

»Ey!«, entrüstete sich Clooney. »Ist das der Dank für unsere Gastfreundschaft?«

Die drei reagierten nur mäßig zerknirscht. »Es war zum Abschied«, sagte Melchior. Oder Kaspar? Oder doch Balthasar?

Alle seufzten.

»Ihr werdet es gut haben bei eurem Futtersklaven«, meinte Socke schließlich. »Und ich habe gehört, ihr bleibt in Hannover. Da läuft kater sich bestimmt mal wieder über den Weg.«

»Worauf du wetten kannst!«, antwortete Kaspar. »War das nicht eine geile Aktion, gestern? Wie wir den Bösen fertiggemacht haben? Ha! Das war schon lange fällig! Das hat richtig Spaß gemacht.«

Mimi gab Socke ein Nasenküsschen. »Das hast du toll gemacht. Mein Held!«

Clooney baute sich vor Kaspar auf. »Wir helfen der Polizei öfter bei der Lösung von Mordfällen.«

»Nein, nein, nein«, meldete sich Suleika zu Wort. »Das war das letzte Mal! Socke, sag doch auch mal was.«

Socke löste seinen verliebten Blick von Mimi und blickte in die Runde. »Na, wir werden sehen …«

Hokus Pokus Fidibus,
Katzenminze, Zaubernuss,
Katerkralle, Krötenei,
diese Geschichte ist vorbei!

DANKE!

Kater Socke hat seinen fünften Fall gelöst.

Dass dies geschehen konnte, dafür bedanke ich mich von Herzen:

bei meiner besten Freundin Anke, die immer an mich glaubt,
bei noch vielen weiteren Freundinnen und Freunden, die mir besonders in der vergangenen, persönlich schweren Zeit beigestanden haben,
bei meiner Familie, insbesondere bei meiner Schwester Silke, die immer für mich da ist,

bei meinen Informantinnen und Informanten (in alphabetischer Reihenfolge):
Karl Adler, der sich mit (alten) Autos auskennt,
Dr. Manfred Lukaschewski, der Kriminalistik selbst blutigen Anfängerinnen und Anfängern nahebringt,
Rebekka Mach, die tiermedizinische Spezialfragen beantworten kann,
Uwe, der immer jemanden kennt, der eine/n kennt,
Patrick Reich, der bei Fragen rund ums Fotografieren weiterweiß,
Karin Seinsche, die über den Betrieb im Opernhaus alles sagen kann,
Dorothea und Siegfried Strauch, die bei tiermedizinischen Abläufen Bescheid wissen,

Kurt Wegener, der sich bestens mit Wohnmobilen auskennt,

bei allen (!) Mitarbeiterinnen und Mitarbeitern des Gmeiner-Verlags,
besonders bei meiner Lektorin Katja Ernst und der Programmleiterin Claudia Senghaas,

bei den vielen engagierten Buchhändlerinnen und Buchhändlern, den Veranstaltenden von Lesungen oder anderen Buchevents, bei den wohlwollenden Vertreterinnen und Vertretern der Presse und vor allem bei meinen wunderbaren Leserinnen und Lesern. Ohne euch, ohne Sie, hätte es definitiv diesen Krimi nicht gegeben.

Weitere Titel finden Sie auf den
folgenden Seiten und im Internet:

WWW.GMEINER-VERLAG.DE

Kater Socke ermittelt:

1. Fall: Schönheitsfehler
ISBN 978-3-8392-1693-4

2. Fall: Schlüsselreiz
ISBN 978-3-8392-1954-6

3. Fall: Katertrunk
ISBN 978-3-8392-2225-6

4. Fall: Katergericht
ISBN 978-3-8392-2539-4

5. Fall: Katzenrausch und Katertausch
ISBN 978-3-8392-0487-0

Weitere Bücher von Heike Wolpert:

Taubertaltod
ISBN 978-3-8392-2760-2

Mörderisches Taubertal
ISBN 978-3-8392-0058-2

GMEINER SPANNUNG

WWW.GMEINER-VERLAG.DE
Wir machen's spannend

DIE NEUEN
Lieblingsplätze

ISBN 978-3-8392-0370-5

ISBN 978-3-8392-0373-6

ISBN 978-3-8392-0371-2

ISBN 978-3-8392-0158-9

ISBN 978-3-8392-0372-9

ISBN 978-3-8392-0376-7

ISBN 978-3-8392-0378-1

ISBN 978-3-8392-0386-6

ISBN 978-3-8392-0375-0

ISBN 978-3-8392-0380-4

ISBN 978-3-8392-0381-1

ISBN 978-3-8392-0382-8

ISBN 978-3-8392-0383-5

ISBN 978-3-8392-0374-3

ISBN 978-3-8392-0377-4

ISBN 978-3-8392-0385-9

GMEINER KULTUR

WWW.GMEINER-VERLAG.DE
Mensch, Kultur, Region